瓦尔登湖

【美】亨利·戴维·梭罗　著
黄薷鋆　译

民主与建设出版社

图书在版编目（CIP）数据

瓦尔登湖／（美）亨利·戴维·梭罗著；黄蓓鋆译． —— 北京：民主与建设出版社，2017.6

ISBN 978-7-5139-1582-3

Ⅰ．①瓦… Ⅱ．①亨… ②黄… Ⅲ．①散文集—美国—近代 Ⅳ．① I712.64

中国版本图书馆CIP数据核字(2017)第124144号

ⓒ 民主与建设出版社，2017

瓦尔登湖
WA ER DENG HU

出 版 人	许久文
总 策 划	丁焕朋
作　　者	【美】亨利·戴维·梭罗
译　　者	黄蓓鋆
责任编辑	刘树民
封面设计	三石工作室
出版发行	民主与建设出版社有限责任公司
电　　话	（010）59417747　59419778
社　　址	北京市海淀区西三环中路10号望海楼E座7层
邮　　编	100142
印　　刷	三河市天润建兴印务有限公司
版　　次	2017年6月第1版　2021年7月第3次印刷
开　　本	630mm × 910mm　1/16
印　　张	12印张
字　　数	195千字
书　　号	ISBN 978-7-5139-1582-3
定　　价	59.80元

注：如发现质量问题，请联系调换。电话：010-59424657

目　录

毕业留言 / 1

1. 简朴之生活 / 1

2. 我之所在所求 / 53

3. 阅读 / 65

4. 声音 / 73

5. 独居 / 85

6. 来访者 / 92

7. 豆田 / 102

8. 乡村 / 111

9. 池塘 / 115

10. 贝克农场 / 132

11. 最高法则 / 138

12. 与动物为邻 / 146

13. 室内取暖 / 156

14. 早先的居民与冬天的访客 / 168

结束语 / 177

毕业留言

亨利·戴维·梭罗

自我介绍

（毕业留言，1837年6月）

  我的祖籍是法国。1685年，路易十四废止"南特赦令"（édit de Nantes），我的祖辈不得不避难到了泽西岛。我祖父于1773年左右来到美国。当时他是船上一名前桅水手，"无牵无挂，身无分文"，恰好可以投身革命。

  1817年7月12日这天，在康科德镇一座幽静的村庄里，我来到了这个世界，那里保留着独立战争的记忆。

  我会一直为我的出生地而自豪——愿她永远也不会因为她儿子而感到羞愧。如果我忘记了你——康科德，你就让我忘记我右手的灵巧。你的名字是我在这个世界上的通行证，无论流浪到哪个角落，我都会欣慰地想到，我来自康科德的北桥。

  十六岁时，我走进这座庄严的学院，记住了（至今仍然记得）我有两只耳朵、一张嘴。我来了——我看见了——我征服了，但征服并不那么容易，如果再来这么一次，我会被毁掉。这里我借用昆西先生的一句话："再多一科，你就会玩完。你只是勉强进的门。"但"大丈夫是大丈夫，才不管他们那套"，我既然进来了，那就不要去问我是怎样进来的。

  我现在看到了两个选择：写一页或一本。为我，也为你们，我想还是省了写一本的麻烦吧。

我只想说，尽管我人在哈佛，但心灵早已飞向少年时所在的那些地方。本该用来学习的时光，我却在森林里到处游荡着搜寻，在家乡的溪流、湖泊里探险。我经常跟那些诗人一起吟诵这样的诗句—

这儿没有我的心，我的心在高原。
我的心在高原追逐鹿群，
追赶着獐子，跟踪着一头野鹿。
无论身在何处，我的心都在高原。

偶尔做做白日梦，是学生时代的一个亮点，是白天的天空中飘过的一朵云，是黑夜里的一根火柱，给经年累月的苦读带来一些欢愉的亮光，鼓舞人走向朝圣之旅的尽头。那些苦读的人疲倦而犹豫的灵魂，被禁锢在了斯托顿或霍利斯潮湿的围墙内，渴望着自己就要遗忘的老朋友—大自然的怜悯。但没法得到时，他们就不得不求助永不会干涸的心灵的渴望，以免忘记了大自然的容颜、教诲以及那触及灵魂的启示。别以为我心中没有我那些同学，只是这个话题即使对一大本毕业纪念册来说，都有些过于神圣。

朋友们，请留住离别的泪，
尽管它对我来说无比珍贵！
假如能自认为当之无愧，
我将务必会快乐欣慰。
至于我的愿望—满足当下，必有后患。

1. 简朴之生活

人们称赞并视为成功的生活，不过是生活中的一种。我们为什么要夸大一种生活，而去贬低别的生活呢？

当我写完以下这些记录或说是一堆文字时，我正独自待在一座我亲手搭建的小木屋里。这座小木屋位于马萨诸塞州康科德镇外一片森林中，紧挨着瓦尔登湖，离我最近的邻居有一英里远。在这里，我生活了两年之久，完全靠双手养活自己。而如今，我再度成为文明社会的过客。

那些城里的居民总是在打听我的生活，不然我不会把自己这些私人生活冒昧地拿出来打扰读者们。有些人会觉得这样的打探很无礼，但我并不觉得。我反倒觉得很合情理。我的生活方式被很多人认为不可理喻，尽管我自己并不觉得有什么怪癖的。有人问我吃什么，问我是不是会觉得寂寞、害怕之类的问题。还有一些人想知道我把自己的收入捐了多少给慈善机构、养了多少贫困的儿童。基于这个原因，在答复这些问题时，还请那些对这本书毫无兴趣的读者原谅。通常说来，大多数书籍都会尽可能地回避使用第一人称"我"，但本书则不同，本书最大的特点就是大量使用了"我"字。严格说起来，每一本书都是在进行第一人称的发言，只是我们时常会忘了这点。如果我对人的认识够深，超过了我对自己的了解，我很可能不会这样畅所欲言。很不幸，我刚好阅历很浅，只能局限在这样一个主题上。但一直以来，我都希望一位作家不但要写自己听来的故事，还要写写自己的生活，诚恳地写，就像是写给自己远方的亲人那样。因为我觉得一个人如果生活得真实，那他一定是生活在某个遥远的地方。下面这些文字也许更适合那些清贫的学生阅读，至于其他读者，我想他们是会有所选择的，毕竟不会有人去削足适履，而只有适合自己的才是最好的。

我在这里所谈的这些事，与中国人和三明治岛①的人关系不大，倒是跟你们这些读者，你们这些居住在新英格兰的人有关。书中所讲的这些事涉及的是你们的处境与你们所在的环境，尤其是这座城镇的居民。你们的生活方式是否很好，正在过的生活是否还有改善的必要？我去过康科德的很多地方，无论是在商店、办公室，还是在田野里，我所看到的这些居民似乎都是在赎罪，在服着各种各样的苦役。我曾听说过有这样的婆罗门，他们坐在火焰包围之中，盯着太阳看，要不就把自己倒悬在烈焰之上，扭转了头去看着天空，"直到身体没法恢复原状，更因为脖子长期扭曲着，无法正常进食，只能进食流质食物"。还有的终生用铁链把自己拴在一棵树下；要不就像毛虫一样，用身体来丈量辽阔的大地；或者是一只脚站在高高的柱子上——可是呀，就算是这种有意识的赎罪行为，也不见得比我们天天都能看到的景象更难以置信、更触目惊心。说起赫拉克勒斯所干的十二件苦差，跟我邻居干的比起来，简直就不值一提了。因为十二件苦差再难，也只有十二件。而我从未见过我的邻居们杀死或者捕捉到过任何的怪物，也没看到他们服完过自己的苦役。而且他们还不像赫拉克勒斯有衣厄拉斯这样忠实的朋友，能用一块烧红了的烙铁，一下子除掉九头怪蛇那砍掉后又会长出来的头。

那些年轻人——我的乡亲们的不幸，他们生下来就注定了要继承那些田地、房屋、谷仓、牛羊和农具。他们得到这些过于容易了，而放弃又是这样艰难。与其这样，他们还不如出生在旷野里，由狼来喂养自己。那样，他们或许能看清自己像奴隶一样，是在辛勤耕耘着怎样一块土地。为什么有人能享受60英亩土地的供养，而更多人只是靠尘埃般的食物活着？为什么这些人一出生就要为自己挖掘好坟墓？他们无法过一个人的生活，不能推动任何东西，只知道一个劲地做工，尽可能地让自己的日子过得好点。我遇到过多少可怜的不朽灵魂呀！他们几乎被生命沉重的负担压得无法呼吸。他们在生命之路上爬行，推着面前那个75英尺长、40英尺宽的大谷仓，一个从未打扫过的奥吉亚斯的牛栏，还有百多英亩的田地，要锄地、要除草，还要放牧跟守护树林！但另外一些没有财产可继承的人，尽管不需要服这些苦役遭受这样的磨难，也一样要为了养活自己几立方英尺的肉体而拼命劳作。

---

① Sandwich Islanders，即夏威夷群岛。

人总是在为一个很大的错误艰苦劳作。人的健美躯体，一大半很快就会被犁入泥土，变成肥料。这就像一本经书上说的，人受着一种似是而非、通常称为"必然"的命运支配，所辛辛苦苦积攒下来的财富，被虫蛀、被锈蚀，招来梁上君子偷走。这真是愚蠢的生命，活着时无法明白，临死时才终于明白。据说杜卡利昂和彼尔①最初创造人类时，是把石头往身后抛。有诗歌是这样说的——

Inde genus durum sumus, experiensque laborum,
Et documenta damus quâ simus origine nati.②

或者是罗利用他那铿锵有力的韵律写道的——

从此我们的心变得坚硬，任劳任怨，
以便证明我们的躯体本就是岩石。

如此盲从这荒谬的神谕，他们就那样把石头从头顶往身后扔，也不去看看落到什么地方了。

即使是在这个相对自由的国度，由于无知与过错，大多数人满脑子都是人为的烦恼，没完没了地干着繁重的粗活，根本没有时间去采撷生命的甜蜜果实。他们由于过度的操劳，手指都变得粗糙笨拙，不停地颤抖着，已经完全不适宜于采撷。说真的，劳动的人，一天又一天，找不出一点空闲的时间，使自己做到真正的完美。他无法保持最洒脱的人际关系。一到市场上，他的劳动就会掉价。除了做一台机器，他没时间来成就任何的大事。他怎么可能记得起自己是无知的？而这正是他成长所需的，他不也经常绞尽脑汁吗？在对他们评头论足前，我们首先要让他们能免费地吃饱穿暖，并用我们能给予他们的补品使他们得到健康。人性中最美好的品质，像果实上的粉霜，只有轻手轻脚，才能得以保存。然而，人与人相处缺乏的恰恰是这种悉心呵护。

---

① 希腊神话传说，大洪水后唯一留下来的两个人。于是神要他们把母亲的骨头从头顶抛向身后。两人认为大地是万物之母，石头是母亲的骨头，就这样创造出了人类。
② 拉丁文：从此人成为坚硬的物种，历尽艰辛，向我们证明我们的来历。

我们知道，你们中的一些是穷人，觉得生活艰辛，有时候，甚至会觉得连气都喘不过来。我毫不怀疑，这本书的读者中会有人付不起自己的饭钱；有些人身上的衣服、脚上的鞋子已经破旧不堪，却没钱去买新的，尽管这样你们还是忙里偷闲地来读上几页，而这时间也是从债主那偷来的。你们很多人过着的是怎样卑微低贱的生活啊！因为我的双眼早已被阅历的磨石磨得锃亮。你们经常进退失据，想做点生意来还债，却不知这是个古老的泥沼，也就是拉丁文称之为 aes alienum 的别人的铜钱。不是曾经有过铜币吗？你们就是这样在别人的铜钱中出生然后死亡，最后被埋葬；你们总是答应明天就把债还上，但直到死了，债还是没能还清；你们低声下气、阿谀奉承，用尽了法子才得以逃避牢狱之灾；你们说谎，让自己缩进一个规则的硬壳里，要不就夸夸其谈，装出一副义薄云天的慷慨大度的模样，如此使得你们的邻居相信了你，让你为他做鞋子、制帽子、裁衣服、造马车，或者让你代他们购买食物；你们把钱藏在一个旧箱子里，或是藏在灰泥墙内的袜子里，要不就放到银行里去，那里的确是更安全了，但无论藏在哪里，也无论藏着有多少，你们为了预防自己生病存下这些钱财，却反倒为这些钱财得病了。

有时我就奇怪，我们怎么会这样轻率。我几乎想要说，我们竟然会干下这种罪恶的勾当——从国外买来黑奴。有很多精明而邪恶的奴隶主，奴役着南方和北方的奴隶。有一个南方的监工已经够惨了，可要是有一个北方的监工你会更惨。可你们要知道，你们自己做这奴隶的监管者是最坏的了，居然还在侈谈什么人性的神圣！看看马路上的那些车夫，白天黑夜地在市场间奔波，在他们内心里，难道会有什么神圣的思想在激励着吗？他的最高职责不过是给马喂草饮水！跟他运送的那些货物还有因此产生的利润相比，他的命运算得了什么？难道他不是在给那些绅士驾驭骡马？跟他谈什么神圣，说什么不朽呢？看看他那副畏畏缩缩、惶惶不安的样子，他们根本不明白自己成天都在想些什么，不过是用辛劳换来一个好名声罢了。跟我们自己的见解比起来，大众的看法不过是一个软弱无力的暴君。一个人如何看待自己，可以说，正是这决定或暗示了他的命运。即使是在富有浪漫色彩的西印度群岛的各个省份谈论心灵和想象的自我解放，又哪来一个威尔伯福斯①给予促进呢？再想一想这片大陆上的女性们吧，她们编织着梳妆用的坐

---

① 威廉·威尔伯福斯（William Wilberforce，1759~1833），英国国会下议院议员、慈善家、废奴主义者。

垫,好在临终之日用,对自己的命运丝毫也不关心,似乎蹉跎岁月不会磨损永恒一样。

大多数人安静而毫无希望地活着。所谓听天由命,正是对毫无希望的证明。你从绝望的城市走向绝望的乡村,并以水貂和麝鼠般的勇气来自我安慰。在人类所谓的游戏与休闲背后,隐藏着的还是习以为常了的绝望。其实他们根本没有什么娱乐可言,因为只有工作结束后才会有娱乐。然而,不做绝望之事,才是真正的智慧。

人生的目的是什么?生命的意义又是什么?当我们用教义问答法来思考这类问题时,看起来就好像是人类有意识选择的现在这种生活方式,因为他们不喜欢别的样子的。实际上根本不是这样,实际上人类并没有其他选择,只能选择这一种生活方式。但头脑清醒、身体健康的人都知道,太阳每天都会照常东升西落。丢掉我们这些偏见好恶,任何时候都不会嫌迟。不论是哪一种思维与行为模式,只要没能得到验证,都是不可轻信的。今天人人附和或默认的真理,明天就有可能成为谬误,就像天空那些过眼的云烟,有人也曾认为会给自己的土地降下一阵甘霖。都说"不听老人言,吃亏在眼前",但很多老人说不能做的,当你去做了,会发现原来能做。老人有老的一套,新人有新的花样。老人或许不知道如何添加燃料,让火保持不灭,而新的一代放点干柴在火车小小的锅炉里,就能绕着地球飞奔,像鸟一样迅捷,正如谚语中所说——"气死老头子"。年长未必比年轻更出色,他们甚至都没有资格说自己一定能指导年轻人。因为他们尽管有收获,同时也失去了很多。我们完全可以这样质疑,就算是最聪明的人,活了一辈子,那又能懂得多少生活的绝对价值呢。实际上老年人并没有多少值得告诉年轻人的金玉良言。他们的经验总是支离破碎的,他们的生活也是充满了惨痛的失败教训。他们不得不承认,这些失败都是自己一手造成的。也许他们还保留着某些信仰,却是跟他们的经验不相吻合的,而他们已不再年轻。我在这颗星球上生活了有三十多年,还未曾从老人那听到过任何有点价值、可以说是真诚热情的忠告。他们并没有告诉过我什么,或许他们根本不能告诉我什么有价值的东西。这就是生命,生命是一场体验。而我们大部分还没体验过的,老人们体验过了,但那都是他们的体验,跟我们毫无关系。要是我得到了某种我认为有用的经验,我一定会这样想:这种经验嘛,我的老师跟长辈们从来也没提到过。

有个农夫对我说:"你不能光吃蔬菜,蔬菜提供不了骨骼需要的养分。"因此,他每天都要虔诚地奉献出自己的一部分时间,以便让自己获取那种能给骨骼养分的东西。他那样一边说着,一边跟在牛的后面,让这条恰恰是由蔬菜供养着骨骼的牛拖着他的木犁不管不顾地前进着。很多事物,在某些场合,例如在那些无可救药了的病人那,的确是很紧要的必需品,可在另外的场合,却只是并非必需的奢侈品,再换一个地方,就可能是听都没听说过的东西。

很多人认为,全部的人生,无论是巅峰之上还是深谷之底,都已经被先行者走过了,所有该留意的全都被留意过。伊芙琳[①]说:"智慧的所罗门曾制定法令,规定树与树之间应间隔的距离;罗马地方官也曾规定,你可以去几次你邻居的院子拾起落在地上的橡树的果实而不算非法侵入,并规定有多少果实归邻居所有。"希波克拉底甚至传下了修剪指甲的具体方法,指导人们的指甲应修剪得不长不短、与指尖平齐。说实话,那些把生活的丰富多彩消磨殆尽的枯燥与无聊,其实是跟亚当一样古老的。但人的潜能从来也没有被完全用尽过,我们不能根据一个人做过的事情来判断他的潜能,而人其实做得太少了。无论你失败过多少次,别悲伤,我的孩子,谁会吩咐你去做你没做成的事呢?

可以用上千种简单的办法来测定我们的生命,比方说,同一个太阳,它让我种下的大豆成熟,与此同时居然还要照耀整个太阳系。要是我们牢记这一点,就会少犯错误。可是,我锄草时才不会想这些。头顶上照耀的星星是好多神奇的三角形的顶点!在宇宙中,谁知道又会有多少距离遥远的生命在思考同一个问题!正如我们社会的体制,自然与生命一样,是千变万化的。谁又能预言他人生命的未来?难道还能有比通过眼睛在很短时间内看到的更了不起的东西吗?我们能在一个小时内把人世间所有的历史都经历一次,甚至把全部的世界都经历一遍。历史、诗歌、神话,我不知道什么人的经验,还能比阅读这些了解得更详尽,也更让人惊奇。

在我的内心深处,凡是邻居们说好的,有一大部分我都觉得是坏的。如果说我有什么需要忏悔的,那很可能是我的善行。是什么魔鬼这样控制住了我,使我的品行这样善良?老人啊,你尽可以说出最睿智的话,因为你毕竟活了七十年,

---

① 伊芙琳(John Evelyn,1620~1706),英国作家。

并且还活得足够光荣。但我听到一个无法抗拒的声音，让我远离这些话语。一代人抛弃上一代人的业绩，就像那是搁了浅的船。

我想，我们应该泰然自若地相信，还存在着比自己已经相信了的多得多的事物。我们能少关心自己多少，就可以给予他人多少的关心。大自然既能容忍我们的优点，也同样能容忍我们的缺点。有些人陷入无尽的烦恼中，整天忧心忡忡，简直成了一种难以治愈的顽疾。我们都喜欢夸大自己所做的事情的重要性，但又有多少工作我们还没做！如果病倒了该怎么办？我们多么小心翼翼啊！我们尽可能还是避免依靠信仰活着的好。我们总是提心吊胆，到了夜里还是要违心地做祈祷，然后把自己交给难以知晓的命运。我们被迫生活得这样周详精致，尊崇自己正在过着的生活方式，否定任何变革的出现。我们对自己说，只能这样生活着，然而事实上，从一个圆心向外能够画出多少半径，就有多少种生活之道。所有的变革都是值得去思考的奇迹，每一件刚发生的事都是奇迹。孔夫子说："知之为知之，不知为不知，是知也。"当一个人把自己想象的事情转换成自己的理论时，我敢预见，所有的人最终都会以此为基础建立自己的生活。

让我们来看看，我前面所说的大多数人的烦恼和忧愁是些什么，其中究竟有多少是需要忧虑，或者至少值得去认真对待的？虽然我们的生活有着文明世界的外表，可是去那些新开垦的地区，过一过原生态的生活，对我们还是大有益处的，就算仅仅是为了了解一下什么是生活的基本必需品，可以用什么方法去得到它们。哪怕翻看一下那些商人的旧账本，看看商店卖出去最多的是什么，囤积了哪些货物，了解一下究竟什么是杂货也不错。时代虽在前进，但对人类生存的基本法则影响并不大，就像我们的骨骼，同我们的先人相比，恐怕也没有多大区别。

在我看来，所谓生活的必需品，大概指的是人类靠其努力而获得的那些东西，从最开始就有着很重要的用处的，到经过长期使用后，成为了人生活中异常重要的东西。那些东西即使有人曾试着放弃过，但这样做的人很少，无论他们这样做是因为落后还是贫困，或者是出于哲学上的原因都一样，对于大多数人来讲，真正的必需品只有一种，那就是食物。对于大草原上的美洲野牛来说，真正的必需品是几英寸厚的鲜草跟可以饮用的水，再加上它寻求庇护的森林或深山。

野兽的生存所需的仅仅是食物和遮蔽之处而已。但人类不同,在环境下,人的生活必需品可以明确分为食物、住所、衣服和燃料,因为只有获得了这些,我们才能真正自由地面对生命问题,否则就不可能展望未来。人类不仅发明了房屋,还发明了衣服,学会了把食物煮熟。人类一开始很有可能是偶然发现了火的功能,于是开始使用它,最初它算得上是奢侈品,现在则成为了必需品。我们看到那些猫狗,也都获得了这类第二天性。住得合适,穿得合适,人就能适度地保持体温;但如果穿得和住得太热,或燃料烧得温度太高,也就是说体外的温度高于体内的温度,那岂不是跟烤肉没有区别了?达尔文在论述火地岛的居民时说,他们一帮人穿着衣服,坐在火边,一点也不觉得热,而那些一丝不挂的野蛮人,即使是远离火堆也还是被"烤得汗流浃背"。同样,据说新荷兰人[①]全身赤裸地跑来跑去,而欧洲人穿着衣服还冷得发抖。难道这些野蛮人的吃苦耐劳和文明人的智慧不能相提并论吗?据李比希[②]的说法,人体是一个火炉,而食物则是维持肺部内燃的燃料。天冷我们吃得多些,天热则吃得少。动物的体温是体内缓慢燃烧的结果,而各种疾病直至死亡,则是内部燃烧过快,或者燃料耗尽,还有的原因是,例如通风设备坏了,火熄灭了。当然,我们不能简单地把生命的热量跟火混为一谈,我们的比喻就到此为止好了。从上面的陈述来看,动物的生命可以跟动物的体温看成是同义词:食物是内燃的燃料——煮熟食物的也是燃料,那些被煮熟了的食物通过吞咽进入人体内,也就是为了增加人体内的热能——此外,还有住房和衣物,都是为了产生和保持热能的。

那么,人的身体最大的需要就是保暖,是保持体内生死攸关的热能。我们千辛万苦所追求的,除了食物、衣物和住房外,还有床铺——我们的晚装。为此我们抢劫鸟巢,拔掉那些鸟类的羽毛用来充实我们自己的巢中之巢,就像鼹鼠在自己洞穴的最深处用草和叶子铺设出地铺!穷人时常抱怨这个世界太冷,无论是生理上的疾病还是社会病,我们都倾向于把自己的苦痛归结到寒冷。夏天在某些地方,人们很可能过着天堂里的日子。在那种地方,除了煮食物,人们不再需要任何的燃料。太阳本身就是燃烧着的火,许多果实在阳光的照射下熟透了。食物是丰富的,也是容易获得的。至于衣物跟住房,多半不怎么需要。而目前在这个国

[①] 澳大利亚土著,据说是由荷兰人在 17 世纪最先发现,因此被称为"新荷兰人"。
[②] 李比希(Justus von Liebig,1803~1873),德国化学家。

家里，据我的经验，只需要很少几种工具就能维持生活——一把刀、一把斧子、一把铲子和一辆手推车，也就这些。当然对于那些好学的人，一盏灯、一些文具和几本书也就足够了，但这些属于次要的必需品，不用花很多钱。可就是有那么些不太聪明的人，一定要跑到地球的另一端，去那些不开化、有害于健康的地区做生意，还一待就是几十年。其目的只是为了能回到新英格兰这里，温暖舒适地生活，然后死去。可那些奢侈富裕的人不是暖得舒服，而是热得反常，正如我前面所说，他们是在照着最时髦的方式烘烤自己。

大多数的奢侈品，还有所谓舒适的生活，非但没有必要，而且还会大大地阻碍人类的进步。说到奢侈和安逸，智者通常要比那些穷人过得还要简朴。古代中国、印度、波斯和希腊的哲学家都属于这类智者，他们的生活看上去简陋，内心实则充实。我们知道没有多少人能理解他们的生活，但从他们的智慧那里我们竟然得到了这么多。近代的那些改革家、各民族的英雄的情况也大致如此。一个人只有当他能做到守道安贫，才能心底无私，客观睿智地去看待人世。无论是在农业、商业，还是文学和艺术领域，奢侈的生活产生的果实只能是奢侈。如今，到处都是哲学教授，却没有几个真正的哲学家。教授是令人向往的职业，因为教授的生活让人羡慕。而成为一个哲学家，除了要有敏锐深刻的思想、建立一个学派外，更要有对智慧的热爱，并能依靠自己的智慧过一种简朴、独立、宽容而真实的生活，要能把自己的理论在实际生活中加以运用。大学者、大思想家的成功通常不是帝王式的，也不是英雄式的，而是朝臣式的。面对生活，他们尽可能使自己遵循社会传统与习俗，看上去跟他们的父辈们没有多大区别，绝对不能算是更好的人类的先驱。可人类为什么一直都在退化着？是什么原因导致那些家族的没落？又是怎样的奢靡使得一个民族衰亡？我们又怎能断言自己的生活中不存在这类因素？哲学家们总是身处前沿，即使是他们的生活也是如此，他们有着与同时代人不一样的衣、食、住、行，如果一个人做不到更有效地利用生命所需的能量，他又怎能成为一个哲人呢？

人通过我上面提到的几种方式获得温暖，接下来他会干什么呢？当然不会是做获得更多的温暖的事了。他不会去要求更丰盛的食物、更大更豪华的房屋、更精美光鲜的衣物，当然也不会要求火焰更旺盛的炉子。一旦得到了生活的必需品，他就会把注意力转向其他的东西，也就是寻求对平庸生活的摆脱，要朝着生活的深处迸发,开始生命深度的体验。泥土总是适应于种子,因为泥土能让种子发芽并扎下自己的根须。人类为什么要立足在大地而不飞向天空?这就像植物的价值是来自它在阳光的照耀下在空中所结出的果实,而不是像蔬菜,就算有些蔬菜能生长两年,那也只是等到扎下根后,就会被摘去茎叶,根本没有等到自己开花的季节。

我可没想为那些勇敢坚毅的人们制定什么规则。无论是在天堂还是地狱里,他们都会很好地照顾自己的事情,他们即使是建造了比富豪们更豪华的房屋,更奢侈挥霍,也不会因此而陷入贫困。我们根本无法知道这类人是如何生活的——假如的确存在着我们想象中的这类人的话。我也不会为另一些人制定规则,这类人从现实生活中获得灵感与勇气,并能像对待情人那样对待现实生活——我认为自己就属于这后一类人。至于对那些在任何情况下都能安居乐业的人,我也不会说什么,无论他们是否清楚自己的状况。我所想要说的都是针对那些不满足于现状的人们,这样的人在本可以改善自己生活的时候,却偏要懒惰地诉说命运的不公和自己的生不逢时。而有些人对所有的事都喋喋不休地发着牢骚,因为他们说自己已经尽到了自己的职责。在我心中还有一类人,这类人看上去已经很富有了,但实际上是所有人中最贫困的。他们积攒了相当一部分钱财,却不懂得怎样利用,也不知道怎样不受这些钱财的约束,这类人实际上是为自己戴上了一副金钱的镣铐。

要是我说出前几年我希望过一种怎样的生活,我想很多熟悉我的读者一定会觉得吃惊,也会让那些对我不是很熟悉的读者感到惊讶。现在,我就只说说我心里的几个梦想。

无论是怎样的天气、什么时辰,我都渴望能改善自己目前的状况,并在世间的手杖上刻下印记。过去与未来的交叉点就是在当下,而我正是站在这个点上。请原谅我说得有些晦涩,我这并不是想要隐瞒什么,而是我过去的职业习惯造成的,因为那种职业对保密的要求更高一些。我很乐意把自己知道的全都毫无保留地说出来,我可没有在我的大门上挂着"禁止入内"的牌子。

还是在很久以前,我丢失了一条猎犬、一匹栗色马和一只斑鸠,直到今天我也没能找到它们。我也曾向很多游客描述过它们的模样、它们的踪迹和它们会回应怎样的呼唤。我遇到过一两个人，他们告诉我自己曾听到过猎犬的吠叫、马的蹄声，甚至说看到过斑鸠是如何隐没于云霄。他们似乎也急于要找回它们，就像这些都是他们丢失的一样。

需要察看的不仅仅是日出与晨曦，要是有可能，还要察看整个的大自然！有多少个冬去春来的黎明时分，当邻居们都还没起床，我就已开始了奔波！无疑有很多市民见到过我干完活回来，那些在清晨赶往波士顿的农人，那些动身去忙活的伐木工，他们都曾遇到过我。当然我承认我并没帮助太阳出来，但重要的是日出时你在场。

唉，都忘了我在城外度过了多少个秋天和冬日，努力尝试着去倾听风的声音，并把所听到的传播出去！我在这项生意里投进去了几乎全部的资产，就那样，我迎着寒风，连呼吸都困难。要是这风声中有两个政党的消息，那一定是被一些党报抢先登出来了的。另外一些时候，我就站在悬崖边或者树梢上观察，只要一出现新的情况，我就会马上拍电报传递出去，要不就是守望在黄昏中的山巅，等待夜幕的降临。我总是期盼着能捕获到一些什么，尽管我捕获到的从来就很少，但那都如同"天粮"①一般，只要太阳一出来就会消失。

我曾为一家发行量不大的杂志做过很长一段时间的记者，而这家杂志的编辑从来就不认为我写的那些文字有什么价值。作家们一般都有同感，千辛万苦往往换来的只是一些痛苦。不过在那样的情况下，痛苦就是它自身的回报。

这些年来，我任命自己为风雨与霜雪的观察员，并能恪尽职守。同时，我还兼任测量员，尽管不是测量那些公路桥梁，却也是在测量着森林小径，并保证它们的畅通，甚至还测量了山谷溪流中能通行的地方，而人们的足迹就是最好的见证。

我也曾保护了镇上的野兽们，这些野兽总是不停地跳过篱笆，给忠于职守的牧人带来不少麻烦。我还注意着那些人迹罕至的田野与荒漠，却拿不准约拿和所罗门今天在什么地方工作，因为这不是我的职责。我也经常给红越橘、沙地上的樱桃树、荨麻、红松、黑桦、白葡萄和黄色的紫罗兰浇水，以免它们在旱季里枯萎。

---

① 天粮，传说以色列人曾在旷野里得到的耶和华所赐的食物。

算起来我已经这样干了很长时间（我可没有夸张），我尽心尽力地做着这些事，直到慢慢明白，市民们终究是不会把我列入公务员的名单上，给我发一份薪水。我发誓，我所报出来的账单没有丝毫不实之处，当然也从没被核实过。可我并不会把这放在心上。

前不久，一个流浪四方的印第安人来到我家附近一个有名的律师家中兜售篮子。"你们要篮子吗？"他问道。得到的回答是："不，我们不要。""什么！"印第安人一边往外走一边叫道，"你们是想要饿死我们吗！"他看到那些勤劳的白人邻居生活得那样富足——律师只要将答辩之词编织起来，金钱、财富、地位就会滚滚而来——这个印第安人自言自语道："我也要做生意，要编篮子，这是我能做的。"他以为只要把篮子编好了，他的工作也就完成了，剩下来的事就是白人们应该向他购买这些篮子。但他不明白，他还要让人们觉得需要购买他的篮子，至少他要让人们认为他的篮子有价值，否则就该去制作一些别的东西。我也曾编织过一种精致的篮子，但还没好到让人感到购买它是值得的程度。可我一点也不觉得我得不偿失，因为我编织这种篮子的目的，恰恰是为了研究如何能避免把它卖出去。人们称赞并视为成功的生活，不过是生活中的一种。我们为什么要夸大一种生活，而去贬低别的生活呢？

想要让我的那些市民同胞为我在法庭、教堂或者别的什么地方谋一个职位，看来是不太可能的事。我只好自谋生路，更加专注地投身于森林之中，我对那里所有的事物都非常熟悉了。我决定立即就开业，用手头积攒下来的那点可怜的资金，而不是去指望那些所谓的经费。我来到瓦尔登湖的目的并非是为了过节俭的生活，更不是为了挥霍，而只是干一点自己的事，刚好这地方的麻烦更少一些。我可不想干一些自己不太有把握的事情，最后失败了弄得狼狈不堪。

我一直都在努力想要养成严格的商业习惯，这是每个人都必不可少的。如果你是和天朝帝国做生意，那么只要在某个和赛伦港一样的港口设一间办公室就够了。你可以出口本地出产的各种产品，比如冰块、松木及花岗石之类的，一定会是很不错的生意。你要事必躬亲，一个人把领港员、船长、业主和保险商的活全干了；你要买进卖出，还要记账，每一封来函都要过目，寄出去的每封信都要亲自起草或审阅；你还得日夜监督进口货物的卸载，沿海各地你也必须都跑一跑——大多数货物往往在泽西口岸卸货——你还要兼职做一名报务员，没完没了地跟世界各地保持联系，掌握所有航行着的船的情况；你还要源源不断地输出商品，满足市场的需要。你既要了解市场行情，还要了解发生在世界各地的战争与和平，随时预测当下与未来的变化。你要善于利用一切新的发现，利用科学技术努力去开辟新的航线——研究航海图，确定各个暗礁、新的灯塔和浮标的位置，对数表要再三校对，因为计算稍有疏漏，那么本该安全抵达的船就会触礁——就像拉·贝鲁斯①的遭遇一样——还要紧跟现代科学的发展，研究人类历史上从迦太基的汉诺到腓尼基人，再到今天的所有那些伟大的发现者、航海家、冒险家和商人。最后，你还要经常盘点库存，了解自己生意的情况。计算你的盈亏利润、成本开支、预估损失等等财务问题——总之这些工作需要掌握的东西太多，简直没有全宇宙的知识就不行。

  我认为瓦尔登湖是个做生意的好地方，不单单是因为这里有铁路和冰块产业，它还有很多便利条件，当然泄露这些便利条件也许并不明智。首先这是个好港口，有着很好的基础条件，不像涅瓦河那样有很多的沼泽需要填埋，尽管你也得到处加固打桩。据说涅瓦河要是涨了水刮起了西风，就会出现很多的冰山，那态势都可以一下子把圣彼得堡从地球上抹掉。

  我这个行业没有先期费用的需要，至于我是怎么弄到的那些必须要有的东西，可能你们很难猜到。就拿衣服来说吧，通常人们买衣服，恐怕更多看重的是他人的看法，要不就是追求时髦，很少会考虑到衣服实际的用处。让那些有工作需要做的人记住穿衣服的真正目的首先是保持体温，其次是遮身蔽体，那么现在就可以想一想，有多少必须要去完成的重要的工作，是得先给自己的衣柜增加一些衣服的。国王跟王后每一件衣服都只穿一次，尽管有御用的裁缝专门为其制衣，他们根本无法体会到穿着合身的衣服的快乐。也就是说，他们仅仅是挂衣服的衣架。我们的衣服因为天天被我们穿，已经跟我们成为一体，有了我们的性格，直到再也没法扔掉。因为一旦要扔掉它们，我们就会有一种把自己也扔掉的感觉，会很难受，像是生病了似的需要一些药物来治疗。实际上，从来也没谁因

---

① 拉·贝鲁斯（Jean-Francois de La Pérouse，1741~1788），法国著名航海家；1785年受路易十六派遣前往海洋探险，在新赫布里底群岛以北的北美拉尼西亚的瓦尼科洛岛被当地土著杀害。

为穿了带补丁的衣服而在我眼里降低了身份。但我明白，对于一般人而言，衣服一直都是困扰自己的东西。对他们来说，衣服一定要整洁，没有补丁，至于心智是不是健全倒在其次了。要我说，即使是衣服破了不去补，顶多不过是需要考虑小的破洞会不会变大。很多时候我们会用下面这样的问题来测定我们的朋友——谁愿意穿着膝盖部位打了补丁，或者只是多了两道缝的衣服？大多数人都会觉得，如果穿成这样，那就是在自毁前程。他们宁愿跛着一条腿，也不愿穿着破裤子进城。一位绅士跛了一条腿很平常，是可以挽救的，但要是他的马裤破了，那就没法补救，因为他真正在乎的并非值得在意的东西，而是那些所谓的受人尊重。

　　我认识的人不多，但见过的外套、马裤有一大堆。如果你把你唯一一件衣服给稻草人穿上，而自己光着身子站在一边，那些路过的人，有谁会不首先给稻草人致礼呢？有一天我经过一片玉米地，也正是在一根戴着帽子、穿着上衣的木桩旁，我看到了这片玉米地的主人。他看上去比我上一次见到他时更加憔悴。我听说有一条狗，看到任何穿着衣服的陌生人靠近它主人就会吠叫，却被一个赤身裸体的小偷轻易制服。这是一个很有趣的现象，假如去掉身上的衣物，人还能维持自己多少身份跟地位？没有衣服，你还能从人群中认出谁更尊贵来吗？那位菲菲夫人从东向西周游世界，在接近俄罗斯亚洲部分的边界时，去拜访当地行政长官前换下了旅行服装，原因是她现在是要去一个文明的国家，这里的人都是根据穿戴来判断人的。就是在我们这个号称民主的新英格兰小镇，只要谁偶然有了钱、穿得时髦、生活阔绰，他就会赢得众人的敬仰。不过敬慕的人虽然很多，但都是些异教徒，真需要派一名传教士给他们。此外，衣服需要缝纫，那简直就是一桩没有尽头的工作。至少一个女人的衣服，是没有完工的一天的。

　　一个终于找到了工作的人，前去上班并不需要穿上新的衣服，穿上一套被扔在阁楼上很久、布满灰尘的衣服就足够了。要知道一双旧鞋可是比一位仆人伺候英雄的时间还要长——如果英雄有仆人的话——并且人类打赤脚的历史也要远长过穿鞋的历史，我想英雄就算是光着脚也没什么吧。只有那些要去参加晚会或是要去立法院的人，才必须穿上新衣服，需要一件件地换，就像那些地方总是在一批批换人一样。可要是穿着短上衣和裤子、戴上帽子穿上鞋就可以去教堂的话，那么这些也就足够了是吧？有谁去注意他的旧衣服——一件真的破烂不堪的衣服，都成了破布了，送给乞丐都不会被看成是在行善，很可能那个乞丐还会拿去转送给比自己更穷的人，而我想这个人倒是真可以算得上富有了，因为他不需要穿什么衣服就能好好活着。我想告诉你们，要多留心你必须穿上新衣才能去干的那些事情，而不需要留心那些穿着新衣服的人，因为如果不是新的人，新衣服怎么可能穿着合身呢？你一眼就能分辨出他们来。如果遇到有什么需要去做的，你就穿上旧衣服去试试看。要明白并非是事情要人去做，而是人需要做些什么，因为只有这样才能证明自己的存在。也许我们应该永远不买新衣服，无论旧的有多破多脏，除非是在我们已准备开始新的事业，或者说，已准备朝着新的方向起航了，我们陈旧的躯壳里已有了新的生机在萌发，那时要是继续穿着旧衣服，就会有旧瓶装新酒的感觉，也许只有在这样的时候我们才需要新的衣裳。人之换衣服，如同飞禽根据季节更换羽毛，必然是生命中一个大的转折。潜鸟会退隐到偏僻的池塘度过这段时光。蛇蜕皮、蝶破蛹也是如此，都是因为内在的生长和需要，而衣服不过是我们外表的一层壳，或者说是尘世的束缚。否则，人们就会发现自己是在挂着虚假的旗帜航行，到头来还是被人类和自己唾弃。

  我们穿的衣服一件又一件，就好像那种外源性植物，得靠来自外部的基因才能存在一样。穿在我们身上的那些很薄很轻的、能给我们带来幻想的衣物，它们就像是我们身上的一层表皮或是假皮，原本就不是属于我们身体的有机部分，我们随时可以拿掉它们，而不会损害我们的生命。我们经常穿的、比较厚的那些衣服，可以看成是我们的细胞壁或者称之为表皮，而我们穿的内衣就不同，那就像是韧皮或真皮，想要将它剥掉，就很容易连带着肉而伤及我们的身体。我相信所有物种在特定的季节都穿着类似我们的内衣的东西。一个穿着简朴的人，能在黑暗中抬手就摸到自己。如果能把生活的方方面面都周详地考虑到，做到有备无患的话，即使是敌人占领了城市，他也可以像古代的那些哲人一样，空着手轻易地离开。一件厚点的衣服等于三件薄衣服，因此，顾客可以根据自己的能力尽可能地购买便宜点的——5美元大致就能买一件厚外套，让你穿上很多年；2美元可以买一条厚裤子；1.5美元可以买一双牛皮靴；25美分可以买一顶夏天的帽子；62.5美分可以买一顶冬帽，你也可以在家自己制作一顶，花费的钱更少。穿上自己辛勤劳动换来的衣物，这怎么可能是贫穷，难道不更值得智者们来向我表示敬意吗？

当我决定定做一件特别款式的衣服时，女裁缝郑重其事地告诉我："这个款式他们已经不时兴了。"她没有强调"他们"，而像是提到了某位权威人士甚至是命运女神。我发现我很难从她那得到我想要的款式，我想她一定是认为我是在开玩笑，并不是认真的，很可能还会认为我太鲁莽。在我听到这神谕般的断言后，一时间陷入了沉思，开始仔细品味着她说的每一个单词，想要理解它们的含义，以便能找出"他们"和我之间有着怎样的血缘关系来。在跟我如此相关的一件事上，这个"他们"究竟有多大的权威。最后，我决定用同样玄妙的话来回答她，我根本不在意"他们"，我说："是的，之前他们是不时兴这种款式，但现在就时兴起来了。"她不度量我的人品，只量我的肩宽，就像我是墙上用来挂衣服的一枚钉子，这样的测量对我有任何意义吗？我们并不是在崇拜美惠三女神①，也不是在崇拜帕丝②，而是时尚女神。她纺纱、编织、剪裁，拥有绝对的权力。当巴黎的猴王戴上了一顶旅行帽，全美国的猴子也都会跟着学。有时候我很失望，本来是简单的事，在这世上人们却要靠他人帮忙才能完成。这些人需要用一台压榨机，把他们头脑里的旧观点压榨出来，让他们无法马上靠两腿直立起来，那时候你再看他们中间，有的人的脑子里长满了蛆虫，根本没法确定这些蛆虫是什么时候放进去的卵孵化出来的，就算是烈火也无法烧尽。但不要忘了，埃及有一种小麦，就是通过一具木乃伊传给我们的。

　　总体来说，如果说有哪个国家的服装达到了艺术的尊严境界，我不会认为这是可信的。今天的人们还是有什么就穿什么，像那些艰难爬上岸的遇难水手，只能找到什么就穿什么。问题是，人们还在隔着时空的距离，相互嘲笑着彼此的衣着打扮。每一代人都会嘲笑前一代人的衣着样式，虔诚地追逐着新的款式。今天的我们看到亨利八世或者伊丽莎白女王的打扮，一定会觉得很可笑，会觉得他们就像是那些岛上食人族的国王跟王后。衣服原本是供人穿戴的，否则就会可笑跟怪异。是穿着衣服的人庄严的眼神和严肃真诚的生活，才使得人们不会嘲笑衣着，并使得这些衣物变得神圣。一个小丑要是突然疝痛发作了，他一身斑斓的花衣也会跟着他疼痛的身子一起颤抖。当士兵被炮弹击中后，他身上破烂的军装也会像高贵的凯撒紫袍。

---

① 希腊神话中的三位女神，分别代表光明、快乐与茂盛。
② 罗马神话中的命运之神。

男男女女都在追求着新的时尚，这种既幼稚又原始的趣味使得多少人眯起眼睛对着万花筒看，指望能不漏掉任何时尚信息，随时跟上最新潮流。那些制衣商正是发现了这点，才知道怎样去迎合这种品位的反复无常。两种款式，不同之处只是多了几条丝线，结果一种很快被卖掉，另一种则躺在货架上无人问津，可只过了一个季节，卖不出去的那一种一下子就成了最时髦的式样，这种事屡见不鲜。相比之下，文身倒算不得人们所说的陈规陋习。文身不算野蛮，无非因为深及皮肤，无法改变而已。

我不相信我们现在的工厂体制是让人们有衣穿的最佳方式。如今我们的工人的状况越来越接近英国工人的状况了。这很好理解，据我的所见所闻，公司的主要目的不是为了使人们穿得好、穿得体面，而是为了牟利，这也无可厚非。从长远来看，人类总能达到自己的目的，尽管短时间里会失败。因此，应该把目标定得高一些。

至于住所，我并不否认当下它是人们生活的必需品，尽管在一些寒冷的地方，没有房屋的人也能维持一段时间。塞缪尔·莱恩①说："拉普兰人②浑身裹着皮衣，把头和肩缩在皮衣里，一夜又一夜睡在雪地上……在那样的寒冷环境下，一般人即使是穿着羊绒衫也会被冻死。"他曾目睹那些人就那样睡在雪地上。他补充说："他们并不比其他的人强壮。"或许人类在地球上没生活多久，就发现了房屋的用处。安居乐业的原意，大概最初也是指对房屋的满足，而不是对家庭的满足。尽管在有些地区这样说不够全面，那些地区并不需要只要一提到房屋就会联想到雨雪，在那些地区，一年有三分之二的时间用不着房屋，一把遮阳伞就够了，因此，房屋给人带来满足的说法未免片面。在我们所处的这一带，从前夏天只要有个遮盖就可以过夜了。在印第安人使用的符号中，一座尖顶的棚屋代表一天的行程，树皮上雕刻或画上一排棚屋则表示安营的次数。人并不具备足够强壮的体格，所以不得不把自己的空间缩小了，用围墙围起来形成一个安全舒适的生活空间。最初的时候人类也是光着身子的，在白天和温暖的天气里，这也算是一种不错的选择，但遇到雨雪天气，还有那烈日炎炎的日子，要不是人类学会了建

---

① 塞缪尔·莱恩（1780~1868），苏格兰旅行作家，写过一些关于斯堪的纳维亚和德国北部的游记。
② 拉普兰人：居住在挪威、芬兰、瑞典一带的人。

造房屋来为自己找到遮蔽，人类很可能在刚开始萌芽时就被摧残掉了。据说亚当和夏娃在穿上衣服前，就是用树叶遮蔽自己的下体的。人类想要有一个家，一个温暖舒适的地方，但首先是为了肉体的需要，其次才是精神需要。

我们可以设想一下，在人类发展的最初时期，某些有着进取心的人爬进山洞找到了安身之处。从某种程度上来看，每个婴儿都是在重复这个过程。孩子们热爱户外，无论是刮风还是下雨。他们玩过家家、骑木马的游戏都是发自他们的本能。有谁会不记得小时候某次发现一处洞穴的兴奋劲，并且忍不住要进去探索一番？这表明我们最原始的祖先们的天性，还有相当一部分遗留在我们体内。从洞穴开始到棕榈树叶屋顶、树枝树皮的屋顶、编织伸展的亚麻屋顶、青草和稻秸的屋顶，进一步发展出木板屋顶和石块、砖瓦的屋顶。最后我们忘了自己曾以地为床、以天为被地生活过，我们今天的室内生活比我们自己想象的要室内太多。从旷野到壁炉，这可是一段非常遥远的距离。在白天黑夜，如果我们和日月星辰之间没有东西隔着，如果诗人们不在屋檐下叽叽歪歪，那些圣人也没有在屋里待得太久，事情或许要好办得多。小鸟从不在洞里唱歌，鸽子也不会在棚里爱抚自己的羽毛。

然而，如果一个人要设计建造一座房子，那么他就要具备一些新英格兰北佬的精明，免得将来他发现自己是住在一座工厂的厂房里，要不就是住在一座迷宫、一家博物馆或救济院，甚至有可能是一座监狱里，当然，还很有可能是住在一座豪华的坟墓里。那么他第一要想的，就是建造一座房屋是否有必要。我就曾看到来自佩洛布斯科特河一带的印第安人，他们来到这个镇上，住在薄薄的棉布帐篷里，周围的积雪有一英尺厚，但我想他们很可能希望雪下得再大一些，好堆积得更厚了可以帮他们挡风。如何才能既体面地生活，又能自由地追求自己的理想事业，这个问题过去一直困扰着我，而现在，我对此已有些麻木了。我常看到铁路边有一些六英尺长、三英尺宽的大箱子，夜里，工人们将自己的工具锁在里面，我就想，花上一美元，每一个生活艰辛的人都可以买下这样一个箱子，在上面钻几个孔透气，下雨和夜里可以钻进去合上盖子，这样一来你就自由了，可以去干自己爱干的任何事。看来这并不坏，不应该被看不起。你可以随心所欲地彻夜不眠，起身外出时，也不会有什么大房东二房东拦住你向你讨房租。想想有多少人就为了住在一个比这个更大、更豪华点的箱子里，就要让自己一生都处在烦恼中。这样的人当然是不愿意冻死在这样一个小箱子里的。我可不是在说笑,作为一门科学,经济学曾遭到过很多的嘲笑与轻视,但我们绝对不应该轻视这门学科。曾有一个勇猛健壮的民族,他们习惯在野外露天生活,在这一带建造过一座很舒适的房屋,用的材料都取自周围的自然环境。马萨诸塞州印第安人垦区的总督戈金曾这样写道:"他们最好的房子的屋顶都是用树皮做的,干净清爽,牢固温暖。这些树皮是在干燥的季节从树身上脱落下来的,然后趁树皮还翠绿,用相当重的木头挤压成很大很薄的片……差一点儿的屋顶也是用灯芯草编成的席子做的,同样结实保暖,只是没有前者那么漂亮……我看到有些房子有60英尺或100英尺长、30英尺宽……我在他们的棚屋里过夜,发现它们跟英国最好的房子一样温暖。"他还说,这些室内的地上或墙上通常铺着或挂着镶花地毯,各种器具一应俱全。印第安人已经懂得在屋顶开个洞,用一张席子盖住,然后用一根绳子来拉开拉合,调节通风。这种尖顶的棚屋第一次建造只要一两天时间,以后只需几个小时就能拆卸拼装。他们每个家庭都有一座这样的棚屋。

在野蛮时代,每一个家庭都有一座这样好的栖身之所,完全能满足他们简单的需求。我想我这样说并不过分:鸟儿有巢,狐狸有洞穴,那些印第安人有棚屋,而我们的现代文明社会,却有一半以上的人没有自己的居住之处。在大城市、大的城镇,只有很少人拥有属于自己的房屋。绝大多数人为了一个栖身之处,每年不得不付出一大笔的租金。这么多租金足够买下一整个村子的印第安人的棚屋,却害得他们不得不穷困一生。我这样说,并非是要比较租房跟拥有房屋的优劣。明显的是,所谓野蛮人为拥有属于自己的房屋的付出是很少的,而这些文明人不得不租房,是因为他们买不起一座房屋。但有人说,只要付了房租,文明人就可以有自己的住处,这样的住处跟那些野蛮人住的地方比,简直就是皇宫。只要支付25美元到100美元的租金(这是乡村的价格),一个人就可以享受人类通过无数代努力才得到的结果,宽敞的房间,涂刷装裱过的墙壁,鲁姆福壁炉、百叶窗、铜水泵,弹簧锁,宽敞的地窖,还有许多其他的东西。然而这究竟是怎么回事?享受这些伟大的文明成果的据说常常是些可怜的文明人,而不拥有这些成果的野蛮人,却过着野蛮人富足的日子。如果文明真的代表的是人的生活条件的改善——我想这也对,虽说只有那些聪明人才能有改进自己生活的条件——那么,它就必须要能证明,它能以不高的价格建造出更好的房屋。所谓价格，不外乎是用来交换物品的人的一部分生命，或者一次性付清，或者分期付清。我所在的这一地区普通的房屋或许需要800美元一栋，为了攒下这笔钱，一个普通劳动者需要耗费掉自己10年到15年的生命，这还得是在没有家室拖累的情况下——我是以一个人每天能得到一美元的劳动报酬来计算的，要是谁的收入比这高，那么就会有别的人收入要降低——这样算下来，一个人需要耗费自己大半辈子的生命，才能攒够买下一栋属于自己的"尖顶棚屋"的钱。要是他还是选择租房住，那么他顶多是在两件坏事中做了一次结果很可疑的选择。我可不知道，在这样的条件下，那些野蛮人会不会用自己的棚屋来换一座皇宫。

也许有人会想，一个人拥有很多房屋是为了存储资金——康科德能找出三个这样的人——以备不时之需。就我自己来看，这样做的唯一好处不过是在死了后，可以足额支付自己的丧葬费罢了。但谁知道呢，很多时候人死了并不需要自己来安葬自己。当然这里又显示出了文明与野蛮之间一个很重要的区别，那就是：文明人有一整套完整的生活制度，自然对我们都有一定好处，这套制度的目的就是为了保证种族的存活，并能变得更完美，但前提则是牺牲个人的自由。这里我想说的是，为了得到这样的好处，我们牺牲了多少，还有就是，我们完全可以不用这样牺牲，就能得到那些好处。你说可怜的穷困人就在自己身边，还说因为做父亲的吃到了酸葡萄，孩子也会跟着牙酸，这样说有什么意思呢？

"主耶和华说，我以我的永生发誓，在以色列，你们一定不会再有机会使用这箴言。"

"世人全都属我所有，为父的怎样属于我，为子的也要怎样属于我，那犯罪的人必死无疑。"

我想到我的邻居，那些康科德的农夫，他们目前的处境至少跟其他阶层的人一样好。他们中的大多数都已劳作了二三十年，甚至有的已有四十年，为的只是能成为自己所劳作的那个农场的主人。这个农场通常是他们附带着抵押权继承的，也可能是借钱买下的——我们完全可以把他们劳作所得的三分之一看作是房屋的费用——而他们一般都没有付清这笔欠债。很多情况下，抵押出去的价钱已经远超出了农场的价值，这样的结果是农场成为了一个沉重的负担，但依然还是会有人继承它们，就像继承者自己说的那样，他跟这座农场的关系太紧密了。前不久我跟一位税务官谈过，他所说的话让我发现作为税务官，竟然没法一口气说出12个没有债务、真正拥有自己的农场的农夫来。想要了解这些土地的历史，最好的办法就是去银行问问抵押情况。真正能靠劳作来偿付债务的人少之又少，任何一位邻居都能把他指出来。但我怀疑在康科德你很难找出三个这样的人来。至于那些商人，他们百分之九十七注定会失败，跟那些农夫比，好不到哪去。有一位商人告诉过我，他们的失败大多不是因为做生意亏本，而是由于遇到困难无法履行合同，也就是所谓的信用破产。这样一来，问题要严重得多。这不禁令人产生这样的想法，那有幸剩下来的三个人，迟早也会遭遇失败的命运，甚至会遭遇比那些老实本分而失败的人更悲惨的结果。破产、拒付，是一块块跳板，我们文明人中的绝大部分因此而跳跃升空，翻了个跟头，而那些野蛮人则站在饥馑这块没有弹性的跳板上。不过很有趣的是，每年在这里举办的米德尔塞克耕牛比赛，总是看上去辉煌得很，给人的感觉像是年年大丰收似的。

农夫一直在设法解决生活问题，但所用的方法比问题本身更复杂。为了得到些蝇头小利，他投机做起了畜牧生意。他是在用一根细细的套索，十分娴熟地设置好陷阱，想捕捉到那安逸的生活和足以维持自己独立性的收入，但还没等他转身，他的一条腿却掉进了自己设置的陷阱里。这正是他贫穷的原因，同样的，我们没有一个不是贫穷的。我们尽管被各种奢侈品围着，但不及那些野蛮人拥有一千种的快乐清闲。正如查普曼①所唱——

这虚伪的人类社会——
为了这尘世的宏伟，
使得至上的欢乐稀薄得像空气。

得到了房子的农夫不仅没因此变得更富，反而更穷，因为房子占有了他。这种现象让我想起了莫墨斯②针对密涅尔瓦③说过的那番话，莫墨斯说她造的房子"最好是在下面装上轮子，这样一来，遇到了恶邻居就可以逃掉"。对此我们可以加

---

① 查普曼（George Chapman,1559~1634），英国诗人、剧作家和翻译家，以翻译荷马史诗著称于世。见《恺撒与庞培》第5幕第2场。
② 莫墨斯，古希腊神话里的挑剔、非难和嘲讽之神。
③ 密涅尔瓦，古罗马神话里的智慧、技艺女神。传说她把纺织、缝纫和园艺传授给了人类。对应希腊神话里的雅典娜。

一点补充，那就是我们建造的房屋还过于沉重，使得我们不是住在里面，而是被囚禁在里面。仔细想想就能明白，我们需要逃避的恶邻居不是别人，正是我们自己。在这座城镇里，我就认识一两家人，他们盼望卖掉自己在城里的房子，好搬到乡下去。他们几乎盼望了一辈子。我想很可能最终只有死亡才能让他们如愿以偿。

对大多数人来说，无论是买下还是租赁到拥有各种最现代设施的房屋，都无济于事，因为，尽管文明改进了他们的住房，却没法改进住在里面的人；文明曾经创造了宫殿，却没法轻易制造出贵族与国王。假如文明人所追求的并不比野蛮人的更高贵，假如他们的绝大部分时间都被用来追求粗鄙的生活用品和舒适安逸的生活，那又何必要拥有比野蛮人更好的住房呢？

可少数极度贫困的人怎么办呢？也许人们能够看出来，他们一部分人外部的境遇要好过野蛮人，而同时另一部分人的境遇要比野蛮人差。就是这样的，一个阶级的奢华生活靠着另一个阶级的贫困来支撑。一边是宫殿，一边是救济院和"沉默的穷人"，像建造金字塔的那些劳工一样只能吃些大蒜，死后也不会有体面的葬礼。修建了皇宫的飞檐的石匠，晚上睡觉的那个屋子也许比印第安人的棚屋还不如。要是以为在一个有着一般文明的国度里，它的大多数人民的境况要比野蛮人好，那就大错特错了。我这里讲的是那些贫困的穷人，还没提到那些生活得恶劣的富人。想要理解我说的，你只需看看铁路周围，那里到处都是棚屋，它们是文明社会中最落后的一面。我每天要从那里散步经过，我看见那里的人住在肮脏的棚子里，整个冬天都开着门，只是想让更多一点的光亮能照进屋内。屋里看不到火堆，而这估计只存在于里面的人的记忆中。那些人无论老幼，他们的身躯都因为害怕寒冷而蜷缩着，时间久了都已经变形。他们身体的四肢与器官的功能都要停止。要知道这世界上世世代代最卓越伟大的工程，都是这样一类人完成的。去看看英国——这个世界上最大的工厂，各行各业的工人们或多或少也是类似的情形。要不我们就去看看爱尔兰，那地方在地图上属于文明的白种人地区，不妨把那个地方的人的身体状况跟北美印第安人或南太平洋岛民，以及任何其他没有跟文明接触过而没有堕落的野蛮人的身体比较一下。我坚信野蛮人的统治者跟文明人的统治者一样聪明。他们的状况只能说明与文明并存的东西何等污秽！现在我已经没必要提我们南方各州的雇工了，他们生产了这个国家的主要出口产品，而自己也成了南方的主要产品。我可以把讨论的范围缩小点，只说说那些生活水准算是中等的人吧。

大多数人似乎从没考虑过，一座房子究竟算什么，他们本不必贫困，却穷了一辈子，因为他们老想拥有一栋他们的邻居所拥有的那样的房子。这就像一个人穿裁缝给他缝制的衣服，或者，由于渐渐甩掉了棕榈叶或土拨鼠皮做的帽子，他就开始不停地埋怨世道艰辛，只因他买不起一顶王冠！想要建造一座空前豪华的房屋并不难，难的是人们连自己现有的房屋都买不起了。为什么我们一定要不停地想着拥有更多的东西，而不想想也该偶尔满足一下现有的呢？难道那些可敬的公民，就该以自己的言传身教来教导我们的年轻人，要他们趁着还年轻就努力去多买几双皮鞋、几把雨伞，还要买下一个空空的客厅，用来招待根本不存在的客人吗？我们为什么就不能让我们的家具像阿拉伯人或印第安人的那样简单？我们把民族的救星称为天使，是带给人类礼物的使者，可我怎么也想不出，他们来的时候身边是不是有很多随从、仆役，是不是还有装满各式各样时髦家具的大车。难道我应该赞同这样一种理论——这难道不是很奇怪的赞同吗——这种理论认为既然我们在道德上和智慧上比阿拉伯人高出一等，那么我们的家具就应当比他们的更复杂！现在，我们的房子里堆满了家具，脏兮兮的，一个好主妇宁愿将大部分家具扫进垃圾坑，也不愿放着早上的活儿不干。早上的活儿！在清晨的曦光下，在曼侬①的美妙音乐中，人们在一大清早到底该干些什么呢？我的桌上有三块石灰石，我吃惊地发现，它们每天都需要清理灰尘，这把我吓坏了，我头脑中的灰尘还没清理完呢，于是我厌恶地把它们扔出窗外。那么，这样的我怎么配得上一屋的家具呢？可我宁愿坐在旷野里，因为青草不会积满灰尘，除非人类已在那儿破土动工。

奢华闲逸的人引领着新时尚，让大众紧紧跟随。一个旅行者只要投宿在所谓最好的旅馆房间就能知道，当这家旅馆老板当他是萨旦纳珀鲁斯来接待了，如果他接受了这样的接待，用不了多长时间，他就会失去阳刚之气。我想到我们的火车车厢，我们宁愿把更多的钱用来布置奢华的车厢，却不愿在行车的安全与便捷上投入更多，结果安全和方便没得到，车厢倒成了一个现代客厅，里面有长沙

---

① 曼侬，尼罗河岸边巨大的雕像，据说日出时会发出美妙的竖琴声。

发、土耳其睡榻、百叶窗,以及各式各样的东方用具一应俱全。这些被我们从东方带到了西方的东西,是为天朝的六宫粉黛和娇柔之士发明的,这就是乔纳森①听了,也会感到难为情。我宁愿坐在一个南瓜上,也不愿和人一起挤在天鹅绒的垫子上;我宁愿坐在牛车上,也不愿坐在花里胡哨的观光车厢里,一路还要呼吸污浊的空气。

原始人的生活简朴,赤身裸体着,这至少有一个好处,即他只是大自然中的一名过客。吃饱睡足,精神焕发之后,他就又可以开始考虑上路。可不是吗,他居住在苍穹为顶的帐篷里,可以随意在高山、峡谷、平原间来去。但你瞧呀,人类已经成为自己的工具。过去那些采集果实吃的人变成了农夫;过去在大树下乘凉歇息的人成了管家。现在的人类不再需要露营,我们在地球上安居下来,却忘记了天空。我们之所以信奉基督教,无非是把它当成是一种能改善我们的耕种文明的方法。我们已经在尘世为自己造好了房屋,并为来世修建好了坟茔。最好的艺术品表现的都是人类如何从这一境遇中获得解脱,但艺术的效果仅仅是让这不好的境遇稍微变得舒服些,而更高的境遇则被抛至脑后。实际上,这个乡村就没有艺术品的一席之地,即使是原本有一些,传到我们手上时,我们的生活、房屋和街道也无法为它提供合适的位置。这里没有一枚能把画挂起来的钉子,也找不到摆放英雄或圣徒半身像的合适的架子。当想到我们的房子是如何建成的,有没有付款,这些住在房屋中的人的生活又是如何管理并得以维持时,我就会纳闷,为什么客人在赞赏壁炉架上那些华而不实的小玩意时,地板没有突然坍塌下去,让他们一直跌落到有着很浓的泥土味的地窖里。我无法对此视而不见,这所谓富足优裕的生活无非就是让人向上跳跃的踏脚点。我一点也不喜欢那些装饰,我的精力集中在了跳跃上,因为我记得,人类依靠自己的肌肉弹跳的最高纪录,是一些流浪的阿拉伯人保持的。据说,他们能从平地跳起25英尺高。如果没有支撑,跳到那个高度也还是会落到地面。我很想问问那些不恰当置业的业主——首先,是谁在支持你?你是97%的失败者中的一个,还是3%的成功者中的一个?在你回答了这些问题后,可能我会看看你那些华而不实的小饰品,看看这些东西除了装饰还有没有别的什么用处。套在马前面的车,既不好看,也不实用。在用漂亮

---

① 乔纳森(Jonathan),典型的美国人的谑称。

的饰物装饰房屋前，先得把墙壁去掉一层，这就像把我们的生活剥掉一层，同时你还得很善于操持家政和管理你的生活。问题在于，审美的品位大都是在自然中培养出来的，而那里既没房子，也不需要管家。

老约翰逊在他的《神奇的造化》一书中，提起那些在他那个时代移民到这个城镇的人时说："他们在某个小山坡上挖一个洞，做栖身之处，他们把泥土高高地堆在木头上，在高的那一边燃起火来，冒着浓烟烘烤。"他说，"他们没有给自己造房子，直到大地在主的赐福下为他们带来了面包，足以养活他们。"第一年收成不好，这些人"不得不把面包切得很薄，尽量少吃来维持到下一季"。1650年，新尼德兰州①的秘书长，用荷兰文写了一段详细的介绍给那些想要移民到那里去的人："新尼德兰，尤其是新英格兰那些人，最初并没有建造房屋。他们只是在地上挖一个方形的坑，像地窖一样，有六七英尺深，长宽随他们自己的想法，在坑的四壁围上木板，再在上面钉上树皮或别的什么东西，防止泥土坍塌；地面铺上木板，用圆木排列成屋顶，在上面盖上青草和树皮。这样，全家就有了一个干爽温暖的地方可以住上两三年甚至四年时间。当然，这些地窖都根据家庭的人数，隔出来了足够的小间。在最开始殖民的时候，新英格兰的那些富有的人住的也是这种地窖。之所以会这样有两个主要原因，其一，他们不把时间浪费在建造房屋上，以免下一个季节出现缺粮现象；其二，他们不想让那些被他们从祖国带来的大批劳工灰心丧气。等三四年后，那地方开垦出来了，他们才花上几千元为自己建造漂亮的房屋。"

我们祖先采取的做法表明，他们至少是精打细算的，他们的出发点似乎是首先满足最紧迫的需要。但现在，我们最紧迫的需求不是早已满足了吗？当想到要为自己建造一套豪华的住宅时，我就不禁犹豫不决起来，原因是，这个国度看起来还没有完全适应人类文明，我们不得不削减我们的精神面包，减少到比我们祖先的全麦面包还要薄。这倒不是说要去掉所有的建筑装饰，而是说，可以先把注意力放到与我们生活息息相关的事物上去，就像贝壳一样，贝壳的里面美丽却不过分华丽。可是，天呀！我曾经去过一两户人家，知道他们的室内装饰是个什么样子。

---

① 新尼德兰，北美曾经的荷兰殖民地，今纽约州等地。

尽管今天我们还没退化到住山洞或棚屋、穿兽皮的地步，但要是能享受到人类付出很大代价得到的发明和工业文明的种种好处，那当然再好不过。在我们这一带，木板、盖板、石灰和砖头都比较便宜，甚至比可以住人的山洞、原木、足够的树皮、黏土或平整的石块更容易得到。关于这个问题，我是很有发言权的，因为我既熟悉理论，又有实践经验。只要多用点心，我们就可以很好地利用这些材料，使自己变得比最富的人还富有，使我们的文明成为一种福泽。文明人实际上是更有经验也更聪明的野蛮人。不过，还是让我赶紧来说说自己的经验吧。

1845年3月底，我借了一把斧子，来到了瓦尔登湖边的森林，在靠近我选中的用来建造房屋的地点周围，砍了一些高大、笔直的小白松做材料。刚开始如果不借点东西那是很难的，但最好的办法或许就是让你的同胞对你的事业产生兴趣。斧子的主人借给我斧子时说，这是他最珍爱的东西，但当我还给他时，斧子比刚借时还要锋利。我工作的地点是一个风景很美的山坡，透过松树林能看到湖水和森林间的一片空地。森林里的松树和山核桃树郁郁葱葱。湖冰还没完全融化，不过有些地方已经化开了，里面的湖水黑黝黝的。在工作的那段日子里下过几场小雪，但大部分时间当我回家经过铁路时，只能看到绵延的黄色沙丘在雾气中闪烁，铁轨在春日下闪耀着光亮。我听到云雀、山鹩和别的一些鸟儿已开始和我们一起歌唱新的一年。这是令人陶醉的新春之日，令人压抑的冬天正和冻土一起消融，蛰伏的生命开始舒展自己。有一天我的斧把松掉了，我就砍了一段青山核桃木做楔子，用石块将它敲进木柄与斧头之间，然后放到湖水里浸泡，好让木楔膨胀。这时，我看到一条赤链蛇蹿到水里，然后轻松自如地伏在湖底。它就那样伏在湖底足足有一刻钟之久，可能是它还没完全从冬眠里苏醒过来吧。我想，人类目前之所以处于低级原始的状态，原因也差不多。如果人类能感受到春天勃勃生机的呼唤完全苏醒过来，就必然会跃升到一个更高、更精妙的生命层次。从前，每逢降霜的早晨，我总能看到路边有一些蛇，它们躯体的一部分还僵硬着，正等着太阳来帮助消融。4月1日下起了雨，冰雪融化了，但整个早上一半的时间都是雾蒙蒙的，我听到一只失群的孤鹅的哀鸣，它正在湖上摸索着，像迷了路，又像是雾的精灵。

就这样，我一连几天用这把狭小的斧子砍削着，为建木屋准备着各种材料，横梁、立柱和椽子。那时候我并没有什么值得告诉别人的思想，我就那样一个人哼唱着——

> 人人都说自己懂得很多，
> 但瞧呀，它们已展开翅膀——
> 艺术、科学，
> 还有千般技艺。
> 只有吹来的风
> 才是他们全部的感觉。

我把主要的木料砍成六英寸见方，大部分立柱两边都砍削，椽木和地板只砍削一边，其余的部位留下树皮，这样这些木料就跟锯出来的一样直，而且更结实。我借了一些其他的工具，在每一根木料上都凿出榫眼，又在顶端留出榫。白天我在树林中待的时间并不长，可我还是带了黄油面包当午餐。中午，我就坐在我砍下的绿色松枝上，抽空读读包午餐的报纸，因为我双手沾了一层厚厚的松脂，因此面包也散发着浓浓的松脂芳香。就这样，收工之前那些松树就已经成了我的朋友，虽然我砍倒了几棵，但它们并没因此埋怨我，反而与我越来越亲密。有时候，斧头砍削的声音会把林中的散步者吸引过来，于是我们就站在我砍下来的那些木屑上愉快地聊了起来。

我用不着着急，只是跟着节奏去努力做。到了4月中旬，我的屋架已经基本算是立起来了。我买下了詹姆斯·柯林斯的棚屋，准备用棚屋的那些木板。詹姆斯·柯林斯是位在菲茨堡铁路上工作的爱尔兰人，据说他的棚屋是少有的好棚屋。我到他家看房子时，他不在家。我在屋外来回走着，刚开始，屋里的人并没注意到我，因为窗户很高而且很深。那房子很小，屋顶尖尖的，也没什么好看的，周围堆积的垃圾足足有五英尺那么高，像一堆肥料。屋顶算是最完整的部分了，虽然那些木板都被晒得翘曲了，看上去非常易碎。房子没有门槛，只是在门框下有一个供鸡进出的通道。柯林斯夫人来到门前请我到屋里去看看。我一进去，鸡群也纷纷跑了进去。屋内很暗，地板脏兮兮的，阴冷而潮湿，给人得了疟疾似的黏糊糊的感觉。那些木板东一块、西一块，经不起搬动。她点了一盏灯，让我看看屋顶和内墙，还有一直延伸到床底的地板。她提醒我不要踏进地窖，这只是一个两英尺深的尘土洞，用她自己的话来说："屋顶的木板是好的，四周的木板是好的，还有一扇好窗户。"窗户最初有两个方框，现在只有猫从那儿进出。另一边有一个火炉、一张床、一个可以坐的地方、一把丝质的遮阳伞、一面镀金的镜子和一个钉在小橡木上的新咖啡研磨机，这就是全部家当了。交易很快达成，因为詹姆斯这时也回来了。当天晚上我就得付给他们 4 美元 25 美分，他们则需要在明早 5 点搬出去，在此期间，房子里任何东西都不得再卖给他人，到了 6 点房产就归我所有。他说最好是早点交易了，免得有人又会在地租和燃料上提出数目不清而又不公平的要求。他向我保证这是唯一的麻烦。早上 6 点，我在去的路上碰到了他们一家。床、咖啡豆研磨机、镜子、母鸡……全部的家当都在一个很大的包里，只有那只猫跑进了森林，后来据说掉进捉土拨鼠的陷阱，成了一只死猫。

当天上午，我就把棚屋拆了，把钉子拔出，然后一小车一小车地运到湖边，把木板摊在草地上让太阳晒好尽可能恢复原样。在我驾车穿过林间小径时，一只早起的歌鸫不时向我发出一两声悦耳的鸣叫。一个叫帕特里克的年轻人不怀好意地告诉我，一个叫西里的爱尔兰邻居，趁着我装车的间隙把一些还可以用的钉子、一块马蹄铁和墙头钉塞进了自己的口袋。等我回到那堆废墟前，那个爱尔兰人就满不在乎地站在那，看上去精神饱满，浑身洋溢着春意。正如他所说，那儿没什么事儿可干。他站在那等于是在代表观众，使这件微不足道的事看上去就像是众神正在搬离特洛伊城似的。

我在小山的南坡挖了地窖，那地方有一只土拨鼠也曾挖过洞，我清除了漆树和黑莓的根，把最深处的植物根茎的残留都清除干净。挖出来的那个地窖有六英尺见方，七英尺深，一直挖到细沙为止，这样冬天里土豆就不会被冻坏。因为那地方的地势是缓缓倾斜着的，所以我没用石块砌上，不过太阳晒不到它们，沙土也保持着原样。这不过是两个小时的工作。对于破土动工，我特别感兴趣，因为在所有纬度上，人们只要挖到泥土中一定的深度，就能得到一样的温度。在城里那些最豪华的房屋下，也一样能找到地窖，他们像古人一样把植物块根储藏在里面，即使是地面的建筑消失了，后人也能发现痕迹。这样看来，房子不过是地洞入口处的一个门廊罢了。

最后，5月初的时候，在一些朋友的帮助下，我把屋架立了起来，其实没必要这样，只不过是想借机跟邻居联络联络感情。把屋架立起来了，感到最荣耀的就是我了。我相信终有一天，人们还会帮我立起一个更高的屋架。7月4日那天，在地板和屋顶刚一铺好后，我就搬了进去。所有的木板都被仔细地切削出了斜边，一块块吻合得很好。在铺上木板前，在屋子的一端，我打好了烟囱的地基，足足用了两大车的石块，那都是我亲手从湖边抱上来的。直到秋天收拾完田地，我才接着把烟囱砌好，赶在需要生火取暖之前。我在外面的空地上做饭，我觉得这样更便捷，也让人感觉舒心。如果面包烤好前开始刮风下雨了，我就用几块木板遮挡起来，然后看着下面的面包。就这样，我度过了好多个快乐的日子。那段时间我手头有很多工作需要做，读书很少，但地上的破纸片，甚至是一份单据或者台布，都能带给我很多的欢乐，一点也不亚于阅读《伊利亚特》。

建房时，要是能比我考虑得更周到是很有必要的，比如预先思考一下一个门、窗户、地窖和一间阁楼，这些在人的天性中究竟居于怎样的地位。在没有找到比眼前的需要更好的理由之前，还是不要去建造诸如上层建筑之类的好。人们建造房屋，就像小鸟筑巢一样合乎情理。如果人们都亲手建造自己的房屋，简单诚实地找到食物养活自己和家人，我想，只有这样，诗歌才会真正具有意义，就好比忙碌的小鸟欢快地鸣唱一样。但是，我们却像鸟儿中的那些燕八哥还有杜鹃，总是设法把自己的卵生在别的鸟的巢穴中，还用极不协调的叽叽喳喳来让人心烦，怎么可能带来快乐呢？难道我们一定要把这建造的乐趣永远地让给木匠们吗？在人的心中，建筑又能占据多大分量？我在散步时，从来也没遇到过一位干这种为自己建房子的工作的人。我们都属于这个社会。我们在社会的分工，不仅有裁缝这个属于第九类的职业，还有牧师、商人和农夫等等。这种分工要精细到什么程度为止？它最终的目的是什么？就拿思考来说吧，当然别人也能代替我思考，可这样一来就等于是剥夺了我思考的权利，那样我还能开心吗？

毋庸置疑，在这个国家里有所谓的建筑师，我自己就至少听说过一位。这位建筑师想要让建筑上的装饰获得某种真理的核心，也因此获得一种美，就像是得到了神的启示。我不能说他的观点是错的，但我想他也就比那些业余的艺术爱好者强那么一点点。任何一位感情用事的建筑家，总是不从建筑的基础，而是从那些飞檐之类的开始,只在建筑的装饰中放进去一个真理的核,就好像往梅子里塞进去一颗杏仁或是一粒香菜籽——我倒认为吃杏仁不加糖更有益于健康——而那些住在这些建筑里的居民,为什么就不让他们的房屋更简单些,而不要去在意那些装饰呢?要怎样明理才能懂得装饰不过是外表的皮毛——就像乌龟天生就有带斑纹的壳,贝类天生就有珍珠的光泽,难道它们也需要跟百老汇的三一教堂那样,先要签订什么合同吗?要知道一个人跟他房屋的建筑风格并没有多大关系,就像乌龟跟自己甲壳上的斑纹关系不大一样。战士可从来不需要在无聊时,把自己的勇敢用精确的色彩标示在军旗上,敌人自会知道的。而在危急关头,这名战士很可能吓得面色苍白。在我看来,那位建筑师就像是俯身在自己建造的飞檐上,对着屋里粗俗的住户窃窃私语着自己所谓的真理,而屋里的人实际上比他知道得更多。我如今所看到的建筑之美,是由内向外渐次扩展开去的,是从居住者——也就是房屋唯一真正的建造者的需求与性格中生长出来的。这种美来自这位真正建造者真实的天性与对美的诉求,根本无暇顾及外表的样子。如果这类外表附加的美一定要出现的话,那也是因为在这之前它已经于不知不觉中获得了美的生命。我们国家的那些画家都知道,最有生趣的建筑是那些穷苦平民们的简陋、质朴的木屋跟农舍。一栋房屋显得别致,不单是因为外部那些独特的东西,更是因为住在里面的人们的生活。我知道的同样富于趣味的建筑,是那些市民在郊外搭建的简易箱型木屋,他们在那里面的生活也一样过得简朴舒适。而这些建筑根本就没有刻意去追求什么让人难受的风格。

　　大多数的建筑装饰确实是空洞的,9月的一阵大风就足以把它们全都扫掉,就像剥掉借来的羽毛①一样,而丝毫无损于本来面目。地窖里要是没有红酒或者橄榄,跟没有建筑学一样,人类都可以过得很不错。假如文学作品也如此多事地追求浮华的装饰,可以想象一下,《圣经》的撰写者也像教堂的建筑师一样把更多精力放在"飞檐"之类上,会是怎样的结果。那些纯粹的美文、艺术装饰学的教授实际上就是这样矫揉造作的。当然,一个人有时的确会在意几根木棍是斜放还是横放,还有他的箱子涂上怎样的颜色。这里面很有些意思,严格地说起来,木棍斜着放以及给箱子涂上怎样的颜色,都是具有一定象征意义的。但如果精神

---

① 西方传说,说寒鸦从孔雀那借来羽毛打扮自己。

与躯体分离了，那就是在建造他自己的棺材——这也就涉及坟墓建筑学了——而"木匠"不过是"做棺材的"另一种称谓。有一个人这样说，当你失望的时候，或是对生活失去兴趣了，随便抓起脚边一把土，就把你的房子涂成泥土的颜色吧，要不干脆抛硬币来选择好了。这个人一定是闲得慌了！为什么一定要抓一把泥土？把你的房屋粉刷成你皮肤的颜色好了，让这房屋为你变得苍白或者绯红。这可是一种改进乡村建筑风格的绝妙发明！如果你为我准备好了装饰，我将会毫不犹豫地采用。

入冬前我砌好了烟囱，在房子的一侧墙壁上钉上了一些木片，因为那地方挡不住雨水。我是从木头上削下来那些薄薄的木片的，它们看上去不是很完美，但都很苍翠，我不得不用刨子把它们的两边都刨平整。

这样一来，我就有了一栋严实的、钉上了很多木片、抹上了泥灰的木屋。它有10英尺宽、15英尺长，每根木柱高约8英尺，还有一间阁楼、一间小盥洗室。屋子的四面都有一扇大窗户，屋顶上有两个活的板门做的天窗，在房子的最里面有一扇大门。正对着门，我砌了一个壁炉。这栋房屋的确切开支，按照所用材料的平均价格来计算，人工不算，因为造房子的活儿全是我一个人干的。准确支出如下面我所报的，之所以列举，是很少有人能准确算出建一栋房子需要多少钱，至于能毫无偏差地说出那些材料的价格来的人，更是少之又少——

木板	8.035 美元
	（多数是从那间棚屋拆来的）
屋顶和墙壁用的旧木板	4.00 美元
板条	1.25 美元
两扇带玻璃的旧窗	2.43 美元
一千块旧砖	4.00 美元
两桶石灰	2.40 美元（买贵了）
毛状填塞物	0.31 美元（买多了）
壁炉架用铁	0.15 美元
钉子	3.90 美元
铰链和螺丝	0.14 美元

门闩	······	0.10 美元
粉笔	······	0.01 美元
运费	······	1.40 美元（大多自己背）
合计	······	28.125 美元

不包括我依法在政府公地上定居建房有权取用的原木、石头和沙子，这就是全部所用的材料。我还在边上搭了一间柴棚，用的大多是我建房剩余的材料。

我还打算为自己建一座就气派和奢华来说，远超过康科德大街上任何一座的房子，只要它能带给我同样的乐趣，而且花费不比我现在的房子多就行。

我因此发现，那些想要有一个栖身之处的学生，完全可以获得一座能让自己居住一辈子的房屋，并且所花费的绝对不会高于他目前每年所付的房租。如果我这样说有些过于夸耀的话，我这也不是在为自己夸耀，而是在为全人类夸耀。我身上所具有的缺点也丝毫不影响我所陈述的真实性。尽管我有不少的虚假与伪善之处——这就像没法完全剥离麦粒上的麸皮一样，对此我和其他人一样感到遗憾——然而我还是要自由地呼吸，在这件事上挺直自己的腰，这对身心都是莫大的解脱。我发誓绝不低声下气地为魔鬼做代言，我将竭诚为真理讴歌。

在剑桥学院[①]，光是居住在一间学生宿舍每年就要花 30 美元，而这间学生宿舍只不过比我的房间略大一点，那家公司在一个屋顶之下并排造了 32 间房子坐享其利，完全不顾住在里面的人是不是有什么不便并且要忍受吵闹。你甚至有可能得住到四楼上去，非常麻烦。对此，我不禁想，要是我们在这方面能多点真知灼见，那就可以减少教育的需求（说实话，人们已经得到了足够多的教育），而且为了接受教育要交很多钱的现象也会大大减少。在剑桥或别的什么地方，学生需要这些便利条件，如果双方处理得当，那代价不会超过这个的 1/10。开销最大的部分并非是学生最需要的东西，比如学费是开支中最大的一项，但和同代人中最有教养的人来往，得到的教育要多得多，却不用花费分文。建一座学院的方式通常是找到一批捐钱的，先筹集到一堆数额大小不等的钱，然后就开始盲目地遵从劳动分工的原则，分工简直分到了极致，这个原则本应该谨慎执行的——接

[①] 这里的剑桥指的是哈佛大学。

下来他们找来一个大的承包商，这个承包商再雇佣一些爱尔兰或别的什么地方的工人，然后就是奠基开工。最后，学生就得适应这里的东西，为了一个错误的策划，一代一代的学生都要支付学费。我想，如果学生或那些想从学校得益的人自己动手奠基，事情就会比这好得多。学生们得到了让人羡慕的闲暇与休息时间，按照制度，他们可以不用去干人类通常都需要干的劳动，所得到的只是并不很光彩的无用空闲，而这些空闲的时间原本是可以获得很多有意义的收获的，现在也被毫无意义地浪费掉了。但有人说：“你总不会是想要学生们放弃脑力劳动，而去用双手劳作吧？"可我根本不是这个意思，我的意思是学生应该多思考思考。他们不该这样游戏人生，或者纯粹去研究人生。既然社会付出很大的代价让他们接受教育，他们就该热爱生活。但如果不投入到真正的生活中去，他们又如何能了解生活呢？我想这有点像进行数学一样锻炼他们的思维能力，比如，我要是想让一个孩子学点艺术和科学，绝不会走常人的老路，把他送到邻近的某个教授那，什么都练，就是不练生活的艺术。而教授教他用望远镜或显微镜来观察世界，就是不教他用肉眼观察；教他学习化学，却不教他面包是如何做出来的；教他力学，却不教他怎样操作；教他去发现海王星周围的新卫星，却不教他如何发现自己眼睛里的尘埃；教他如何观察一滴醋里有没有怪物，却不知道他早就快被怪物吞噬了。一个孩子一边自己阅读必要的材料，一边自己采矿，自己冶炼，然后造出了属于自己的折刀；而另一个孩子则一边到学院去听冶金学讲座，一边从父亲手里接过罗杰斯牌折刀，一个月后，哪一个孩子的进步更大？哪个孩子的手指最有可能被折刀割破呢？

　　真让我吃惊，在离开学校前我竟然得知自己学过航海！天晓得，我只要到海港边去转一圈，就能学到更多这方面的知识。即使是贫困的学生也学了政治经济学，而生活经济学，也就是哲学的同义词，却从来没有在学校学过。这样的结果就是，儿子在研究亚当·斯密、李嘉图还有萨伊，父亲却债务缠身。

　　这就像我们的学院，有一百种"现代改进设施"，人们常对它们抱有幻想，它们却并不总是能带来积极的进步。魔鬼早就投了资，还在不断加码，一直都在索取着利润。看看我们的发明都是些什么，都是些能吸引人注意力的漂亮玩具，让我们忘记了那些本该去严肃对待的事物；都是些针对一直毫无改进的目标进行了一点点的改良，其实这些目标早就该实现了，就像直达波士顿或纽约的铁路，本来早就该到达。人们急匆匆地修建一条从缅因州到得克萨斯的磁力电报线，但是其实并没有什么很重要的消息需要尽快传递。这就像一个人急切地想要跟一位聋哑的女士交谈，当他被介绍给这位女士时，助听器的一端也交给了他，他却发现自己并没有什么需要谈的，好像交谈的目的就是快点开口说话，而不是说得有理有据。我们急着要在大西洋底开凿出一条隧道，好让从新世界到旧世界的时间缩短几个礼拜，但传到美国人的招风耳里的头条消息却是，阿德莱德公主得了百日咳这类的新闻。说到底，骑着马能一分钟跑上一英里的人，绝不会带来什么重要的消息。他不是福音传教士，跑来跑去可不是为了吃蝗虫和野果。① 我怀疑飞童恰尔德斯②是否有带过一粒玉米到磨坊去。

有一个人对我说："我就纳闷，你怎么不攒点钱。你喜欢旅游，就该马上坐上车，今天就去菲茨堡开开眼界。"但我比这更聪明。我早就知道徒步旅行才是最快捷的旅行方式。我对朋友说，我们试一试，30英里距离，看谁先到。这么远的距离乘车去需要花费90美分，差不多是一个人一天的工资。我记得在这条铁路上辛勤劳作的工人，他们一天的工资是60美分。好吧，我现在就出发，天黑前就能到达那儿。一个礼拜去一次，我都是按照这个速度在前行。而你呢，这时却要赚乘车的钱，到明天的某个时候才能到达，当然，如果你碰巧及时找到了工作，也许今晚就可到达。但你一天中的大部分时间必须在这工作，因此你没去成菲茨堡。很显然，就算铁路能通往世界各地，我也还是能赶在你前面。要是说什么这样可以多见见世面、多点人生经历之类的话，那我只好跟您断绝来往了。

这就是条普遍的规律，谁也没法战胜它，四通八达的铁路也不行。要是修一条环绕地球的铁路，就相当于把地球表面铲掉一层。人们糊里糊涂地认为，只要他们一起合伙，不停地用铲子铲，铁路就能通往任何地方，以后就能节约大把的时间，少花费很多的金钱；成群结队的人涌进车站，站务员大声地喊着"所有旅客都上车了"，车头喷出浓浓的烟雾。我们只能看见少数人上去了，但剩下的大多数人被火车碾压过去，这就是那个所谓的"悲伤的事故"。当然，那些最终能挣够车费的人，只要活着就还是能上得去车，但我想那时候他们大概已经没有了出去看看的兴趣和精力。一个人把自己生命最美好的时光用来挣钱，竟然只是为

---

① 这里指的是《圣经》中的人物施洗者约翰，见《圣经·马太福音》。
② 当年一匹英国赛马。

了在最没意思的时间去享受一下所谓的自由!这让我想到一位英国人,他为了能回到英国过诗人般的生活,就跑去印度想要发财,他真应该直接住进破旧的阁楼才对。"说什么!"听到我这样说,一百万住在世界各地棚屋里的爱尔兰人冲我大声喊道,"我们修建铁路难道不好吗!"我会回答说:"当然很好,但你们也可能很不好。既然你们是我的兄弟,那么我希望你们能把时间花在比挖土更好的事情上。"

在建好房子前,我想用诚实又让人愉快的方法挣个十块二十块的,以应付我的一些额外开支。我就在房屋附近开垦了两英亩半的松软沙土种了点东西,主要是蚕豆,还有少量的土豆、玉米、豌豆和萝卜。这块地一共有11英亩,大都长着松树和山核桃,上一个季节每英亩的价格是8.08美元。一位农夫对我说,这块地"除了养吱吱叫的松鼠,没什么别的用处"。我没有施肥,因为我不是土地的主人,只是一个居住在无主土地上的合法定居者,再说了,我也没想种太多,就没把地全都翻完。在翻地时我挖出了不少树根,够我烧一段时间的。夏天,这里的蚕豆郁郁葱葱,一眼就能认出它们。我屋后那些枯死的树,还有从湖里漂来的木头,让我拥有了足够多的燃料。只是,我不得不租一匹犁地的马和一名短工,但由我自己掌犁。第一个季度我在工具、种子和租金、工资方面的开支一共是14.725美元。玉米种子是别人送的。种子方面其实花不了多少钱,除非你想要种的比实际需要的多。我收获了12蒲式耳的蚕豆、18蒲式耳的土豆,还有一些豌豆跟甜玉米。黄玉米还有萝卜种得有点晚,没有收成。这样一来,我种地的全部收入如下——

总收入:23.44美元

支出……………………………… 14.725美元

结余……………………………… 8.715美元

除去我消费掉的,我手里剩余的农产品估值应该是4.5美元——这已经超过了我没种需要去购买的蔬菜的全部支出了。这样综合起来,也就是说,考虑到一个人灵魂和时间的重要性,尽管我这个实验所用时间还很短,不,也许正是因为时间短暂,我相信我这一年的收成比康科德任何一位农夫都好。

第二年，我干得更好了。因为我把剩下的那块地也开垦了。地不是很大，也就三分之一英亩。这两年的经验告诉我，那些关于农业的鸿篇巨制并没有什么可怕，包括亚瑟·扬①的作品。我发现，如果一个人想要过简朴的生活，自给自足，不去耕种多余的土地，也不想用自己的东西去交换来一些奢华的东西，那么几亩地就足够了。另外，用铁锹翻地比用牛要便宜很多，轮种也比靠施肥要经济。所有这些农活，你只需要在夏季空闲的时间做做就行，完全没必要像很多人那样把自己跟一头牛或者一匹马、一头奶牛、一头猪绑在一起。作为一名对目前的国民经济以及社会政治一点兴趣都没有的人，我这样说应该是比较公允的。相对而言，我比康科德任何一位农民都独立，因为我没有被禁锢在某个房屋或农场上，而是随着自己的爱好行事，况且这一爱好每时每刻都在变。我的日子已经比他们好多了，就算我的房子被烧毁，或谷物歉收，我的日子也会和从前的一样好。

我常常在想，不是人在放牛，而是牛在放人，因为前者自由多了，人和牛彼此交换了位置。但是，如果我们只考虑必要的工作，那就可以看出牛的优势多太多了，因为它们的农场更辽阔。人需要担当的那部分工作，就是要一连割六个星期的草，这可不是玩笑。当然没有一个什么都很简朴的国度，也就是说一个哲学家的国度，会犯这样愚蠢的错误去让牲畜干活。这样的哲学家的国度从没出现过，短时间内也看不到出现的可能。即使是真的出现了，我们也无法保证它就一定能美满。只是，我自己绝对不想去驯服一匹马或者一头牛，强迫它们为我工作，我害怕自己变成一个马夫或者牛倌。假如说这样做的话，社会会因此受益，那么谁敢保证一个人的所得，就不是另一个人的所失呢？难道马夫会和他的主人一样感到满足？的确有很多了不起的公共工程是靠牛马才得以完成的，那就让人类和牛马一起来分享这荣耀好了。但因此就能说人无法完成更配得上自己身份的工作吗？如果人类借助牛马，从事一些不仅具有艺术性，而且还是奢侈多余的工作，那么有少数人就会不可避免地要和牛马交换地位，换种说法也就是，成为强者的奴隶。如此一来，人不仅是在为自己内心的牛马工作，而且还要为身外的牛马工作。尽管用砖石砌成的房屋坚固结实，但农夫是否幸福还要看他自己住的房子在多大程度上超过了他的牲口棚。据说，这一带最大的房子是供牛马居住的，

---

① 亚瑟·扬（Arthur Young，1741~1820），美国农业科学家和作家。

而且与城镇的市政大厦相比也丝毫不逊色,但也就是在这个国家里,被用于信仰自由或言论自由的大厦却少之又少。为什么国家不能靠理性,而是要靠高楼大厦来让自己永恒呢?一卷《薄伽梵歌》①要胜过多少东方废墟啊!高塔和庙宇只是王公贵族们奢靡的表征。一个简单而独立的心灵,是绝不会屈从于这些东西的。天才不是任何帝王的臣属,金银或大理石不能让他们流芳百世,即使是能留下一点也微不足道。谁能告诉我,为什么要锤打这么多石头?我在阿卡狄亚②时,就没看到任何人敲打那些大理石。太多的国家沉溺于疯狂的野心里,以为留下一堆雕琢过的石头就能让自己永恒不朽。如果他们用同样的努力去雕琢自己的风度,那又会是怎样的情形?一个好的理性的产物,要远比一座高耸入云的纪念碑更值得传世。我更喜欢让石头待在原来的地方。底比斯的辉煌不过是一种庸俗的辉煌,即使是拥有一百多个城门,也是远远偏离人类真正的诉求,还不如那淳朴的农家田园的一堵简单的石墙合理。野蛮人和异教徒的宗教及文明建造了辉煌的庙宇,而称之为基督教的宗教却没有。一个国家把敲打好的大多数石头用在了自己的坟墓上,都把自己给活埋了。至于金字塔,并没有什么值得惊奇的,值得惊奇的是,有那么多的人,竟然让自己屈辱到如此地步,用自己的一生来为一个愚蠢的野心勃勃的家伙建造坟墓。其实这些人要是跳进尼罗河淹死自己,就算最后尸体喂了狗也比这样更聪明、更有性格。或许我可以为他们找一些借口,可我没这时间。至于那些建造者的宗教信仰和艺术爱好,世界各地基本是大同小异,不管是埃及的庙宇,还是美国的银行,都一样是付出大于所得。虚荣是动力,助手是对大蒜和黄油面包的热爱。巴尔科姆先生,一位年轻有为的建筑师,追随维特鲁维③,用硬铅笔和直尺设计了一张图纸,然后又将它交给道勃逊父子的采石公司。这样,被无视了3000年的东西,开始被人类仰望。说到那些高塔和纪念碑,这个镇子曾有一个疯疯癫癫的家伙,扬言要挖掘一条通往中国的隧道,据说他已经掘得很深,能听到中国茶壶里水的沸腾声了。可是,我想我是不会不合常理地去赞美他挖的那个洞的。许多人非常关注东方和西方的那些纪念碑,想知道是谁造的。而

---

① 古印度的叙事诗。
② 古希腊一个高原地带,后成为代表田园牧歌式生活的地方。
③ 维特鲁维(Marcus Vitruvius,公元前1世纪.)古罗马建筑师,所著《建筑十书》为古典建筑的典范。

我倒想知道，当时谁不肯造这些东西，是谁能够超越这些俗物。嗯，扯远了，还是让我接着统计我的各项支出吧。

当时，我在村子里既要测量，又要做木工活，同时还要兼做各种各样的短工，因为我会的手艺跟我的手指一样多，就这样，我赚了13.34美元。8个月的伙食费——也就是说，从7月4日到第二年3月1日——不算我收获的土豆、玉米和一些豌豆，也不计算结账时我手头的一些存货的市价——合计：

米·································· 1.735美元
糖浆································ 1.73美元（最便宜的一种糖）
黑麦································ 1.0475美元
玉米粉······························ 0.9975美元（比黑麦便宜）
猪肉································ 0.22美元
印第安面粉·························· 0.88美元
　　　　（比玉米粉贵，而且还麻烦）
糖·································· 0.80美元
猪油································ 0.65美元
苹果································ 0.25美元　⎫
苹果干······························ 0.22美元　⎬ 所有试验
甘薯································ 0.10美元　⎪ 均告失败
一个南瓜···························· 0.06美元　⎪
一个西瓜···························· 0.02美元　⎪
盐·································· 0.03美元　⎭

是的，我在吃的方面花了8.74美元。但我要是不知道大多数读者跟我一样有罪的话，我是不会这样恬不知耻地把自己所犯的罪公之于众。我想，要是把他们的所作所为也一样公布出来，应该也不会比我好到哪去。

第二年里，我有时会去捉几条鱼来吃，还有一次我竟然杀了一只闯进我的豆田里胡作非为的土拨鼠——像鞑靼人说的，让它的灵魂转世吧——我吞下了它，一大半都是为了做实验。尽管它有一股麝香味，但还是让我饱餐了一顿。不过我知道，就算让村里最好的厨师来烹煮，也无法让它成为有益于健康的食物。

在这同一时期内，还产生了一点衣服和别的临时费用，尽管数目不是很大，我还是把它开列出来：

衣服及零用开支……………………8.4075 美元
油和一些家用器具……………………2.00 美元

衣服的洗补大多是在外面做的，账单还没收到——但这些都是必要的开支，也许有点超支了——全部支出如下：

房屋……………………………………28.125 美元
农场一年的开支………………………14.725 美元
8个月的食物……………………………8.74 美元
8个月的衣服等…………………………8.4075 美元
8个月的油等……………………………2.00 美元
合计……………………………………61.9975 美元

现在，我是和那些自己谋生的读者说话。为了支付这一开销，我卖掉了农场上的产品：

卖掉农产品………………………………23.44 美元
打短工所得………………………………13.34 美元
合计………………………………………36.78 美元

将支出的总数减去此数，还差25.2175美元，这刚好是我开始时的那点钱，原本就是作为支出准备的，但从另一方面来看，除了我从中获得的闲暇、独立和健康，我还得到了一座想住多久就住多久的舒适的房子。

这些统计数字看似琐碎，没有多大用处，但由于它的完整而有了某种价值。所有的收入和开销，我都记了账。从上述账目可以看出，仅是吃饭，一个星期我

· 39 ·

就要花费 27 美分。在此后的近两年里，我的食物无非是黑麦、没有发酵的玉米粉、土豆、大米和少量的咸肉、糖浆、盐、饮料（包含水）。像我这样热爱印度哲学的人，以大米作为主食是很自然的事情。我想我应该声明一下，以便回答那些对我吹毛求疵的人。如果我偶尔外出就餐，就像我过去经常做的那样，我相信以后我还会有这种需要，尽管对我的生活开支并非有利。但我想外出就餐总是会有的，不过不会因此影响到我的统计数据的准确性。

两年的经验告诉我，即使是在这样的环境下，一个人如果想要得到必须的食物并非什么很难的事，人完全可以跟动物一样吃得简单，并能保持身体的健康。我曾在玉米地里采了一些马齿苋（Portulaca oleracea），煮熟加盐，很简单就得到一顿美味，对此我心满意足得很。我在这里给这种植物加上拉丁学名，主要是它的俗称太难听了。试问在和平年代里的某一天，在一个很普通的中午，还有能比饱餐一顿鲜嫩甜美的煮玉米，外加点盐佐味更美好的事情吗？就算我偶尔变点花样，也仅仅是为了调剂一下胃口，基本上不是为了健康着想。人们之所以经常会感觉到饿，并不是因为缺少食物，而是因为奢侈的欲望。我就认识一位善良的女士，她说自己儿子的死，完全是因为只喝白开水。

读者们会发现，我是从经济而不是营养的角度在讨论这个问题的，因此一个人如果不是营养过剩，是不会想要尝试这种饮食方案的。

最初我用纯正的印第安玉米粉和盐来烘焙，那是真正的玉米饼，我把它们放在那些建房时余下来的木板或者木头上，在户外生火烘烤，但经常会烤煳，还有一股松脂味。我就改用面粉，最后发现黑麦拌玉米粉最方便也最可口。天冷的时候，连续烘烤几小片这样的面包，就像埃及人照料孵小鸡的蛋一样，小心翼翼地翻动。这才是真正的谷类食物，就跟别的鲜美果实一样有着好闻的芳香。我用布包裹起它们，尽可能让这种芳香保留得更长久。我研究了一些古人制作面包的工艺，向那些权威人士讨教。制作面包的技术可以一直追溯到原始时期，不发酵的面饼是最先发明出来的，这使得人类第一次尝到了热的食物的美味，从而不再茹毛饮血。后来我又读到，据说是面团的一次偶然发酸，教会了人们发酵的技术，自那以后，人类开始利用发酵技术制作面包，直到"新鲜、甜美、有益健康的面包"成为了人的生命支柱。有人认为酵母是面包的灵魂，是充塞在面包的细胞组织里的精神，它像祭坛上的圣火一样，被细心呵护保存了下来。我想，最初几瓶宝贵的酵母，很可能是由"五月花号"带到北美大陆的，为美国做出了很大贡献。而且它至今还在继续膨胀着、升华着，如同大地上翻腾的麦浪一样——我一向都是怀着一颗虔诚之心去村里取回我的酵母，直到有一天我不小心忘了按照说明操作，用开水烫坏了它。正是这件意外的事情，让我发现不用酵母也可以……我的这个发现不是来自综合法，而是来自分析法——从此，我不再每天为酵母操心了。尽管大多数的家庭主妇信誓旦旦地热心地劝告我，不发酵的面包一定不安全、不利于健康，而一些年老的人还说这样下去我的生命力会慢慢消失。然而我发现这并不是什么必不可少的要素，没有发酵粉，我也度过了一年，现在还好好地活在这片土地上。我很高兴不用总在口袋里放着一个瓶子，那玩意儿稍不小心就会破裂，弄得口袋里脏兮兮的。人这种动物，比其他动物对环境的适应能力更强。我的面包里也没放盐、苏打、碱或酸什么的，看来我似乎是在按照公元前2世纪那位罗马农业家马尔库斯·鲍尔修斯·加图的法子做面包。"Panem depsticium sic facito. Manus mortariumque bene lavato. Farinam in mortarium indito, aquae paulatim addito, subigitoque pulchre. Ubi bene subegeris, defingito, coquitoque sub testu."对这段话我的理解是："就这样制作面包——洗净手和木盆，把粗面粉放进盆里，慢慢加水，把面粉搅拌均匀，揉好面团，制作好外形后，盖上盖子烘烤。"也就是说，只要将面团放在烤炉内开始烘烤就可以了，里面没有一个字提到发酵。不过，我也并不是总能依靠这生命的"支柱"，有段时间我口袋里没有一分钱了，那一个多月我都没见到它。

在这片土地上，每一个新英格兰人都能轻而易举地获得黑麦和玉米这样的面包原料，而不必受远方市场波动的影响。然而我们的生活远离了简朴，又缺乏独立性，结果，在康科德，人们很难在店里买到新鲜甜美的玉米粉，而碎玉米和粗糙的玉米无人问津。农夫把自己生产的谷物大都用来喂牛和猪，自己却要去商店高价购买那些未必有益于健康的面粉。我想，我可以轻而易举地通过自己种植得到几蒲式耳的黑麦和玉米，因为前者在最贫瘠的土地上也能生长，而后者也不需要很肥沃的土地，并且用手就能把它们碾碎。没有米和肉，日子照样过得去。通过实验我发现，如果我一定需要糖，那么完全可以从南瓜或甜菜中得到，我也可以种几株槭树就能很容易得到糖浆。当这些都还没成熟，我也很容易就能找到替代品。因为，我们的祖先是这样唱的——

我能酿出美酒滋润我的双唇,

用南瓜、欧洲萝卜和一小片胡桃叶。

最后说到盐,这个杂货之中最粗糙的东西。要想得到盐,正好可以到海滨去一趟,反过来说,如果生活中没有盐,没准儿我还可以少喝点水。我就没有听说印第安人为了盐而费心费神。

这样一来,我就可以避开各种交易和物物交换,至少就食物来说是如此。我已有了个安身之处,剩下的就是衣服和燃料的问题。我身上穿的裤子是在一个农夫家做的——谢天谢地,人身上还有这么多的美德,因为我觉得,农夫堕落为技工是一件很值得纪念的事,就跟人堕落为农夫一样伟大——而到一个新的乡村,燃料会是一个大麻烦。至于栖息之地,如果政府不让我在此居住了,我可以按照我耕种的那块土地出让时的价格,也就是每英亩8.08美元出售。但是实际上,我认为我在此居住后,倒使土地增了值。

有一些怀疑论者有时向我问这问那,例如,问我是否觉得光吃蔬菜就能活下去。为了立刻指出这个问题的本质——因为本质就是信仰——我会这样回答,就是吃木板上的钉子,我也能活下去。如果他们还是无法理解,那么我再多说也无济于事。就我而言,听说有人在做类似的试验,我感到高兴,就像一个年轻人,用没有去皮的硬玉米对付半个月,简直就是在把自己的牙齿当石臼。那些松鼠做过类似的实验,非常成功。人类总是喜欢尝试的,尽管可能会有那么一两位老太太对此惊慌失措,因为她们要么是无力做这样的实验,要么就是在磨坊有1/3的股份。

一张床、一张小桌子、三把椅子、一面直径三英寸的镜子、一把火钳和一副铁的柴架、一个水壶、一个长柄平底锅、一个煎锅、一把长柄勺、一个脸盆、两副刀叉、三个盘子、一个杯子、一把汤勺、一个油罐、一个糖罐,还有一盏涂日本漆的灯,以上就是我的家当。这其中有一部分是我自己做的,其余的也没花多少钱,因此我也没有记账。没有人会穷得需要坐在一个南瓜上,那只能是太懒的缘故。村里的阁楼上有很多椅子,只要我喜欢,去拿就是。家具!感谢上帝,没有家具公司的帮忙，我也能坐能站。假如一个人看到自己的家具被塞到一驾马车上，被拉着到处示众，还是一些像乞丐的空箱子，那除了某些哲学家，谁能不为此感到羞愧呢？这是斯波尔丁[①]的家具。从这车家具中，我看不出家具的主人是富有还是贫困。家具的主人好像永远这么穷困潦倒。实话实说，这类东西你拥有越多，就越贫困。每一车家具都像是装了十几座棚屋里的东西，如果一座棚屋意味着贫困，那么这就是十几倍的贫困。请问，我们为什么总在搬家，却不知道扔掉一些家具——我们的蜕皮呢？为什么不一把火烧掉这些老家具？为什么就不能从一个世界，彻底进入到另一个全新的世界？这就像他把所有的机关陷阱都拴在腰带上，只要他搬家经过我们设下了绳索的荒野，就会被拽住无法前进。断尾求生的狐狸是幸运的。据说麝鼠为了逃命，会咬断自己的第三条腿。难怪人类失去了自己的灵活性。有多少次他走上了绝路！"先生，恕我冒昧，您说的绝路是什么？"如果你有心观察，就不难看出你遇到的任何人拥有什么，以及好多他假装不是自己的东西，甚至能看到他的厨房里有些什么家具。他保存下来的所有毫无用处的东西，他不愿烧掉，他像是被拴在了这些东西上，要拼命拖着往前。这样他要是穿过一个绳圈或者一道门，而身后拖着的那辆车却过不去，我认为这个人这时就是走在绝路上了。如果我听到一个衣冠楚楚、身体健康、看似自由的人对我提到"家具"，无论是不是做了保险工作，我都不能不对他生出怜悯。"我的家具怎么办？"好吧，我可爱的蝴蝶，你就这样陷进了蜘蛛网。就是那些看上去没有家具的人，如果你再仔细问一下，你就会发现，他们也会有几件存在他人的棚子里。我看今天的英格兰，就好像是一个带着自己大大小小的行李去旅行的上了岁数的绅士，这都是他多少年来积攒下来的、一堆杂碎凌乱、毫无价值的东西，而他一直都没有勇气烧掉这些——大箱子、小箱子、手提箱，还有包裹，至少前面三件可以扔掉吧。现在，就是一个身体健康的人，也会带着铺盖到处走，因此，我肯定会劝那些身体瘦弱的人扔掉铺盖，轻装前进。每当我看到一位移民，背着自己全部的家当艰难地行走时——那些行李就像他的脖子上长了一个巨大的瘤子——我就会可怜他，不是因为他全部的家当就那么点，而是因为他背着这样多的东西。如果我们一定要戴着枷锁上路，那也该戴一副轻点的才是。但

---

① 斯波尔丁（Solomon Spaulding, 1761~1816.），美国教士，被认为是《摩门经》的最早作者。

从一开始就远离枷锁是最好的办法。

顺便说说,我可从不会去买什么窗帘之类的东西,因为除了日月星辰,没有谁会想要偷窥我,再说我也很愿意它们来看我。月亮又不会让我的牛奶发酸、让我的肉食发臭,太阳也不会弄坏我的家具或者让地毯褪色。有时候太阳这位朋友是有些过于热情了,我觉得躲到大自然的窗帘后面更经济划算,干吗要在我的屋里添上窗帘呢。有一次一位夫人送了我一块擦鞋垫,可我实在找不到放它的地方,更没时间里里外外地去清扫它,所以我拒绝接受。我更愿意在门前的草地上擦我的鞋底,最好是在罪恶开始冒头时就消灭它。

那之后不久,我去参加了一次拍卖一位教会执事动产的拍卖会,这位执事的一生并非很平庸,可是,"人做的恶事,死后还会流传。"① 和所有类似的情形一样,他的东西大多华而不实,其中一大部分都是从他父亲手里继承下来的,其中还有一条干绦虫。这些东西躺在他家的阁楼或是某个别的地方,尘封了半个世纪,居然都没有被烧掉;不但不烧掉,还要拿出来拍卖,让它们继续在这个世上存在下去。那些邻居个个都是热心肠,成群结队地跑去观看,不少人在那挑拣最后买下,接下来搬回自己家的阁楼或者某个洞穴里继续尘封起来,一直到下一份资产需要清理拍卖。一个人死了,他的脚踢到了灰尘。

有些野蛮民族的风俗的确值得我们学学,因为他们每年都要举行一次象征性的蜕皮表演,无论怎样,他们心里至少有这样的想法。巴特拉姆②曾描述过摩克拉斯族印第安人的一种风俗,要是我们也举行他们那样的庆典庆祝收获的第一批果实,这难道不好吗?"当一个部落举行庆祝活动时,"巴特拉姆写道,"他们先给自己准备好了新衣服、新罐子、新盘子,和其他用具与新的家具,然后把破损了的衣服和旧东西都集中到一起,把屋里屋外以及广场都打扫一遍,把清扫出来的垃圾、陈旧的谷物以及其他食物堆积起来,一把火烧掉。接下来是吃药后禁食三天,这段时间里部落不许生火,并禁绝一切欲望的满足。最后,宣布赦免所有罪行,那些因为违反部落规定被驱逐的人都可以回到部落里来。

"第四天早上,大祭司在广场上摩擦干柴取火,自此,镇上的每一户居民都

---

① 引自莎士比亚的《凯撒大帝》。
② 威廉·巴特拉姆(William Bartram, 1739~1823)美国博物学家,著有《穿越南北卡罗来纳、格鲁吉亚、东西佛罗里达》。

得到了纯洁的薪火。"

接下来他们享用新的谷物和果实，连续三天载歌载舞。"在接下来的四天里，他们接受邻近镇上的朋友们的拜访和祝福，这些朋友也用同样的方式净化了自己，所有的一切都准备就绪。"

墨西哥人每隔52年也举行一次类似的净化仪式，他们相信世界每52年轮回一次。

我没听到过比这更虔诚的圣礼了。在辞典上，圣礼的意思就是"内心灵性美德外在的符号化的表现形式"。我毫不怀疑，他们这种习俗最初是来自神灵的启示，尽管他们没有一部《圣经》来记载这种启示。

五年来，我靠自己的一双手养活了自己，我发现，一年只要工作六周就足以获得所需的生活费用。整个冬天和大半个夏天，我都在自由而安静地读书。我曾认真办过学校，但发现我最多只能维持收支平衡，甚至支出有点超出了我的收入，因为我无法不穿衣、乘车等，还要跟他人一样去思考、去信仰。我在这上面浪费了太多的时间。我教书不是为了同胞，单纯就是为了生计，所以没有成功。我还试着做过生意，但我发现，要想使生意走上正轨，得耗费掉十年的时间，到了那时我很可能正在前往地狱的路上。事实上，我真正害怕的是，到时候我成了一名货真价实的商人。过去，我四处寻求谋生之道，曾经因为想要迎合几位朋友的意愿而有过惨痛的经历。为此，我经常认真地思考这个问题，要我靠采集浆果为生这不是问题，能获得很小一点利益，我就足够了——需求很少是我最大的本领——而这只需要很少的投入，少到符合我的心愿，我就是在这样愚蠢地幻想着。在我认识的那些人坦然开始经商或者找到了职业，我却认为自己目前从事的这个职业很适合他们。一个夏天里我都在山野中奔波着，遇到路边的浆果就采摘，然后随意处置，我很像是在看守阿德墨托斯①的羊群。我也曾梦见过自己采集了一些鲜花野草，用运干草的车运些常青树给喜欢森林的村民，甚至运到城里。但如今我已知道，商业是对它接触到的所有事物的诅咒，即使你是在经营上帝的福音，也一样是这样的诅咒。

---

① 古希腊神话里的一位国王，阿波罗曾替他看管羊群。

因为我的偏爱,对有些事尤其是自由格外珍惜,也因为我的特别能吃苦而更容易获得成功,所以我一点都不想把时间浪费在那些华丽的地毯、精美的家具、美味佳肴或者各种样式的房屋上。要是有人能轻易就得到这些,得到后也更懂得怎样利用,我还是会赞同他们的追求的。一些人很"勤劳",似乎天生就是为了劳动的,也可能是劳动能让他们没时间去干别的什么坏事吧。对这类人,我目前还不想说什么。至于另外一些人,他们有着太多的空闲时间,又不知道怎样处理,那我就会劝他们去努力工作——直到他们能靠劳动养活自己,获得一份自由的证明。对于我自己,打短工是最好的工作了,尤其是一年只需要工作三四十天时间就能养活自己。打短工的一天通常在太阳落山时结束,那之后你可以自由支配自己的时间了,去干跟劳动不相干却是你自己想干的事情。相反,你的雇主倒要日复一日、年复一年地耗费心机,完全没有休息的时间。

总之,我的信仰和经历告诉我,如果一个人只想简朴、明智地生活,解决生活问题并不难,反倒是件轻松愉快的事,就像那些原始民族所追求的,实际上是一种更为人为的消遣。一个人想要谋生完全没必要弄得自己汗流浃背,除非他比我还容易出汗。

我认识的一位年轻人继承了几英亩土地,他对我说,如果可能的话,他想按我的方式生活。但不论出于什么原因,我都不希望人们采用我这样的生活方式。因为很可能他还没学会,我就采取了另外一种生活方式。我希望这世界上的人各自不同,希望每个人都能找到属于自己的生活方式,而不是借用父母或他人的。一个年轻人既可以做建筑,也可以去种地、去航海,总之根据自己的意愿爱好就行,千万不要去阻止他做自己感兴趣的事。人因为懂计算,所以是理性的;水手还有那些逃亡的奴隶都知道盯着北极星;我这种观点保证你一辈子都能用得上。我们很可能没法在预定的时间里抵达港口,但至少我们是航行在正确的航线上。

没必要质疑的是,对一个人适用的,那就一定也适用于一千个人,这好比一栋大房子,按照比例未必就比一栋小的房子昂贵,因为大房子里可以有更多的房间,几个房间可以共用一个地窖,而隔出几个房间只需要一堵墙。不过我还是喜欢独处,再者说,与其说服别人相信共用一堵墙的好处,还不如自己动手造房,这样更便宜。如果你和别人共用一堵墙,价钱是便宜了一些,但是这堵隔墙一定很薄,况且你的邻居也可能人品不好,要是他那半边墙坏了,他又不肯去修,那就麻烦了。通常存在的最佳合作其实只是一小部分，而且往往都是表面的，真正的合作精神与意愿反倒看不出来，只是存在着察觉不到的和谐。如果一个人有信心，就能无论到哪都会有信心与人合作；如果一个人没有信心，那他也会跟世上其他人一样，继续生活下去。合作的最高意义和最低意义都是让我们在一起生活。最近，我听说有两个人想结伴去周游世界，一个人没钱，一路上需要在桅杆下、犁后锄上干活挣钱，而另一个则带着旅行支票。不难看出，这两个人不可能长期结伴同行，原因很简单，就是一个人不需要做任何事，另一个则必须努力干活。在发生第一次危机前，他们就分手了。不过最主要的原因还是我说过的，也就是一个人的旅行可以随心所欲，想什么时候出发就什么时候出发；而有了同伴就不一样，你得等你的同伴准备好，那样一来想要出发就得等很久。

"但这很自私呢。"我听镇上一些人这样说。至今为止，我承认自己在慈善方面投入很少。由于使命感的驱使，我牺牲了太多东西，其中之一就是对慈善的投入能带来的快乐。有些人想方设法地要我为镇上那些贫困的人捐点什么。要是我没有什么事需要做——魔鬼专找无所事事的人——我很可能会去做一些这类事打发时间。问题是，每当我想要为此做点什么，帮助那些贫苦的人生活得像我一样舒服，有时甚至是主动请求他们让我帮助时，他们就会毫不犹豫地加以拒绝，理由是他们情愿过这样贫困的生活。我镇上的一些男男女女，都在想尽一切办法为自己的同胞谋取福利。对此，我认为至少有这样一个好处，那就是能让他们免于去从事其他不人道的事情。但做慈善事业跟做别的任何事一样，需要有天赋才行。至于说到"行善"，这个行业目前已经人满为患了。况且，我也曾好好地尝试过，奇怪的是，这不合我的性格，对此我很高兴。或许我不应该存心避开社会要求于我的这份特殊行善的工作，这可是在拯救宇宙免遭毁灭。只是，我坚信在其他什么地方，一定也有一股更为坚定的力量在保护着这个宇宙。我当然不会去妨碍别人施展才华，我自己不做，但对于全心全意、终身行善的人，我要说的是，请坚持下去，即使全世界都认为这是在"作恶"，而且他们很有可能这么说。

我这样说不是在说自己是例外，毫无疑问，许多读者也会做同样的申辩。做任何事的时候——我可不敢保证我的邻居一定说它好——我都可以这样说，我是最棒的人选；但实际是否如此，这要由我的雇主来决定。我所做的那些"善事"，都是一般意义上的"行善"，是我的额外工作，而且大都是无意中做的。人们会很现实地说，就从你现在所处的位置开始，从你的实际处境开始，按照你本来的样子去做好了，别指望会成为一个了不起的出名人物就行，你要怀着一颗善良的心去从善。要是我也用这样的腔调，我就会直接说，做你的好事去吧。这就好比太阳在照亮了月亮或者一颗六等的星星后，它就不再继续自己的工作，而是像那个跑来跑去的罗宾·古德费洛①，跑到每家农舍的窗口窥视一下，让人为之发狂，让肉变味，使得黑暗能看得见，而不是渐渐增加他温柔的热量恩泽大地，直至辉煌起来。凡人无法看清他的面孔，而他在自己的轨道上运行着，一路行善，或者说像某个真正的哲学家所发现的那样，这个世界绕着他运转，从他那里获得恩泽。传说为了证明自己是神的身份，法厄同驾着太阳车，用了还不到一天的时间就冲出了轨道，烧毁了凡间街上的几排房子，还把地球的表面烧焦了，烤干了每一处泉水，让撒哈拉成了大沙漠。最后，朱庇特一个霹雳把他打翻在地，对于他的死，太阳神悲伤得整整一年没发光。

没有什么味道比行善变味后更难闻的了。这味道就像人或神的腐尸发出来的。如果我确信有一个人要到我家来给我做好事，那我一定会逃之夭夭，像躲避非洲沙漠所谓的萨姆风一样——那风又干燥又灼热，吹得人嘴、鼻子、耳朵、眼睛都是沙子——我可不想谁为我做好事，最后把一些毒素混到我的血液里。绝对不行——与其这样，我宁愿忍受恶行反而会更自然些。如果我要饿死了，他来喂我；如果我要冻死了，他给我温暖；要是我掉进沟里，他把我拉上去——我可不觉得他就一定是好人。不信的话，我可以帮你找来一条纽芬兰狗，它也会做这些事。慈善并非泛爱。不用说，从霍华德②本人的立场来看，他的确是一位仁慈而受人尊敬的人物，而他的善行也得到了回报。但要是他的善行无法落实到我们这些急需要帮助的人身上，就算是有一百个霍华德又有何意义？我从未听说有哪个慈善会议真诚地提出过资助我或类似我这样的人。

那些耶稣会传教士也被印第安人难倒了，因为当有印第安人被绑在了火刑柱上时，他们竟然要求行刑者用独特的方式折磨自己。这些印第安人已经超越了肉

---

① 古德费洛，英国民间故事里的小精灵。
② 霍华德（John Howard，1726~1790），英国监狱改革家、慈善家。

体的痛苦，有时不能不怀疑他们也超越了传教士们所能提供的灵魂的慰藉。你所能做的就是，在杀害他们前，少在他们的耳边唠叨。他们根本不会关心自己受到怎样的折磨，他们是在用一种你无法想象的方法爱那些伤害自己的人，是在宽恕他人所犯下的所有罪行。

要确保你给予那些穷人的是他们真正需要的，尽管他们落在你后面是让你有成就感。如果你施舍出去的是金钱，那么你就该陪着他们把这些钱花掉，绝不要随手扔给他们就完事了。有时候我们会犯些莫名其妙的错误。很多穷人看上去衣衫褴褛、外表肮脏，并且举止粗鲁，但他们往往并非就是饥寒交迫，反倒经常是乐此不疲。你要是送给他金钱，他很可能拿去买一些更加破烂不堪的衣物。我有时候会怜悯那些笨手笨脚的爱尔兰人，他们在湖上凿冰，身上衣衫褴褛，而我穿着整洁暖和的衣服还浑身发抖。不久前一个掉进冰窟里的人来我这取暖，他脱掉了三层裤子、两双袜子，我才看到他的皮肉。不错，这些衣服破烂不堪，可是他拒绝了我要送他的外衣，因为他已经有了很多合身的衣服。他也许真需要一次这样的落水①，我却因此开始可怜自己。我觉得送给我一件法兰绒衬衣，要比送给他整间旧衣裳铺子仁慈得多。有一千个人在砍罪恶的树枝，却只有一个人在砍罪恶的根，说不定正是那个在穷人身上花了最多时间和金钱的人，给社会带来的灾难最多。他想补救，却徒劳无功。要知道正是那些道貌岸然的蓄奴主，从每十名奴隶的头上扣下一份收入，为其他奴隶购买参加一次礼拜的自由。有人认为让穷人到厨房去干活是对他的恩赐，那干吗自己不去下厨呢？夸耀说自己收入的十分之一捐给了慈善事业，那我想你也许应该捐出十分之九，就该这样做。实际上，社会得到的反馈仅仅是那些人财富的十分之一。这究竟算是富人的慷慨仁慈，还是因为主持正义者的疏忽呢？

慈善心几乎可以说是人类最值得推崇的美德。不，它实际上是被过分高估了，而如此高估恰恰是因为我们的自私。在康科德某个风和日丽的日子里，有一位健壮的穷人向我赞美起了一位市民同胞，据他说这个人对像他这样的穷人很好。人类中善良的叔叔婶婶们，比真正的精神之父母更受人们的推崇。有一次，我听一位博学而睿智的牧师在讲述英国，在列举了英国那些科学、文学和政治领

---

① ducking 是双关语，既指落水也指棉布或者亚麻布的衣服。

域的杰出人物，如莎士比亚、培根、克伦威尔、弥尔顿、牛顿以及其他一些人后，他接下来讲起了他的基督教英雄们——潘恩、霍华德、福莱夫人，他大肆鼓吹这些人物，把他们推崇到一个比所有其他人物都要伟大的地位上，好像他的职业要求他这样做似的。听到的人知道他是在胡说八道，因为后面这三位只能算是英国最好的慈善家，根本算不上是贡献最大的人。

我无意诋毁慈善事业，只是想要为那些用自己的工作与生命为人类做出巨大贡献的人讨回公道。我不认为正直与仁慈是一个人最主要的价值所在，这不过是一个人品格跟行为的一些细枝末节。那些枯萎的枝叶被做成药茶给人喝，但并没有多大功效，并且多半是一些游方郎中拿来治病的。我所看重的是一个人的鲜花和果实，渴望他的芬芳能侵袭到我，让我在他浓郁的沁香中得到熏陶。这个人的善良不是局部狭隘的，也不会是很快就消失掉的。这个人对人类的施舍不会影响到他自己，而且这种施舍也是无形的。这才是一种隐藏得住万恶的慈善。而那些慈善家经常会用自己散发出的颓唐悲戚来影响人类，并美其名曰同情心。我们应该传递的是勇气和信心，而不是放弃与绝望；是我们的健康与安适，而不是病态愁容。当心，别传染上了疾病。从哪个南方平原① 传来了哀声② ？在什么纬度上，居住着需要我们送去光明的异教徒？谁又是我们应该前去拯救的野蛮放荡的人？如果有人生病，他就无法履行职责；如果有人肠绞痛——这的确值得同情——那些慈善家就该着手改良这个世界。他是这个世界的一个缩影，对他来说，这是一个真正的发现，那就是这个世界在吃着青苹果。也就是说，在他眼里，地球实际上是一个巨大的青苹果，想想就很可怕，要是苹果还没成熟，人类的孩子就开始啃噬，那该有多危险。可他按捺不住发狂的慈善心促使他不顾一切地去拥抱因纽特人和巴塔哥尼亚人，去拥抱人口众多的印度和中国乡村。这样，经过几年的慈善活动，有权有势的人物运用这一手段达到了自己的目的，同时还治好了自己的消化不良，地球像一张脸一样一边或者整张脸都泛出淡淡的红晕，像一个苹果终于成熟了的样子，生命也不再青涩，变得新鲜甘美。我从未梦见过比我所犯下的更大的罪恶。我也从未见过，将来也绝不会见到，还有比我自己更坏的人。

---

① 这里应该是指当时的美国南方蓄奴各州。
② 见《圣经·耶利米书》9章19节。

我相信，改革家的哀伤并不是来自对受难者的同情，而是来自他内心深处的愧疚，尽管他是上帝最圣洁的子孙。只有一切恢复正常，春天走向他的身边，黎明的曙光升起在他的床边，他就会毫无愧疚地远离那些慷慨的同伴。我不抽烟，也不反对抽烟，抽烟的人会自食其果，哪怕他已经戒了。尽管我也曾尝试过很多别的事物，但我也一样可以反对它们。如果你当上了慈善家的话，那就不要让你的左手知道你的右手做过什么，因为这不值得知道。把落水的人救起，系好你的鞋带，去从容地做一些自由的事业吧。

和圣人交往毁坏了我们的言行举止。我们的赞美诗里回荡着亵渎上帝的优美旋律，可我们还是得容忍着。有人会说，先知和救世主也只能安抚人的恐惧，而无法满足人的渴望。什么地方都找不到有关生命得到了简单而单纯的满足的记载，也找不到对上帝的某次无法忘记的赞美。健康、成功尽管遥不可及，但能使我感到高兴，所有的疾病和失败都使我悲哀，对我不利，无论我因此获得了多少同情与安慰。因此，真的想要用印第安人式的、植物的、充满磁力的自然方式使人类复原，那就首先让我们像大自然一样淳朴与祥和吧，抹掉眉头上的愁楚，在我们的灵魂中注入一点点生命的活力，去努力做一个值得活在这世界上的人，而不是穷人的先知。

我在设拉子的希克·萨迪①的《花园》里读到："他们垂询一位智者，至高无上的主创造了众多华盖亭亭的高大美树，但除了柏树，没有一棵足以被称为 azad 或自由的，但柏树不结果，这其中有何奥秘？智者回答说，凡树皆有其相应的果实和特定的季节，适时则枝繁叶茂，鲜花盛开，逆时则枝叶枯败凋谢。柏树却不同，它永远郁郁葱葱，被称为 azad 或宗教独立者的就具有这种本性——不要把你的心依附于变幻莫测的事物上。因为它本就属于这种特性——不要将你的眼睛盯在那转瞬即逝的东西上，因为底格里斯河在哈里发部落灭绝后，仍流过巴格达。如果你很富有，就要像椰枣树一样慷慨；要是你没什么可奉献的，那就做一个 azad 或自由人吧。"

补充诗句——

---

① 萨迪（Saadi，约 1208~1291.），波斯诗人。

贫困的虚荣

卡鲁

可怜的贫困家伙,你实在过于放肆,
竟然要求在苍穹之下拥有一席之地,
因为你那简陋的茅屋,或木桶,
只会培养一些诗人懒惰或迂腐的品性。
在唾手可得的阳光或荫凉的泉水旁,
处处有根茎和野菜。
在那里你的右手,
从心灵上撕去了仁爱的激情,
而灿烂的美德正是从激情的茎干上怒放出来的。
你使人性堕落,感觉麻木,
像戈尔戈那样将鲜活的人变成了顽石。
我们并不需要那迫使人节制的、单调乏味的社会,
或那不知欢乐的忧愁的反常的愚昧;
也不需要你那被迫表现出来的、虚伪的、消极的坚毅,
被拔高到积极的坚毅之上。
这低劣卑鄙的一伙,
将他们的位置固定在了平庸上,
成为你们卑贱的心灵。
但是我们只倡导这样的美德,
容许超常、勇敢和慷慨的行为,
威严高贵,明察秋毫的审慎,无限的宽宏,
以及那古人未曾留下名字而只有典范的英雄美德,
如赫拉克勒斯、阿基里斯、忒休斯。
回到你那可憎的小屋里去吧,
当你看到新的文明的天空时,
尽力弄明白那些杰出的人物是谁吧。

2. 我之所在所求

时空都变了，那令我神往的浩瀚宇宙和那历史长河中逝去的年代却离我越来越近。我所生活的地方如此遥远，如同天文学家每夜观察的天体一样遥远。

我们的生命到了一定的阶段，就会开始留心居住的环境。因此，我把我住的地方周围十几英里范围内的每个农庄都考察了一番。我想象自己把所有的农庄都买下了，因为这些农庄都在等着出售，我摸清了它们的价格。我拜访了每户农民，考察了他们的田地，品尝了那里的野苹果，和他们谈谈地里的活，然后按他们开的价买下农庄，盘算着再以什么价格将农场抵押给他，价格高点也无妨——只要能买下就行，不需要签合同——他说出的承诺就是合同里的话，因为我是如此热爱对话。我耕耘着这片土地，从某种程度来说，也耕耘了他这个人，就这样，至少我是这样认为的。我享受过耕耘的快乐然后离开，由他继续耕耘下去。我的行为竟让我的朋友们把我当成了地产经纪人。我想，对我而言，无论在哪，我都一样能够生活，周围的环境都能给予我光和热。所谓家不过是一个位置——当然，这个位置要是在乡下就最好了。我发现大多数适合安家的地点，其一些不利因素都很难在短期内得到改善，有人认为这地点离村镇过远，可我觉得是村镇离得太远。"好吧，我可以在那儿住。"我这样说。我的确在那住下来了，一小时一小时，从冬到夏。我在看岁月是如何流逝的，看自己又是怎样熬过寒冬迎来春天。这个地区未来可能的居民们，不管他们将会把自己的房子建在什么位置，那地方都曾有人居住过了。只要一个下午的时间，就足以开辟出果园、林地和牧场，决定好留下哪些优美的橡树或是松树，砍倒的每棵树都能物尽其用。接下来，我会任其所是，如同休耕一般。一个人越是勇于放弃，也就会越发富有。

我的想象有些过于随意了,甚至想象有几处农庄拒绝了我的收购——这也许正是我所期盼的——我是从不愿意被实际的占有灼伤我的手指的。只有霍洛威尔农场差点被我实际拥有,那一次我都开始选好种子,已经在选择木料准备做一辆手推车,用来运送东西。就在我要跟那家的主人签订合同时,他妻子——每个男人似乎都有这样一个妻子——改变了主意,她想要留下这份地产。于是那个男人要给我10美元补偿来解除合同。说实话吧,那时候我全部的财产也就是10美分。假如我真的有10美分,或者拥有一片土地,要不就是10美元,或者很多的家当,那我可算不清了,这超出了我的计算能力。不管怎样,我没有要那10美元,把那片土地留给了他,因为我这次过分了。我可以这样认为,认为是我慷慨地把这片土地卖给了他,他毕竟不是很富有。那10美元就算是我额外送给他的礼物好了,但我留下了那10美分,还有种子跟准备做手推车的木料。这样一来,我觉得自己一下子变得阔绰了,而且我也没遭到分毫损失。另外,我还留住了那地方的自然风光,那之后我年年都得到了丰盈的收获,却不需要用手推车去运送。关于风光——我像帝王一样巡视一切,我的权力毋庸置疑。①

我经常会看到一个诗人,在驻足欣赏了一片田园风光后,把最美的那部分留在心中然后离去,而那些固执的农夫以为他只是拿走了几个野苹果。天哪,多年后,当诗人把他的农庄写进了自己的诗里,他却一无所知。一道看不见的篱笆圈起了这片风光,挤出奶来,脱尽乳脂把奶油全都带走了,只给农夫留下失去精华的奶水。

在我看来,霍洛威尔农场的真正魅力在于它远离尘嚣,它离最近的村庄有两英里,最近的邻居离它也有半英里,一大片农田将它与公路隔开,一条河流从农场旁流过。据主人说,春天,河面会升腾起雾来,保护农作物避免霜冻,但这并非我所关注的事。农舍和谷仓破旧灰暗,那些围栏年久失修,给人一种荒废的感觉,岁月把我跟从前的主人间隔。苹果树的树干已经空洞,被兔子啃得斑驳,布满苔藓,看到这情景,我就知道我会有怎样的邻居。主要是因为那段记忆让我急于买下这地方,早年我曾溯流而上,河两岸掩藏在浓密的红枫林中的房屋,传来一阵狗的吠叫。我等不及业主将那些石块搬走,或砍掉那些空洞的苹果树,等不

---

① 见英国诗人威廉·库柏(William Cowper)的《亚历山大·塞尔科克拟作》。

及他把牧场上自由冒出来的小白桦树拔掉。我想尽快占有，想像阿特拉斯①一样扛起世界——我可没听说过他为此得到了什么好处——别的就让它们去好了。我只是想赶快付清账款拥有这座农场，最好不要再横生枝节。因为我很清楚，只要顺其自然，这片土地就能生产出丰硕的果实。但最终的结果就像我前面说的那样，是空欢喜一场。

关于大规模的种植——我一直都在培育水果——我唯一能说的就是我的种子已经备好。很多人认为种子存放的时间越久越好，对此我并不怀疑。我最终还是得播种，我也相信结果不会让我失望。但我要再一次告诫我的朋友们，最后说一次——你们要自由自在、无拘无束地生活，能多久就多久，受困于一家农场跟被关在县里的监狱没有什么本质的区别。

老加图——他的《农业志》是我的"启蒙者"——曾说过——可惜我见到的那个唯一译本将这段话译得一团糟——"当你想要买下一座农庄时，你一定要多在脑子里想想，不要急不可耐地买下，也不要怕麻烦不先去仔细看看，也不要以为去转悠一次就够了。如果这是一座好的庄园，那么你去的次数越多就会越喜欢它。"我想我不会急不可耐地买下，只要我活着，我就会经常去转转，就是死了也要葬在那，这样就会得到我所喜爱的了。

再说说我另一次类似的经历，我打算讲得更详细一些。为了方便，我决定把我这两年的经历合并成一年。我一开始就说过，我可不想写什么哀歌之类的，而是要高声歌唱，像在晨曦中报晓的雄鸡，目的就是要吵醒我的那些邻居。

在我住进森林的第一天，也就是说我在那过了第一夜，碰巧是1845年7月4日，那是美国独立纪念日。当时我的房子还没完工，只能勉强挡挡风雨。墙壁还没有填塞涂抹，烟囱也没砌好，所用的那些旧木板留出很大缝隙，夜晚屋子里冷飕飕。刚砍削出来的立柱白净挺直，门框和窗框也刚整平，整个房子看起来干净清爽。尤其是早上，木料浸了露水后，我就会幻想中午有树脂的清香沁出。我还想象着这房屋一整天都洋溢着一种玫瑰色的情调，让我想起一年前造访过的一座山间的小屋。那是一座赏心悦目、没有粉刷过的小屋，想来一定适合款待云游

---

① 希腊神话中扛起天的巨神。

至此的神仙们,即使是那些仙女也能拖曳着她们的长裙在那里翩跹起舞。从我的屋脊吹过的风,发出的隐约之声有如仙乐般动听。晨风似乎就是这样永恒地吹拂着,就像那创世纪的诗篇在吟唱,这样的神奇之声却没几对耳朵会去留意聆听。看来奥林匹斯山只存在于地球以外的某个角落里。

除了一条小船,我曾拥有的唯一房产就是一顶帐篷。夏天出游时我偶尔用用它。这顶帐篷至今还放在我的阁楼里,但那条船几经转手,消失在了时间的长河中。如今我有了更牢实的栖身之处,看来在这世界上活得久了,我也渐渐学会了安顿自己。我现在这座房子虽说有点单薄,但它毕竟为我提供了一层琥珀似的保护,并且成为建造者身体的一部分,很像素描里的轮廓线。我不必坐到室外去呼吸空气,因为室内的空气同样新鲜,坐在门内与坐在门外没多大差别,即使是在大雨如注的时候也是一样。《哈利梵萨》①里说过:"没有鸟雀的巢,犹如没加调料的肉。"可我的巢穴还不至于此,因为我发现自己不知不觉中成了鸟儿们的邻居。并不是我捉一只鸟把它关在了笼子里,而是我把自己关在了紧挨着它们的一个笼子里。我不仅离经常光顾我园圃的鸟儿近了,离那些森林中野性的鸟雀也更近了,它们从不或者很少为那些村民唱小夜曲——那是些画眉、夜鸫、猩红比蓝雀、野麻雀、北美夜鹰和很多别的鸟。

我的房子坐落在一个小湖的岸边,往北1.5英里就是康科德,那里的地势要比康科德高一些,就在康科德与林肯乡之间那片茂密的森林中央。往北约两英里是这一带唯一的名胜康科德战场,不过我的房子位于森林中的低处,因此相距半英里之遥被森林覆盖的湖对岸,成了我目力所及最远处的地平线。在第一周,无论我何时凝视湖水,都感觉这是一座被群山环抱的湖,实际上它的湖底远高出别处的湖面。日出时,涟漪晃动着,湖面如镜,夜里的薄雾幽灵般退去,隐入到森林之中,像在夜间举办的某个秘密宗教集会悄然散场。露珠垂挂在树梢,直到下一个夜晚也不离去,仿佛就留在了山腰上。

8月里,在和风细雨的间隙,小湖成了我最值得珍惜的邻居。那时风平浪静,乌云弥漫在空中,午后时分就如同夜晚一般宁静,隔着湖水,对面森林传来画眉鸟的鸣叫。没有比这更静谧的小湖了。天空中的乌云在飘动,湖面上的那层空

---

① 古代印度叙事诗《摩诃婆罗多》一书的附录。

气稀薄可辨。湖水中倒映出一个世间的天堂。附近小山上的树木刚被砍去。从山顶越过湖面朝南眺望，湖光山色令人迷醉。湖坐落在群山之间，两岸山峰对峙，山与山之间巨大的凹口正好形成湖岸。看不到溪流，那两座小山却让人觉得有溪流正从森林中奔流而出。就这样，我看到了临近的青山，越过青山，我看到了地平线上那些更高更远的蓝灰色山峦。踮起脚尖，我能看到西北方更远处更蓝的山峰，那种蓝就是天空染出的最自然纯美的颜色。我还看到了村镇的一角。但换个方向，即使还在这个视角上，我却什么也看不到，因为森林完全挡住了我的视线。附近有些水真好，水给大地以浮力，让它漂浮起来。即使是最小的井也有价值，当我朝井里看时，我发现的不是一整颗地球，而是一座孤岛。这一发现很重要，就像发现井可以冷却黄油一样。洪水季节，站在这座小山越过这座小湖朝着远方的萨德伯里草原望去，我感到草原飘浮了起来，或许是雾气蒸腾的山谷中呈现出了海市蜃楼的景象。湖水以外所有的大地看上去都像一层薄薄的外壳，浮在这样一片小小的水波之上，成为一座座孤岛。这时我才意识到，我所在的地方不过是块干燥的土地。

虽然从门向外看去视野受到限制，可我一点也没有被挤压的感觉。那边那片辽阔的原野足够让我的思绪驰骋。湖对岸长满了低矮的橡树，从高地开始，一直向西绵延到大草原和鞑靼人的荒漠，给所有的浪游家庭提供了充足的空间。当达摩达拉①的牛羊需要更大的新草原时，他说："只有拥有广袤的地平线的人，才是世上最幸福的人。"

时空都变了，那令我神往的浩瀚宇宙和那历史长河中逝去的年代却离我越来越近。我所生活的地方如此遥远，如同天文学家每夜观察的天体一样遥远。我们总在幻想，在宇宙中某个更加神秘的角落，就在仙后座五颗亮星的背面，有一处远离尘嚣的怡人之地。我发现我的房屋就坐落在宇宙中这个离群索居之处，清新幽雅，纯洁清静。如果说越是靠近昴星团、毕星、金牛星或天鹰座的位置，越适合生活，那我真的就是住在这样的地方，要不就是跟这些星团一起，远离了人间尘世，就像一束微光，闪烁照耀着我最近的邻居，而只有在没有月亮的夜晚他们才能看到。我所占据的正是天地中的这一地方——

---

① 印度神话传说中的人物克里须那的别名。

曾有过这样一位牧羊人，
他的思想比高山还高远。
那山上有一群羊，
时时喂养着他。

如果牧羊人的羊群总是游荡在比他思想还高的牧场上，那么牧羊人的生活会是怎样的呢？

每个黎明都是一份令人愉快的邀请，使我的生活跟大自然一样简朴，或许我可以说是纯真。我跟希腊人一样真诚地崇拜着黎明女神奥罗拉。我早早起床，在湖中沐浴自己——这是一种宗教般的修炼，是我做得最好的事情之一。据说在成汤王的浴盆上铭刻着这样的文字："荀日新，日日新，又日新。"[①] 我懂得这道理，那是黎明带回了英雄的时代。在黎明刚刚到来之际，我坐在那，门窗洞开，一只蚊子穿过我的房间，开始了它的一次难得的奇异之旅，它那微弱的嗡嗡声触动了我，让我以为听到了赞美英雄的号角。这是荷马的安魂曲，就是天地间的《伊利亚特》和《奥德赛》，传唱着愤怒和漂泊。这其中蕴藏着宇宙自身的秘密，充盈了万物生生不息的活力，直到被封禁了起来。清晨是一天中最美好的时光，是觉醒的时刻。那时我们睡意全无，至少有一个小时，我们身体中日夜昏睡的部分开始苏醒。如果唤醒我们的不是我们的天性，而是仆从的手肘；如果不是我们内心新生的力量和渴望，而是工厂的铃声；如果不是那伴随着芬芳空气的天籁之音——这样的醒来，一定不会比睡着好，那么这样开始的一天，如果也可以称作一天的话，也没有多少希望可言、可期待的。要知道黑暗也能结出好果实，从而证明自己不比白天差。一个人如果不相信每天都有一个更早、更神圣的黎明，那他一定是对生活产生绝望了，步入了一条通往黑暗的道路。感官部分在歇息了一晚后，人的灵魂，或者说是人的知觉能力，在新的一天又会重新获得充沛的活力，他又可以用自己的禀赋去尝试看能过怎样崇高的生活。应该说，一切重大的事件都发生在黎明。《吠陀经》说："一切智慧都于黎明中醒来。"诗歌、

[①] 出自《礼记·大学》。

艺术，还有最美丽、最值得纪念的人类的活动，都源于此刻。所有的诗人和英雄都跟曼侬一样，是曙光女神之子，他们在日出时分弹奏出美妙的音乐。对那些有着活跃的思想、充满活力并且能与太阳同步的人来说，白天就是他们的一个又一个清晨。无论是敲响的时钟还是众人的态度，以及工作的性质是什么都影响不到他们。我在清晨醒来，那是曙光在我体内涌动的时刻。休养生息的目的就是为了远离昏睡。人们如果不是因为整日都处在浑浑噩噩的状态下，那为什么当他们回顾自己的一天时，记得的会那样少？他们都是精明能干的人，要是他们没有屈服于昏睡的话。几百万从事体力劳动的人都能保持足够的清醒，但在脑力劳动者中，一百万人中只有一个人是清醒的、是能有效地为智慧服务的。上亿人中也只有一个人能生活得富有诗意与神圣。清醒就是生活，如果我遇到一位能一直保持清醒的人，在他逼人的光辉的照耀下，我怎能凝视他呢？

我们必须学会再度醒过来，必须要让自己学会保持清醒，但这不是依靠机械之类的帮助，而是通过对黎明的无穷期待，只有这样，就算我们睡得再熟，黎明也不会抛弃我们。我知道，令人振奋的是人类有能力、有意识地提高自己生命的质量。能够画一幅画，或雕刻出一座塑像，或美化几个物体，这确实了不起，但更重要的是塑造或者画出那种感受与精神来，使得我们能从中有所发现，并且因此能正当地有所作为。要能影响时代的特征，才是艺术最高的境界。每一个人都应使自己的生活经得起崇高和关键时刻的考验，哪怕是微小的细节。如果我们拒绝，或耗尽了我们所得到的那点微不足道的思想，那么神谕就会告诉我们如何去实现这一切。

我住到森林中，是因为我希望谨慎地生活，只面对基本的生活元素，才能看出我是否能学会生活教给我的东西，免得临死前发现自己虚度了一生。我不想过不是生活的生活，要知道生活这么可爱，除非万不得已，我也不想与世隔绝。我想要的是深入到生活最深的地方，去那里吮吸生活的精髓，我想像斯巴达人一样有条不紊地、坚强地生活，把任何违背真正生活的东西清除掉，然后小心地修理，将生活逼到角落，将它的条件压到最低限度。如果生活是卑微的，那么就要将生活中的一切卑微之处弄清楚，然后公之于众；如果生活是庄严的，那么就要通过体验去了解这种庄严，好在下次的旅途中对它进行正确的评估。在我看来，生活对大多数人来说都是捉摸不透的。他们不知道生活是属于魔鬼还是上帝，也就总是草草地得出结论，认为人生的目的就是"赞美上帝，永远享受他赐予的喜悦"。

然而我们依然生活得像蚂蚁一样卑微，尽管神话告诉我们——我们早就变成了人。我们一直都在像小矮人一样与仙鹤作战；① 这真是错上加错，脏上加脏，我们最好的美德此时倒成了多余而需要避开的劫数。我们的生活消耗在琐碎之中。一个诚实憨厚的人只要数他的十个手指就够了，实在不行就加上十个脚趾，余下的不妨以此类推。简单，再简单不过了！我说，你要做的事情最好只有两三件，而不是动辄上百件甚至上千件，最多有半打也就够了，何必要那么多呢？你完全可以把所有的账目记在你的指尖上。在这波涛汹涌的文明生活海洋里，有着一千零一个考验在等着你，一个人要想生存，就得去面对，除非他想让船沉没，自己跃身于海底，不计算航线，连目的港都没有。而那些成功的人必然是了不起的计算家。简化，再简化。一天不必三顿饭，一顿就够了；每顿饭五道菜就足够了，何必要一百道，其他事以此类推就行。我们的生活就像是一个德意志邦联，全是由一些小邦组成的，边界不断在变，就算是那个国家的人也没法说清楚自己国家的边界。顺便说一下，国家内政所谓的改善全是些外表肤浅的东西，国家本身就是个畸形发展、难以驾驭的机构，由于缺乏计算，没有崇高的目标，机构里塞满了家具，从而掉进自己设计的陷阱里，被奢侈和挥霍毁掉了，就像千百万生活在陆地上的、没有计划的、没有安排而各自为政的人。解决混乱的办法就是实施一种严格的经济政策，过一种比斯巴达人还简单的生活，并树立起远大的生活目标。而如今人们的生活太放荡了。人们认为国家应该有商业，出口冰块，通过电报交谈，一个小时跑30英里，也不怀疑这些到底有多大用处，至于我们的生活过得是像狒狒，还是像人，则心中无数。如果我们不是铺设枕木、锻造钢轨、日日夜夜忙于工作，而是马马虎虎地过日子，以改善我们的生活，那么谁还需要铁路呢？如果没有铁路，我们又如何能准时地到达天堂呢？但是，如果我待在家里照料自己的事，那么又有谁需要铁路呢？不是我们乘火车，而是火车乘我们。你们是否想过铺在铁路下的枕木是什么？每一根枕木都是一个人，一个爱尔兰人或一个北方佬。铁路就铺在他们身上，他们被沙土覆盖，火车从他们身上驶过。

---

① 出自《伊利亚特》第三卷。

我敢保证，他们就是熟睡的枕木。每隔几年，一批新的枕木就会被铺在钢轨下面，因此，如果有人有幸乘火车，就必然会有人不幸地遭火车碾压。如果他们压到了一个梦游者——一根脱轨的枕木，把他吵醒了，他们就会紧急刹车，然后大叫大嚷，好像这是一个例外。我觉得这真有趣。每隔五英里就需要一帮人，负责让那些枕木长眠不醒、保持规定的高度，这充分说明了那些枕木也是会重新站起来的。

我们为什么要这样匆忙地浪费我们的生命？这是下定了决心要在没饿之前先饿死。人常说及时缝一针，将来会省九针，因此他们今天缝了一千针，就为了省掉明天的九千针。这样的工作，我们没有任何收获。我们患上了亨廷顿舞蹈症，根本停不下来。我只需要拉一下教堂钟楼的钟绳，就几乎可以断定，康科德郊外农庄里的每一个男女还有孩子都会跑来，尽管早上他们还在叫喊有多少活要干。说实话，他们来的目的不是救火，而是——如果敢于承认的话——看热闹，火已烧着了。火又不是我们放的，我们也不是来看救火的，而是想如果方便的话，也帮忙救救火，是的，哪怕烧的是教堂。一个人吃完饭，难得睡上半个小时的午觉，醒来后抬头就问"有什么新闻"，好像别人都在给他站岗。有人吩咐，每隔半个小时就把他叫醒，显然并没有什么目的。然后，作为报答，他们讲起了自己的梦。一夜醒来，新闻跟早餐一样必不可少。"请告诉我这个星球上任何地方任何人所碰到的任何新事。"他一边喝咖啡，吃面包卷，一边看报读新闻，什么一个人今早在瓦奇托河上被人抠去了眼珠之类的。他也不想想，此时此刻，他就生活在世界这个深不可测的大黑洞中，只剩一点眼睛的痕迹。

对我来说，没有邮局也能凑合。我觉得没有什么重要的事情需要通过邮局来办理。说得准确点，我一生只收到过一两封对得起邮资的信——这话还是我多年前说的。所谓便士邮政制，就是你一本正经地为一个人付一便士，希望能得到他的思想等等，结果得到的都是笑话。我敢肯定，我从没在报纸上读到任何值得记住的新闻。如果我们读到一个人被抢劫、被谋杀、出车祸，或是一座房子被烧了，一艘船沉了或者爆炸了，要不就是有一只奶牛在西部的铁路上被碾死，一条疯狗被杀掉了，冬天出现了一群蝗虫——我们根本就不必继续读下去，读到其中任何一条就够了。如果你掌握了规律，何必去关心那么多具体的细节呢？对哲学家而言，被称之为新闻的基本是胡扯，无论是编辑还是读者，都是喝着茶喜欢八卦的妇人。然而太多人对这类闲言碎语都有着一种忍不住的贪婪。我听说前几天有很多人跑到一家报馆,想了解一则国际新闻,以至于把报馆的几面窗玻璃都挤爆了——而我认真地想过,这种新闻,一个稍微有点脑子的人,可以在12个月或者12年前就写出来。就拿西班牙来说吧,只要你知道怎样把公主、唐·彼得罗、塞尔维亚以及格拉纳达之类的词语塞进去,不太别扭——这些词语从我开始读报到今天,就没有过什么变化——要是实在没什么好写的,那就写写斗牛。这就是真实的新闻,把西班牙的今天以及历史的变迁都详细报道了,就像报纸同一标题下的简洁明了的报道一样。要不就说说英国,来自那个地方的最新新闻差不多还是关于1649年的革命。如果你知道英国谷物历年的平均产量,你就没必要再去关心这类消息,除非你是想做投机生意。一个很少读报的人会说,没有什么值得关注的国际新闻,即使是再来一次法国大革命也不过如此。

新闻是什么呀!真正需要了解的,是那些经久不变的东西!"蘧伯玉(卫大夫)使人于孔子,孔子与之坐而问焉,曰,夫子何为?对曰,夫子欲寡其过而未能也。使者出,子曰,使乎!使乎!"①一周工作下来,农夫们昏昏欲睡——劳累了六天,周末本来是农夫休息的日子,他们个个都想多睡会——星期日是糟糕的一周的结束,也是新的一周的开始——但牧师就是不在他们耳边用某种拖泥带水的声音布道,而是冲着他们发出雷鸣般的吼声:"停!停下来!为什么看上去这么快,实际上却慢得要死?"

虚伪和谬见被推崇为真理,而事实则成了虚构。如果我们只研究事实,避免受骗,那么比起我们所知道的一切,生活就成了童话,成了《天方夜谭》里的故事。如果我们只遵从事实以及存在的必然性原则,那么诗歌和音乐就会回荡在大街小巷里。如果我们生活得从容不迫,头脑清醒,我们就会意识到,只有伟大而优美的事物才能永久而绝对地存在——卑微的恐惧和乐趣不过是现实的写照。现实永远令人振奋,永远那么令人崇敬。正因为人们视而不见,任凭那些幻想欺骗麻木自己,才让限制人类生活的各种习俗和规则得以产生,完全不去想这些东西是建立在虚假之上的。嬉戏生活的儿童,反而比成人更能看清生活真正的规律和联系,而成人的生活却一文不值。然而他们依旧自以为是,就因为他们积累了经

---

① 出自《论语·宪问篇》。

验，而实际上，他们积累的是失败。我曾在一本印度的书中读到这样一个故事："有一位王子，从小被放逐，被一位樵夫养大成人，他一直以为自己就是一名贱民。后来他父亲手下一位大臣发现了他，告诉了他真实的身份，他才知道自己是一位王子。"写这个故事的那位印度哲人接着说，"灵魂就是这样，会因为环境而不知道自己是谁，直到某位贤明的人指出真相，才知道自己原本是婆罗门。"我发现我们新英格兰人之所以活得如此卑微，就是因为我们无法看透事物的表象，无法看到本质的所在。如果一个人走过一座小镇，看到的只是表面的事实，那么，你觉得你可能知道怎样找到它吗？如果他只是描述他所看到的事实，我们不可能通过他的描述知道那是什么地方。看看教堂、议会大厅、法院、监狱，还有那些店铺、住宅，当你真正看到它们之前，它们都是些什么呀。在一个人的描述中，所有这些都变得支离破碎。人所推崇的是远离制度体系的真理，那在最远一颗星星的背后、在亚当之前、在末日之后到来的真理。永恒之中确实存在着真理和崇高，但所有时间、地点都在此时此刻。上帝的荣耀就体现在当下，绝不会随时间的流逝增减分毫。我们只有与现实融合，成为现实的一部分，才能接近真理。宇宙总是习惯顺从于我们的想法，无论我们的步伐快还是慢，前方的路都早已铺好，需要我们耗尽毕生精力去意识到它的存在这一事实。诗人和艺术家从未有过这么美好而高贵的设计，但他们的子孙后代至少还存在着完成的希望。

让我们像自然那样从容地度过一天，不要因坚果壳或蚊子的翅膀而偏离轨道。让我们黎明即起，有着平静安然的心情，吃或不吃早餐都一样，任人来人往，钟声敲响，还有小孩啼哭——下定了决心好好度过一天。我们为什么要投子认负然后随波逐流呢？不要因为跌到子午线的浅滩处恰好遇上惊涛骇浪而惊恐。渡过险关你就平安无事了，剩下的就是轻松的下坡。不要放松你的注意力，趁着清晨昂扬的活力，朝着那个既定的方向，像尤利西斯那样把自己绑在桅杆上拒绝塞壬们歌声的引诱。如果汽笛在鸣叫，那就让它叫好了，直到它声嘶力竭。钟声响起时我们为什么要奔跑起来？我们应该仔细听听那究竟算是什么样的音乐。让我们安顿下来好好工作，用我们的脚毫不犹豫地踏入舆论、偏见、传统、错觉和假象的淤泥里——这是把全球都覆盖起来了的淤泥呀！穿过巴黎、伦敦，穿过纽约、波士顿和康科德，穿过教堂、国家，穿过诗歌、哲学和宗教，直到我们抵达了一个我们称之为"现实"的坚固的岩层，然后告诉自己，没错，就是这里。一旦有了这个 point d'appui①，我们就能够立足于此，在洪水、冰霜和火焰之下，开始建造起一堵墙、一个国度，稳稳地立起一根灯柱或者测量仪——这不是用来测量尼罗河水的泛滥，而是用来测量事实的——以便告诉我们的后人，那一次次的欺骗与虚假的洪水到底有多深。如果你昂首挺胸，坦然面对真相，你会觉得太阳就像一把两面都熠熠生辉的东方弯刀，你会感觉到它甘美的锋刃正切开你并且直抵你的心和骨髓，你会坦然愉快地接受这样的死亡，从而结束自己的人生。无论生死，我们在乎的是当下的真实。如果死，那就让我们聆听从自己咽喉里发出的咯咯声，感受寒冷从四肢直达末梢；如果活着，那就让我们忙自己的去吧。

时间只是我垂钓的小溪。我畅饮着这小溪的甘泉，并清晰地看到了水底的细沙，发现这溪流是如此清浅。溪流流淌着，永不枯竭。我愿更深地饮，愿垂钓在溪水边。我也不认识字母表上的第一个字母。我一直在为自己没有刚出生时那么聪明而懊悔。智力就是一把利刃，一旦看准，它就会一路切开事物的奥秘。我不想再让我的双手去忙多余的事。我的头脑就是手脚。我感到那里汇集了我全部的感官和肢体。我的本能告诉我，我的头脑就是一个挖掘机，如同有些动物用嘴和爪一样。我要用我的头脑一路挖掘，在群山里开辟出我前行的道路来。那最丰饶的矿脉就在不远处。我要用这占卜杖②朝着雾霭腾起的方向作出判断，我该从哪开始挖掘。

---

① 法语"支点"。
② 西方传说中能探宝藏和黄金的魔杖。

3. 阅　读

　　然而，真正的阅读正是一种智力活动，而不是诱人的奢侈品，读的过程不会使我们的感觉麻木，相反，我们应该踮起脚尖，将我们最敏捷、最清醒的时刻奉献给它。

　　如果多点审慎思考，在选择职业时，人们或许都愿意成为学者或观察者，因为人们对这两种职业的性质和命运都很感兴趣。至于说到为自己或后人积攒财富，成家、建国以及追逐虚荣，我们是凡夫俗子，都难以避免。但同时，我们还是想要探求到真理，以便能不朽，无须担心变化和意外的发生。最古老的埃及或印度哲学家，曾经揭开了神的面纱的一个角——并且直到今天它还是被揭开着的——让我能看到那最初一瞬的辉煌与荣耀，因为这需要那个揭开者心里的"我"拥有极大的勇气，而如今这个瞻仰者是我心里的那个揭开神的面纱的"他"。自从这神圣被显露后，时光就在那一刻停留了下来，袍襟未曾染一点尘埃。看来，我们什么也改变不了，既不能改变过去，又不能改变当下，更无法改变未来。

　　跟一所大学比，我的小木屋更适合用来思考和认真阅读。虽然我所借阅的书并非是能从一般图书馆借阅到的，但我所受到的影响跟那些流传于世的书籍能带来的影响一样深远。这些书的内容最初是写在树皮上，现在则时不时地被抄在亚麻纸上。诗人米尔·卡玛尔·乌丁·玛斯特[①]说："安静坐下，而能驰骋在精神的领域中，这是书带给我的好处。一杯美酒令人陶醉；在我喝下秘传教义的琼浆时，我就感受到了这种乐趣。"整个夏天，我都将荷马的《伊利亚特》放在我的

[①] 米尔·卡玛尔·乌丁·玛斯特（Mîr Camar Uddîn Mast），18世纪波斯诗人。

桌上,虽然只是想起来了去随手翻几页。一开始要干的活太多,我得把房子造好,把地锄完,所以没有时间多看点书。但是一想到不久后就可以安静地看书,我就有使不完的劲。工作之余我读过一两本浅显的旅行方面的书,后来,我为此感到羞愧,我问自己究竟住在哪里。

那些能读荷马或埃斯库罗斯的希腊文原著的学生绝没有放浪与奢侈的危险,因为这样的阅读本身就是在对古代那些英雄人物的效仿,是把清晨的时光奉献给了这些篇章。对于一个堕落时代而言,就连那些用它们的母语印制的英雄诗篇,也难免遭遇成为僵死的文字的命运。因此需要我们沉下心来,仔细地从字里行间探索其中蕴含的智慧、勇敢与开阔的胸襟。如今廉价而多产的出版商们,尽管翻译出版了很多著作,却没能拉近哪怕一点点我们与古代那些伟大作家间的距离。他们依然是那么孤独,印出来的字也依然稀奇古怪。年轻时,花点时间,去学一门古代的语言,哪怕是只学会几个词也是值得的,因为这些词语都是从街头巷尾琐碎的言谈中经过锤炼而来的,它们已成为永久的启发和振奋人心的力量。农夫把听来的几句拉丁词语牢记在心,反复吟诵,这也不无益处。有时候人们谈论起来,好像对那些古典作品的钻研最终会让位于更现代的实用研究,然而真正有抱负的学者们,永远也不会放弃这些古典作品,无论是什么语言,无论有多么古老。难道古典不正是人类思想锤炼的结晶吗?它们是唯一不朽的神谕,并为最现代的疑问提供了答案。至于对现代问题的探寻,即使是去求神问卜,去问特尔斐、多多那①也得不到答案,却能从那些古典作品中找到答案。我们不妨暂时放下对自然的探究,因为它太古老了。读那些优秀的书,也就是那些真正有意义的书,这是一种崇高的运动,需要阅读者殚精竭虑,其中的艰辛不亚于世人所推崇的任何运动。读书像运动员一样需要持久的训练,更是一项一生的事情。书籍是严谨的,是审慎与严格写作的产物,因此,我们也要严肃审慎地去阅读,就算你会说原著的语言也不够易懂,因为口语与书面语之间存在着很明显的差异。前者一般变化无常,是一种声音、一种口语、一种方言,甚至很可能会有点粗野,是人们下意识地从母亲那学来的;而书面语则不同,书面语是从口语中提炼出来的结晶。如果前者是母语,那么后者就是父语,是一种洗练出来的表述方式,有着

---

① 古希腊阿波罗和宙斯的神庙。

无穷的意味，不是靠耳朵就能体会的。想要掌握这种语言，你就必须让自己再生一次。中世纪那些讲希腊语或拉丁语的普通人，并没有因为生逢其时就能读懂这种语言的天才作品，因为这些作品所使用的语言跟他们日常使用的口语并非完全一回事，而他们没有学过那种更高级的希腊语和拉丁语。同样，在他们的眼里，这些作品不过是废纸，他们所喜欢与大加赞赏的是那个时代流行的文学。欧洲的几个国家最终拥有了属于自己的语言文字，尽管还很粗糙幼稚，但清新明了，足以用来创立自己的文学艺术。于是在自己获得的语言文字基础上，一些有心的学者复兴了古典的文艺，掌握了过去遥远的时代馈遗的珍宝。当年罗马与希腊民众无法看懂的那些作品，在经过很多个世纪后，被不多的学者们读懂，至今也还有少数学者在研读。

　　无论演说家有多好的口才，得到了当时多少人的赞誉，毕竟是一时的。那最精妙典雅的文字还是一样隐藏在口语的背后，犹如点点繁星隐于瞬息万变的浮云间。浩瀚星空中的繁星，看到和能读懂的人自然能阅读。天文学家就是在永不停歇地阅读、注解着它们。这不同于人们习以为常的呼吸吐纳。论坛上的雄辩，不过是学术性的修辞。演说家凭着一时灵感，对听众们口若悬河、滔滔不绝。只有真正的作家会安于宁静，那种激发演说家的灵感只能让作家心烦意乱。与演说家演说的对象不同，作家的对象是人的心灵与智慧，是穿越时间的长河能理解他们的人。

　　难怪亚历山大远征时，要随身在宝盒内带一本《伊利亚特》。文字是最珍贵的圣物。跟其他艺术品相比，它使我们备感亲切，也更具普遍意义。它也是最贴近生活的艺术，人们不仅可以去读，还可以去呼吸。它不单单可以展现在画布或大理石上，还可以氤氲在生活的气息中，呼之欲出。一个古人的思想象征，成了一个现代人的口头格言。两千个春秋抹在了希腊文学的丰碑上，犹如时间镌刻在大理石上的留痕，因为它们把自己祥和的睿智与圣洁带给了无数的国度，因此不会被岁月所磨损。书乃世界之瑰宝，是属于世界上任何一个民族和国度的。最古老、最优秀的书籍，自然而然地立于每家每户的小小书架上。它们无须宣扬自己，也无须为自己申辩，一旦启发并帮助了读者，读者自然不会拒绝它们。无论在哪个社会，书的作者都是不可抵抗的天然贵族，他们对人类的影响远胜于帝王。一个目不识丁或许还目空一切的商人，靠自己的刻苦经营和辛勤努力赚取了金钱，从而获得了人们梦寐以求的闲暇和独立，跻身于富裕和时髦的社会，到这时，他最终要转向那些更高层次也更难以进入的知识文化世界，此时此刻，他会感到自身修养的不足，感到一切财富给他带来的只是虚荣和匮乏。为了进一步证明自己，他就会煞费苦心地想为自己的孩子在知识王国争取到地位，因为他深深感到这是他所缺少的，由此他便成了一个家族的始祖。

那些无法阅读古典名著原文的人，其人类历史知识一定不完备。令人吃惊的是，这些古典名著还没有现代语言的译本，除非认为我们的文明本身已经能将其原原本本地解读为一个译本。荷马的作品就从来没有被译成英语出版过，埃斯库罗斯的作品，甚至维吉尔的也没有，他们的作品如此典雅严谨，宛若黎明时的晨曦。这些人之后的作家尽管不乏才气，但很少有能与古典作家们媲美的，他们缺少那种精致、严整与宽阔的胸怀。从未接触过那些伟大的古典作品的人，会喊叫着要人们忘记他们。但当我们能达到那样的境界，拥有了那样的品位，一旦接触到了就会不以这些人的叫嚣为意。如果被称之为古典遗产以及更加古老因而鲜为人知的各国经典被发掘出来得越多，当梵蒂冈教廷堆满了《吠陀经》《阿维斯陀古经》①和《圣经》，堆满了荷马、但丁和莎士比亚的作品，以及后继时代的所得能相继跻身于世界文化的广场之上，这样一个时代才是最丰饶的时代。借助这些砌成的高塔，我们一定可以到达天堂。

人类还从未曾读懂过那些伟大诗人的作品，因为只有伟大的诗人才能读懂它们。人类阅读这些作品，就像仰望星辰，最多是从星象学角度去利用，而不是从天文学的角度去加以研究。大多数人读书只是为了他们可怜的功利目的，好比学计算只是为了记账，以免做生意被骗。他们根本不知道读书是一项崇高的智力运动。然而，真正的阅读正是一种智力活动，而不是诱人的奢侈品，读的过程不会使我们的感觉麻木，相反，我们应该踮起脚尖，将我们最敏捷、最清醒的时刻奉献给它。

我认为一旦识字了，就应该阅读最优秀的文学作品，而不是永远重复几个字母或背单音词，不要一辈子像坐在教室里的四五年级的小学生。大多数人以为，只要能够阅读或听别人朗读就足够了，或许还深信，认真阅读《圣经》就够了，

---

① 古代波斯琐罗亚斯德教的经书。

因为里面包括了所有的智慧，然后读读轻松的读物即可。就这样浪费自己的才华，使得生活变得单调枯燥。在公共图书馆里有一部多卷本作品《小读物》，我还以为里面写的是我没去过的一个小镇。有些人像鸬鹚和鸵鸟，在大吃一顿大鱼大肉后，还把其他食物一扫而光，理由是不忍浪费。如果别人是提供食物的机器，那么他们就是阅读的机器。他们阅读了九千个有关西布伦和赛福罗妮的故事，看故事里的男女主角如何爱得死去活来，看他们之间的真爱如何充满曲折，最后又是怎样皆大欢喜——故事总是他们相爱，跌倒，爬起来，继续爱！还有某个不幸的可怜虫如何爬到了教堂的尖顶——但愿他从未爬到钟楼的楼顶——既然他莫名其妙地爬了上去，那么欢快的小说家就会摇响钟铃，让全世界的人都跑来听，噢，天哪！他又怎么下来！全球的小说王国里真是不乏这类一心向上的英雄，我想作者们还不如将这些人全都变成风向标，就像从前给每个英雄都安排一个星座，让他们不停地旋转，直到生锈转不动了，省得下来恶作剧骚扰老实人。下一次小说家要是再敲钟，哪怕教堂失火了，我也不会动一动。"《踮脚单脚跳》，这是一部中世纪的浪漫史，作者是著名的'提托-托尔-坦'的作者，按月连载，数量有限，欲购从速。"那些人眼睛睁得跟盘子一样大，被好奇心折腾得胃口大开，连胃内壁的褶皱也不需要抹平，跟那些四五岁的孩子一样，成天坐在那读着两分钱一册的《灰姑娘》——据我所了解的，在读过这些后，他们连发音、音调还有语气都没看到有一点进步，更别说主题思想归纳技术能得到提高了。结果他们视力衰退，活力消失，智力能力就像是蜕皮一样蜕光了。这类姜汁面包每天都在被一个个烤炉烘烤出来，远比全麦面包和用黑面粉以及印第安玉米粉烤出的面包诱人、畅销。

在现代社会，即使是所谓的好读者，也不去读最好的书。我们康科德的文化又算得了什么？就算英国文学中最好的书或非常优秀的书，里面的词句大家都能读能拼，可本镇除了极少数人，其他人就是对此没兴趣。在大多数地方，即使是受过大学教育即所谓自由教育的人，对英国的经典作品也知之甚少，甚至一无所知。至于记载着人类智慧的那些古代经典包括《圣经》，想要的人都能轻易得到，可谁也不愿耗费一点点精力去阅读它们。我认识一位中年伐木工，他订了一份法文报纸，他说自己不是为了读新闻，并对此不屑一顾，他只是想使自己保持学习的状态，因为他出生于加拿大。我问他，这个世界上他认为能做的最好的事是什么，他说除了法文，他还得继续努力把英文学好。受过大学教育的人，一般在做或想做的也不过如此，他们订英文报纸也是这个目的。一个人刚读完一本或许是最优秀的英语著作，可他又能找到几个可以交流的人呢？再假设，这个人读完了一本连不识字的人都知道并赞美的希腊文或拉丁文原著，可找不到一个可交流的人，他也只能保持沉默。在我们大学里，还很少有教授能掌握语言的精髓，并因此理解了一位希腊诗人作品深邃的才智和情感，有心将其传授给富有才情、灵性而有气质的读者。至于神圣的经典，也即人类的《圣经》，本镇又有谁能说出它们具体的名字呢？大多数人还不知道，只有希伯来民族有一部《圣经》。任何人都会不厌其烦地去拾一枚银币，却不知道这儿有黄金般的文字，那是古代最聪明、最有智慧的人留下的智慧结晶，其价值得到了历代哲人的验证——然而，我们读的只是些简易读物，或者识字课本和班级点名册，离开学校后，也只读些"小读物"和孩子及初学者看的故事书。我们的阅读、谈吐和思维，所有这一切的水平都很低，只配得上侏儒和矮子。

我渴望结识一些康科德本地的聪明人，可我还没听说过他们的名字。难道我熟知了柏拉图的名字却从不读他的书？就像柏拉图是我的同乡，是我邻居，而我却从没见过他，没听到过他充满智慧的话语。但事实是怎样的呢？实际上，充满了他睿智、不朽思想的《对话录》就搁在我的书架上，而我从未读过它。我们都是粗鄙的文盲，而文盲分为两种，一种是目不识丁，一种是只会读些幼儿和弱智读物，至于两种文盲的区别，我看不出来。我们应该像古代的圣人一样美好，但首先要知道他们好在哪。我们就像是一群小鸟，想张开我们智力的翅膀飞翔，却飞不出日常报刊的高度。

并非所有的书都像它的读者一样愚蠢。有不少文字或许就是针对我们这种情形的，如果我们认真听，而且听懂了，那么它们比清晨和春天还要有益于我们的健康，并会使我们焕然一新。有多少人就是因为读了一本书，才开始了自己生活的新的纪元。书籍本来就是为我们而存在的，它记载并解释了众多奇迹，还为我们揭示了新的奇迹。我们无法表述的那些事，别处或许已有人表述清楚了。困惑过我们的烦扰，同样也困惑过那些智者，谁也无法逃过。每一个智者都根据自己的能力，对困扰自己的那些问题用言语和生活做出过回答。另外，只有有了智慧，我们才能学会心胸开阔。就在康科德郊外一座农庄里，有一位孤独的雇工有过奇特的宗教体验，他说最近他获得了再生，坚信信仰让自己进入到了庄重的静默状态，达到了物我两忘的境界，他很可能不认为我说的是正确的。数千年前，琐罗亚斯德也有过类似的经历，获得过类似的体验。这个人很聪明，作为智者，他能理解存在的普遍性原则，并以此跟周围的人交往，据说他还创立了一个新的拜神制度。那么，就让他谦卑地和琐罗亚斯德进行心灵的沟通好了，通过一切圣贤的感化，让他和耶稣通灵吧，让"我们的教堂"滚一边去好了。

我们吹嘘说自己属于19世纪，迈的步子比哪个国家都快。但看看这座市镇吧，它为自己的文化做得这样少啊。我不想恭维我的同乡，也不想被他们恭维，因为这对谁都没有好处。我们需要像一头老牛一样受到鞭策才能快跑起来。我们有一个很不错的公立学校制度，但只是针对幼儿的。除了有一所冬天开学的半死不活的文法学校，最近根据政府法令又创办一个简陋的图书馆，但除此之外，我们没有属于自己的学院。我们在食物跟看病上的花销不少，精神营养方面却严重匮乏。现在应该是创办私立学院的时候了，我们该在儿童们成人后就停止对他们的教育。应该让每一座村庄都成为一所大学，老人都应成为研究生——如果他们足够富裕——他们可以利用余生去自由地学习。难道世界就永远只限于一个巴黎或牛津？难道学生就不能在这儿寄宿，在康科德的天空下接受自由的教育？难道我们就不能请一位阿伯拉尔①式的人物来给我们讲学？哎呀！我们忙着养牛、做生意，离开学堂太久了，我们的教育正在荒废着。在这片国土，我们的城镇在某些方面应该取代欧洲贵族的地位，应该成为艺术的保护者。它很富有，缺少的只是胸襟与优雅。它愿意在农业和商业上投入金钱，可一旦要它在任何有识之士都懂得其价值与重要性的事业上投入，它就会认为那不过是乌托邦的幻想。感谢政治与财富，康科德刚耗费了17000美元建造了新的市政大厅，但我不认为它愿意在一百年内，为智慧贝壳内的有机体花同样多的钱。为了那个冬季文法学校，每年要募集125美元，市内任何同样数目的捐款，都没它用得那么有意义。既然我们生活在19世纪，为什么不能享受19世纪的种种好处呢？我们的生活为什么过得这么紧促？如果我们一定要读报，为什么就不能跳过波士顿的闲聊，去读一份世界上最好的报纸呢——不要去吮吸《中立》报刊的奶头，也不要去咀嚼新英格

---

① 阿伯拉尔（Pierre Abélard, 1079~1142），中世纪法兰西经院哲学家。

兰鲜嫩的《橄榄枝》①，把各种学术团体的报告放在我们面前，看看他们是否真懂些什么。我们为什么要让哈泼斯兄弟出版公司和雷丁公司②来为我们挑选读物？一如趣味高雅的贵族，其周围总是聚集着有助于人的修养的事物——天才、学识、智慧、书籍、绘画、雕塑、音乐、哲学工具等等，那么让我们的村子也来这么做吧——不要只请一位教师、一位牧师和一位司事，不要只建造一个教区图书馆，选三个市政委员就完事，我们的清教徒先辈曾在一块凄凉的岩石上熬过了严寒的冬天，靠的就是集体的精神。我确信我们的环境会得到更大的改变，如今我们的能力也远远超过旧时代的贵族。新英格兰有能力请得起全世界的智者来教育自己，为他们提供食宿，让我们不要再继续过愚昧的生活。这才是我们所需要的不一样的学校。我们不是贵族，但我们有着高贵的乡村。如果有必要，我们宁愿少建造一座桥，多走几步路，但在环绕着我们的黑暗的无知深渊上，我们至少要架起一座拱桥来。

---

① 当时的一份卫理公会的周报。
② 当时纽约跟波士顿两地的著名出版公司。

4. 声 音

这声音从一定的距离传来时，有着同样的音效，它们就像是宇宙这架竖琴发出的颤音，像遥远山脉里弥漫的雾霭的飘动，山脉被抹了一层淡淡的碧蓝，令人心旷神怡。

但当我们埋头于书籍中，即使是那些最精粹经典的作品，我们仅仅是读一种特定的书面文字，这种文字本身也是来自一种地方方言，那时我们就危险了，我们很可能会有忘掉另一种语言的危险，而这是唯一一种不需要比喻手段就可以将万事万物直接明了地表述出来的最丰富、最典范的语言。我们已有很多的出版物，但把这种语言印出来的很少。这就好像从百叶窗照射进来的光线，一旦完全打开百叶窗就再也没人注意。对此，没有任何方法与手段能代替高度的警惕性。看得见的，就要经常去看，这不是精选一门历史、哲学或诗歌的课程就能代替得了的，也不是合理的社会、正确的生活规律可以取代的。所有这一切又怎么会比直接思考所见之物更好呢？你必须决定是只做一名读者、一个学生，还是一位发现者，面对你自己的命运，去观察你眼前的事物，然后朝着未来前进。

最初那个夏天我没读什么书，我要锄地。不对，我是要去做比读书精彩多了的事情。我们总是不愿意把眼前的美好时光全部奉献给劳作，无论是脑力的还是体力的。我喜欢为生命留出一些空间来。有时，在一个夏天的清晨，在沐浴之后，我会坐在洒满阳光的门前，一直这样坐到正午，静静地看与思索。我的身边都是各种树木，松树、山胡桃树，还有不少的漆树，远离繁华，孤独而静谧。四处传来鸟的啼鸣，它们有时悄无声息地从我的屋子周围掠过，直到阳光转到我的西窗，远处公路那边传来游人的马车声，我才醒来。那时候我已经那样坐着很久了。我在这样的季节生长着,像地里的玉米在夜里拔节生长,远远胜过任何需要干的工作。这不是虚掷光阴,而是在延长我的生命。我终于体会到了东方人所谓的沉思冥想和无为的真谛。总体来说,我一点都不在乎虚度岁月。白昼的来去,只为照亮我从事某项工作,刚刚还是黎明,瞧呀,转眼就已经是黄昏,而我还没完成一项有价值的工作。我也没像鸣禽一样歌唱,我就是那样笑着,笑我自己绵长的幸福,就像那边那只麻雀,它落在了我门前的山胡桃树上鸣叫得婉转,我咯咯笑了,甚至盖过了它的鸣叫,它很可能听到了我在自己巢边的欢笑。我的一天并非某个星期中的一天,它没有以任何异教的神祇命名①,也没有被切成细小的碎片,更没有因为嘀嗒的钟声而不安,因为我喜欢生活得像一个普尔印第安人②。据说他们的"昨天、今天和明天都是同一个词。想要表达昨天,他们就将手指向后面;想要表达明天,他们就将手指向前面;想要表达今天,他们就将手指向天"。对我所在的这个镇里的同胞来说,这无疑是十足的懒散,但是如果花鸟按照它们的标准来要求我,我想我没有什么不够格的。人必须从自身寻找因缘,这话说得很对。身处大自然里的日子是宁静的,它从不责备懒散。

比起那些四处寻欢作乐、出入社交场所或者剧院的人来说,我的生活方式至少有一个好处,那就是我的生活本身就是娱乐,而且还永远都是新奇的。它是一出多幕剧,而且没有剧终。如果我们确实想好好过日子,运用我们学到的最新最好的方式来管理生活,那么我们就不会感到无聊。如果你紧紧追随自己的创造力,它就会时时刻刻给予你新的情境。做家务活是一项愉快的消遣。如果我的地板脏了,我就早早地起床,把家具全都搬到屋外的草坪上,把床和床架堆成一堆,像一个吉卜赛大包裹。然后在地板上洒上水和从湖里捞出来的白沙,接下来,我再用扫帚把地板刮得干净洁白。等村民们吃完早饭,太阳已经把我的房子晒干了,这样我又可以把家具搬进屋,而这之间我的沉思几乎就没中断过。我很高兴地看到我的全部家当堆在草坪上,三条腿的桌子则立在松树和山核桃树中间,书和笔墨还在上面。它们也似乎很高兴出来,仿佛不愿意再被搬进去。有时我忍不住想在它们上面搭个帐篷,然后我就坐在那,看太阳是怎样照耀它们,听

---

① 在英语中,一周的每一天都是以一个斯堪的那维亚的神祇来命名的,只有周六是以罗马农神萨图恩(Saturn)命名。
② 出自菲菲夫人的游记《一个女士的周游世界》一书,指巴西印第安人。

听微风是怎样吹拂它们,这真是一件值得尝试的事。那些熟悉的东西放在室外比放在室内看起来更有趣。一只小鸟站在那边的树枝上,常青草长在桌子底下,黑莓藤缠绕着桌腿,满地都是掉落的松树果、栗树果、草莓叶,仿佛这些植物就是这样变成了我的桌子、椅子和床架——因为这些家具曾经站在它们之间。

我的房子坐落在一个小山腰上,紧挨着一大片森林,周围长满了幼小的北美油松和山核桃,离湖六杆[①]之远,门前有条窄窄的小路,从山腰一直通到湖边。前院里长着草莓、黑莓、长生草、狗尾草、黄花紫菀、矮橡树、野樱桃、越橘和落花生。5月底,野樱桃(Cerasus pumila)在粗短的茎上攒集着的伞形花,层层叠叠,精美雅致,装点着小路两侧。到了秋天,饱满浑圆的果实沉甸甸地挂满枝头,一串一串的,光芒四射。尽管它们并不好吃,但为了表示对自然的敬意,我尝了尝。房屋四周,漆树(Rhus glabra)郁郁葱葱,一个季节就长了五六英尺,越过了我砌好的那道矮墙。羽状热带树叶宽大而怪异,晚春时巨大的芽苞会突然从看似死了的枯枝中冒出,然后变魔术似的甩出柔美娇嫩的枝条,足足有一英寸粗。有时我坐在窗前,这些枝条毫无节制地生长着,压弯了自己柔弱的关节,我会时不时地听到一声枝条折断的声音,尽管没有一丝风。它那是被自己的沉重压折了,然后像一把扇子一样飘落下来。8月是浆果的世界,它们渐渐染上耀眼的天鹅绒似的绯红,那样丰硕,以至于也压断了自己的枝条。

就在这个夏天的一个下午,我坐在窗前,一群鹰来到我的林中空地上盘旋,野鸽们疾飞,三三两两地跃入我的眼帘,其中一些不安地落在屋后的五针松枝上,冲着空中咕咕叫着。一只鱼鹰击破水面叼起了一条鱼;一只水貂偷偷溜出门前的沼泽,从岸边叼走了一只青蛙;苇鸟飞来飞去,压弯了纤细的芦苇。最后半小时,传来轰隆隆的火车声,此起彼伏,像鹧鸪的振翅,把游客从波士顿运到乡下。我并没像那个小男孩一样与世隔绝,听说他被骗到城东一个农夫那,但不久又逃回了家,鞋跟都磨破了,看来想家想得太厉害了。也许是他从未见过这么一个单调、偏僻的地方,那一带的居民都跑了,唉,你甚至连口哨都听不到!我很怀疑有没有马萨诸塞州这么一个地方,说真的,我们的村子已成了一个靶子,被

---

① 美国一种距离单位,一杆等于5.0292米。

一支疾飞而来的铁路之箭射中,在安静的原野上发出那令人感到慰藉的声音——康科德。①

菲茨堡铁路就在距离我约 100 杆的南方穿过,湖就是在那儿和它接壤的。通常我都是沿着湖堤去村里,它就像是连接我和社会的一根纽带。跑全程的货运工人像老朋友一样跟我点头打招呼,他们经常碰到我,显然是把我误当作了一名铁路工人,那我就算是吧。我很乐意在地球轨道的某一段上做一名养路工。

夏冬之季,火车的汽笛声穿过森林,听上去就像是雄鹰在农夫的院子上空盘旋啼鸣,像是在告诉我,许多焦躁不安的城市商人正在向这座城市涌来,要不就是从另一边来的喜欢冒险的乡村商人。它们出现在同一条地平线上,彼此警告着对方,要对方让开路。这样的叫嚣声有时能让两座村镇的人都听见。乡亲们,你们的杂货来了;乡亲们,你们的粮食来了!没有一个人能完全自给自足、能拒绝这些东西,但必须为此付出代价!于是汽笛开始在乡村之间响起,火车就像一根长长的攻城锤,以每小时 20 英里的速度朝着城墙撞击而来——里面还有很多的椅子,挤满了疲惫不堪、带着沉重包袱的人。淳朴的乡村彬彬有礼、笨手笨脚地送给了城市座椅。漫山遍野的印第安越橘,还有小红莓都被采光运到城市。棉花被装上车,纺织品被卸了下来;丝绸被装上车,毛织品被卸下来。书被装上车,作者的智慧被卸了下来。

我看到车头拖着长长的车厢,像运行的行星一样向前奔驰——或者说像一颗彗星,它的轨道看上去不像有回程路线,因此旁观的人不知道以这种速度、顺着这个方向,它是否还会回到这条轨道上来——车头的蒸汽像一面旗帜,形成金银色的烟圈飘在车后的天空,又像是飘浮在天空之上的一团团绒毛似的,一大块一大块地展开了,简直是想要把夕阳映照的天空当作自己的罩衣。我听到这巨大的铁马吼叫着奔腾,山谷中响起阵阵回声,大地都在它身下颤抖。它喷着火和黑乎乎的浓烟(我不知道在将来新的神话里,人们会怎样重新形容飞马与火龙),看上去似乎终于有了一个配得上地球的新的种族了。如果一切都像看上去的那样,那么人类控制自然就是为了达到高贵的目的,那该有多好!要是飘浮在火车头上的蒸汽,真的是英雄在创业中淌出的汗水,跟飘浮在田野上空的云朵一样有益于

---

① 来自梭罗的好友小钱宁的诗《瓦尔登湖的春天》。威廉·艾勒里·钱宁(William Ellery Channing, 1780~1842),美国传教士、作家、诗人。英文康科德与和谐为同一单词:concord。

农作物的生长,那么自然环境和自然本身就会很乐意为了人的目的服务,保护着人类。

  远望着清晨的列车经过,我就像是在观看日出,它甚至比起日出来还要规律。火车正在驶往波士顿,在半空中拖曳出一道长长的烟的巨龙,缓缓朝着天空升去,一时间里遮蔽住了太阳,在远方的田野投下一片阴影。而那在天空中行驶的列车,看上去要比紧贴着大地的这一列小得成了一个长矛矛尖上的倒钩。这冬季的清晨,铁马的主人早早起身,借着群山间的星光给它喂料备鞍,火也早早醒来,给它注入活力,让它得以启程远行。如果能如同曙光一般清新纯洁,那该有多好!要是遇到积雪很深,人们就会为它穿上雪地靴,还有庞大的铲雪车在群山厚厚的积雪中开出一条路,一直延伸到海边,而列车就像是垄沟里的播种机,把人的焦灼还有更多奢华的物品,当成种子播撒在大地上。一整天里这火驹奔驰在田野上,直到它的主人累了、疲倦了,需要休息。我常常被它那沉重的脚步声和傲视一切的哼哼声唤醒。而到了遥远的森林峡谷里,它却遭到了冰雪的阻挡;一直忙到晨星时分才回到马厩,还没等它歇一歇,或打个盹,就又得上路了。或许到了傍晚,我能听到它经过一天的忙碌之后将那多余的能量释放掉的声音。这时,它的神经可以松弛一下,它的肝脏和大脑可以静下来几个小时,像铁人一样打个盹。要是这件事既能持久,又不劳累,既富有英雄气概,又不失威严,那该多好啊!

  森林远离市区,人迹罕至,从前只有打猎的会在白天光顾,现在,到了深夜也会有列车通过,灯火通明的车厢内的旅客浑然不知。刚还停靠在村镇或某个城市的站台上,转眼它就又驶入阴森的沼泽地带,惊动了狐狸和夜枭。如今列车的到站和离开,成了村里每天的大事。就这样来来去去的,严谨守时,当地的村民甚至以火车来去的鸣笛来对时间。一个管理严谨的机构就是这样控制了人们的生活。难道不是吗?铁路出现后,人们的时间观改变了,变得更强、更统一。而列车上的人们的谈话、思考不是比在当年的驿站时代更迅速快捷了吗?火车仿佛给所到的环境都通上了电。对于火车所创造出的奇迹我感到无比惊讶。原以为我的那些邻居到死也不会乘坐这样的东西前往波士顿的,但如今只要车站的铃声响起,他们就涌向了站台。"像火车一样办事"现在也成了人们的口头禅。权威部门一再告诫大家一定要和火车轨道保持距离,我想这种告诫是真诚可信的。因为权威部门既不能一再把车停下来宣读法律条款，更不能冲着大众鸣枪示警。我们为自己构建了一种命运，一个阿特洛玻斯①，然后再也不会掉头回去（就让它做你火车头的名字吧。）。根据广告，人们知道几时几刻这些箭矢会射向罗盘的哪个经纬点，不过它从不干涉人们的事务，而孩子们会从另一条路去上学。我们的生活也因此变得更加稳固。我们就这样被教导要做退尔的子孙②。空中到处都是看不见的箭矢在飞。除了你自己的那一条，所有的路都是一种宿命。既然这样，那就走自己的路好了。

我之所以钦佩商业，是因为它具有的进取心与自信。它从不需要对朱庇特顶礼膜拜。我看到那些每天在生意场上进出的人们或多或少都是信心十足与满足的，他们的所作所为超过了他们自己的预期，他们获得的成功也往往超过他们自己的设想。而那些在布艾纳维斯塔前线坚持半小时的战士，我反倒没有被打动多少，更打动我的是那些在严寒的冬天坚守在扫雪机里的坚定而又乐观的工人。他们不但有在凌晨3点这个拿破仑认为是最难的时间战斗的勇气，而且有勇气一直等到风雪停歇后或者他们的铁马都筋骨冻僵了才去睡。在有特大暴风雪的清晨，人们的血液估计都被凝固了，呼出的气也凝结成冰，但你仍然能听到火车的汽笛声穿破迷蒙的被冻结住了的空气传来，宣告着火车的到达。就是在新英格兰这种极度恶劣的天气下，列车也依然没有多少延误，而你能看到那些扫雪的人浑身霜雪，站在扫雪机的踏板上，全神贯注地盯着扫雪板，被扫开的不仅有雏菊和田鼠的洞穴，还有内华达山脉的岩石——那遍布整个宇宙的东西。

商业是如此充满自信，它庄重、敏捷、进取，并不知疲倦。它行为的方式自然质朴，那些充满幻想的事业和情感用事的实验都无法与之媲美，因此它能取得非凡的成功。一列货运列车从我身边哐当哐当驶过，我感觉到了它非凡的气概，这种气概也让我感到振奋。我闻到了商品的味道从长码头一直飘到尚普兰湖，这味道让我联想起了那些异域的风情，那些珊瑚礁、那片印度洋以及燥热的热带气候和大地的辽阔。看到棕榈叶，我想明年夏天会有很多新英格兰的亚麻色头发上戴着它们；看到吕宋麻、椰子壳、旧绳索、麻袋、废铁和锈钉子，我感到自己像

---

① 古罗马命运三女神中的最后一位。
② 威廉·退尔（William Tell），14世纪传说中解放瑞士的英雄，曾被迫用箭射放在他儿子头上的苹果。

一位世界公民了。这一车破帆制成纸、印成书后一定更有趣,更加易读。有谁能像这些破旧的帆布,生动地记录下自己所经历过的每一次惊涛骇浪?这本身就是不需校对与审核的清样。缅因森林的木材途经这里运出,前不久因为洪水泛滥,导致这些木材被耽误了送出海外,不少被洪水冲走,还有的出现了损伤变形,因此每千根价格上涨了4美元。原本覆盖着有熊、麋鹿和北美驯鹿出没的大地山峦的云杉、松树、雪松,现在被砍伐了变成木材,被按照不同等级进行分类。接下来驶过的列车运送的是优质的托马斯顿石灰,它们要到遥远的山区才被卸下来熟化。至于这一捆捆的破布,花色品种齐全的布料,真的就是棉布和亚麻布最悲惨的下场,也是衣服的最后归宿——如今再也无人对它们的花色品种赞赏不已了,除非是到了密尔沃基,这些原本光鲜的商品,这些来自英国、法国、美国本土的各色印花布、方格布和轻纱等等,这些搜集自富有的、贫穷的以及各种地方的布头,才会重新获得自己的价值,变成清一色的白纸,最多是被裁剪成不同的尺寸,而它们记录了不一样的生活,记录下那些来自上层社会和底层社会里的真实的故事。接下来的这一辆封闭的火车散发出一股咸鱼味,一股强烈的新英格兰商业气味,使我想起了大浅滩①和渔业。有谁没见过咸鱼?为了这个世界,鱼被腌制了起来,再也不会腐烂,这腌制出来的耐腐性让最坚韧不屈的圣人都自愧不如。有了咸鱼,你可以扫街、铺路或劈柴,为了防止日晒雨淋,货运司机将自己隐身于咸鱼之后,或将货物放在咸鱼的下面——而商人也可以将咸鱼挂在门口当作开业的招牌,就像康科德商人从前做的那样,直到最后就连老主顾也说不出这是动物、植物还是矿物,不过它仍像雪花一样洁白,如果你把它放到锅里去煮一煮,那么就是一顿美味咸鱼的周末宴席。再接下来运送的是西班牙皮革,牛的尾巴依然弯曲,弯曲的角度仍跟当初在大草原上奔驰时的一模一样,真是顽固不化,这说明本性中存在的缺点是怎样都难以改变的!坦白地说,在我了解了人的本性后,就再也没有指望过它能有所变化,无论是变好还是变坏。正如东方人说的那样:"一条狗尾巴可以烘烤挤压,可以用带子绑起来,但12年后它还会是原样。"对付这种冥顽不化最好的办法就是把它们熬成胶。我想人们通常都是这样干的,只有这样才能让这类东西服服帖帖。那里是一大桶的蜂蜜,也可能是白

---

① 纽芬兰东南部的北美大陆架的一处海底高原,著名的渔场。

兰地,是托运给佛蒙特卡汀斯维尔市的约翰·史密斯的,他是格林山区的一位商人,为他附近的农民进口一些商品。此刻他很可能正站在船的舱壁旁,想着刚刚上岸的一批货是否会影响他的货价。眼下他会跟顾客们说,他预计下列火车到的是上等货,这话今早之前他已说过二十多遍了,在《卡汀斯维尔时报》上早已刊登了关于这事的广告。

一批货物装车了,另一批货物被卸下来了。列车哐当哐当的飞驰声影响了我,我放下书本,抬眼望去,看到北部山区一些高大的松树像长了翅膀,从格林山区和康涅狄格州一路飞来,像离了弦的箭,十分钟不到,就穿过了这个城市,人们的眼睛还没眨一下,它就"成了一艘旗舰的桅杆"。[1]

听!运牲畜的车开过来了,装载着千山万壑的牛羊挤满了车厢,这简直就是天上的羊圈、马厩、牛棚,还有手持木杖的赶畜人、赶羊群的牧童,除了山中的草原,全都像是秋风卷落叶似的飞了下来。空中弥漫着牛羊的咩咩声,牛羊在相互挤来挤去,仿佛是正在经过一个放牧的山谷。当头羊晃动脖子上的羊铃时,"大山"就开始踊跃如公羊,"小山"跳舞如羊羔。长长的列车中有一节乘坐着贩牲口的人,他们现在跟自己贩运的牲口享受着同等待遇。他们现在失业了,却仍然紧握手中驱赶牲畜的棍子。但他们的牧羊犬去了何方呢?对他们来说,狗已走散,被遗弃了,连嗅觉都丧失了。我好像听到了它们在彼得博罗后山[2]狂吠,又像听到了它们奔跑在格林山的西坡时的喘息声。它们不会目睹到牛羊被屠宰的场面。它们也一样失业了。它们的忠诚和精明现在也都大打折扣。它们会灰溜溜地溜进狗窝,或许会恢复自己的野性,与狼或狐狸为伍。因此你的游牧生活就这样随风飘逝。但铃声响起来了,我得离开轨道,好让火车通过——

铁路与我何干?
我也无心去观看,
它的尽头在何方。
满山沟壑皆填满,
燕子从此有堤岸。

---

[1] 引自英国诗人弥尔顿的《失乐园》。
[2] 新罕布什尔州南部山脉,从康科德可以看到。

它使沙尘飞扬，

又使黑莓处处长。

可是我像穿越森林小道一样穿过铁路。我不会让它的烟雾、蒸汽和嘶鸣声蒙蔽了我的眼睛，毁了我的耳。

现在，火车已远去，骚动的世界也随之而去，湖中的鱼也不再感受到隆隆的震动，一种从没有过的寂寥涌上我的心头。在随之而来的这个漫长的午后，只有远处公路上传来的辚辚车声和萧萧马鸣，才会打断我的沉思。

有时候一到星期天，我就能听到随风而来的钟声——林肯、阿克顿、贝福德或康科德的——这些钟声在适宜的时分响起，非常轻柔甜美，仿佛是出自自然的旋律在旷野里回荡。在远处森林的树梢上，钟声嗡嗡颤动，仿佛地平线上的松针是竖琴上的琴弦，被撩拨作响着。这声音从一定的距离传来时，有着同样的音效，它们就像是宇宙这架竖琴发出的颤音，像遥遥山脉里弥漫的雾霭的飘动，山脉被抹了一层淡淡的碧蓝，令人心旷神怡。这一次传来的旋律在空气的作用下被拉长了，它和森林中的每片松叶、每根松针都交谈过，让它们接受了自己，并给予了变调，然后从一个山谷传到另一个山谷中。那些回声在某种程度上依然是原声，这旋律的魅力正在于此。这已不仅仅是值得重复的钟声，已经加入了森林自身部分的旋律，这也正是那林中的仙女所吟唱的。

傍晚，从远方地平线处传来牛的哞哞声，优美动听，起先我误以为这是行吟诗人在吟唱，有些夜晚我听到过他们在唱小夜曲，那时他们很可能正在穿越着山谷，可很快我就听出这不过是牛叫声。我认为青年的歌声有点像牛叫，我这可不是在挖苦，要知道我对他们的歌喉还是很欣赏的。无论是牛叫还是青年的歌声，最终都会成为天籁。只是想表达我对青年歌手的欣赏，说到最后，这两种声音都是天籁。

夏天有段时间，火车在晚上七点半会准时通过，夜莺也会每晚落到我门前的树桩或者屋脊上进行一个小时的晚祷。它们几乎像钟表一样准时，只要在太阳落山时的前后五分钟里，一定会开始唱起来。我慢慢地弄清了它们的规律。有时，我会听到四五只夜莺在林中某个地方歌唱，偶尔会有一只比另一只慢半个小节，歌声告诉我它们离我很近,我不但能分辨出每个音符后的嗡嗡余音,还能分辨出某一只发出的叽叽声。那种声音很像是苍蝇掉进了蜘蛛网发出的挣扎声,不过更响一些。有时候,一只鸟儿会在森林中绕着我盘旋,离我只有几英尺,好像被绳子拴住了一样,或许是我离鸟蛋太近的缘故吧。它们彻夜吟唱,到了黎明时分,或在黎明到来前,它们的鸣唱会格外悦耳。

  别的鸟儿安歇了,角枭就会接着唱起来,它的声音像哀恸的妇人,呜——噜——噜,发出世代相传的哀号,那凄凉的叫声很有本·琼森[①]的风格。真是夜里智慧的女巫!这一点都不像一些诗人唱的那种矫揉造作的"嘟——喂,嘟——喂"。说正经的,这更像一首肃穆的墓畔哀歌,像一对殉情自杀的恋人,在地狱里的丛林中缅怀哀怨自己曾经的幸福与痛苦,相互安慰着对方。但我喜欢听它们这样的悲歌,喜欢它们令人肠断的和音,它们使我想起了音乐和鸣禽。角枭啼出的大约是音乐最阴郁哀戚的部分吧,简直是悔恨与叹息的尽情发泄。它们应该是属于堕落的幽灵,情绪那么沮丧,充满着不祥,据说从前它们也曾有过人形,常在夜里出来走动,干着见不得光的勾当,如今它们就在自己曾经胡作非为的地方,忏悔自己的罪恶。这忏悔如诉如泣,给我带来了一种全新的感觉。我们共同居住的这个自然变幻莫测、应有尽有,有着难以估量的能量!噢——喔——喔——喔,我从没——出——生——过!小湖的这一边,一只鸟儿叹息着,焦躁又绝望地盘旋着,最后落在一棵橡树上。过了一会儿,湖的另一边传来了另一只鸟的回应,那——那我也没——出——生——过!那声音真诚、颤抖着,甚至从遥远的林肯森林里也传来了回音:——出——生——过。

  我也听过猫头鹰鸣唱的小夜曲。靠近了听,你会觉得这是大千世界中最阴郁的声音,仿佛通过这声音,人类临终之前的呻吟被凝结到了一起,永远都蕴含在它的哀歌里——那简直就是垂死者可怜的最终的喘息。像野兽的号叫,伴随着人类的啜泣,在地狱之门前听起来让人毛骨悚然——我曾经想要模仿,我发现自己只能发出"咯咯"声——表明一切健康和勇敢的思想坏死之时,一个人的心灵已经达到了胶质一般凝聚起来。它使我想起了盗尸者、白痴和精神病人的号叫。但是现在,从远处的森林里传来了一声回应,由于路途遥远,那声音十分悦耳动

[①] 本·琼森(Ben Jonson, 1572~1637),英国诗人、剧作家。

听——呼——呼——呼——呼啦——呼。说实在的,无论是白天还是晚上,无论是夏天还是冬天,这种声音给人带来的总是愉快。

我很高兴这个自然界有猫头鹰,就让它们为人类进行白痴般的疯狂号叫吧。这声音最适合阳光照不到的沼泽和幽暗的森林,它使人意识到还有一大片未曾探索到的自然。这声音代表着苍茫的黄昏和世人皆有的欲望得不到满足的怨恨。太阳整天都照在这片荒凉的沼泽地上,那里有一棵孤独的云杉,树身上挂满藤萝苔藓,一只不大的鹰在上空盘旋,黑头山雀在常青灌木间叽叽喳喳地啜嚅,而鹧鸪和兔子则躲在下面。但现在,一个更阴郁、更合适的白昼到来了,一个不同的种群从沉睡中醒来,在那展现大自然的另一种面目。

深夜,我听到了远处的桥上车马辚辚——这声音夜里听起来格外遥远——还听到了犬吠,偶尔传来远处谷仓边牛的哞哞叫声。与此同时,整个湖滨蛙声一片,那些是冥顽不化的古代酒鬼和纵酒狂欢者,恶习难改,仍试图在湖边放歌一曲——请瓦尔登湖中的仙女原谅我这样形容,谁让这湖中水草不多,青蛙却不少呢——它们很乐意遵循古代宴席上大声喧闹的习俗,尽管它们已经声嘶力竭,可神情还是那么一本正经。它们嘲笑欢乐,而美酒也失去了它的香醇,成了撑大肚皮的液体,无论如何都不会有熏熏醉意来遮蔽对往昔的回忆,只有被水撑饱了的胀痛感与沉重。那个高高在上的青蛙的王,正把自己的下巴搁在一片心形的叶子上,像是在口水直流的下巴下垫了块餐巾布。就在湖的北岸,青蛙大饮一口昔日瞧不起的水,然后将这杯水向后传递,嘴里还叫着啊——啊——容克!很快,远处的湖面上一只资历浅点、肚皮小点的青蛙将这杯水一口饮下,然后发出同样的口令。酒令绕湖一周后,司酒官心满意足地叫了起来,啊——啊——容克!于是每只青蛙都又开始重复起来,将口令传给肚皮最小、漏水最多、肌肉最少的一只,秩序井然。接下来,杯子一轮又一轮地传了下去,直到太阳驱散晨雾,这时,唯有那年高德劭的青蛙还没喝醉跌进湖里①,它还在那儿啊——啊地叫着,有时候停下来等回答,却总是毫无结果。

我不确定在林中空地里我是否听到过公鸡报晓,我觉得养只公鸡还是值得的,就是听一听它的声音也好。像鸣禽一样,公鸡从前是印第安野鸡,在所有

---

① 此处作者用了英语双关语,under the pond 戏仿 under the table,既有喝醉后的态势,又表示跌入湖里的动作。

鸟类中，它的音色无疑最突出。如果驯化而又不使它成为家禽，那么很快它就会成为森林中最著名的歌唱家，远胜过鹅的嘎嘎叫和猫头鹰的哀鸣。想想看，每当夫君歇息后，母鸡就会咯咯咯叫着来填补空隙，难怪人类将鸡算在家禽之列——更别提鸡蛋和鸡腿了。冬天的早上，漫步在群鸟栖居的森林中，听听野公鸡在枝头鸣唱，声音清亮悦耳，几英里外都能听到共鸣，别的鸟儿微弱的鸣唱都给淹没了——想想，整个国家都会为之警惕。谁不愿意早早起床，而且一天比一天起得早，直到健康、富裕、聪明得无法形容？各国诗人在称颂本国鸣禽的同时，都在称颂这只外国鸣禽的乐音。所有气候都适合威武的公鸡，它甚至比本土的鸣禽还要土生土长。它的身体永远健康，声音永远洪亮，精神永不衰退，就连大西洋和太平洋上的水手也会被它的鸣唱唤醒。但是它的尖叫从未将我唤醒过。我不养狗、猫、牛、猪，也不养母鸡，或许你会说我身边缺少家畜的声音，其实我这既没有黄油搅拌声或纺车声，也没有水壶和咖啡壶的咝咝声，更没有孩子的哭声来可以给我安慰。老式守旧的人会因此被烦闷死。墙里连耗子都没有，它们全都饿死了，或者就没有偷偷溜进来过——只有松鼠在屋顶或地板下，夜鹰在屋脊上，窗台上有一只喋喋不休的蓝背怪鸟，一只兔子或土拨鼠躲在屋下，屋后有一只角枭和猫头鹰，湖面上的野鹅和总是发出笑声的潜鸟，还有夜里号叫的狐狸。除此之外，甚至连云雀、黄鹂都没有。这类温柔和顺的候鸟从不曾访问过我这里。庭院里听不到公鸡的打鸣，也听不到母鸡的咯咯叫，其实我连庭院都没有，只有一直延伸到我屋脚边的大自然。一片小树林直接长到了你的窗前，野漆树和黑莓的藤一直攀缘到你的地窖；苗壮的北美油松由于缺乏空间，只得往你的屋顶上挤，挤得木瓦嘎嘎作响，而根茎则深深纠缠在屋下。不是大风刮走了窗帘，而是你把屋后松树的树枝折断，或是连根拔掉当作了燃料！大雪中不是没有路通向前院的大门——而是没有门——也没有前院——更没有一条通向文明世界的路！

5. 独 居

　　我发现，无论怎样用力，两腿都无法使两颗心靠得更近。

　　这是个美好的傍晚，全身只有一种感觉，那就是浸满了每个毛孔的喜悦，我自由行进于自然之中，成了她的一部分。我身着衬衫，漫步在遍地卵石的湖岸边，天空乌云密布，凉意徐徐，我却丝毫也没感觉到有什么特别，也没什么让我分心。那时候的天气格外适合我。牛蛙用它们的鸣叫迎接着黑夜的到来，风在湖面吹起涟漪，三声夜鹰的叫声乘着这涟漪而至。桤木和白杨的争相摇曳激起了我渐渐淡忘的情怀，我有点感到窒息，可我的心里只有涟漪没有波浪。这夜风荡起的波澜也远非惊涛骇浪。尽管天色已黑，但是风仍在林中呼啸，波浪拍打着湖岸，一些动物用自己的催眠曲催眠着其他的动物。从来也没有过绝对的宁静。最凶险的野兽此时并没有安静下来，它们正在寻找着猎物；狐狸、臭鼬和野兔却无所畏惧地漫游在森林荒原，它们是大自然的守护者——是连接黑夜与白昼的纽带。

　　回到家里，我发现有客人来过了，留下了名片、一束花或者一个常春树做的花环，要不就是用铅笔在黄色的胡桃叶或棕榈叶上留下名字。至于那些难得到森林一游的人，常常会带着一小片森林中的玩意，他们沿途把玩，然后有意无意地留下来。有人曾用一段柳枝编成一枚戒指，留在我的桌上。我不在家时，有没有人造访，我一眼就能看出来，因为不是嫩枝或青草弯了，就是地上留有鞋印。一般来说，从他们留下的踪迹中，我还能判断出他们的性别、年龄，甚至性格，比方说，丢下的一朵花，一把被拔出来又扔掉的草，甚至扔到半英里外的铁路上，还有那些残留的雪茄或烟的味道。你信不？我能从这些烟味中，闻出60杆外公路上有一个打此经过的旅人。

我们周围有足够的空间。地平线绝不会就在手边。茂密的森林并不在门前,湖泊也是如此,中间总是隔着空地,我们经常使用,因而对它很熟悉。我们围起了篱笆,从自然中将空地占有并加以开垦。这大片大片的森林,绵延好多平方英里,人迹罕至,但我们有什么理由将这自在的森林据为己有？我最近的邻居离我有一英里,除非从半英里外的山顶上眺望,否则无论从哪,你都看不到一所房子。我的地平线上森林密布,只归我一人独享,极目远眺,也只能看到湖一侧的铁路和湖另一侧篱笆连着林边的小路。但总的来说,我住的地方跟大草原一样孤寂。对我来说,这儿既是新英格兰,也是亚洲或非洲。可以说,我拥有着属于我自己的日月星辰和一个小小的世界。夜里从未有人从我房前路过,更没人敲过我的门,那时整个地球仿佛只有我一人,第一个或者最后一个。除非是春天,在经过漫长的间隔期后,有人会从村里到这里来钓鱼——很显然,在瓦尔登湖,他们钓到的更多的是自己的天性,而他们的鱼钩只能用黑夜做诱饵——但很快他们就会离开,离开时通常鱼篓都是轻轻的,重新把"世界留给了黑暗与我"①,而漆黑的核心从未被人侵入过。我深信尽管巫婆已被吊死,基督教和蜡烛也已引进,但人类对黑暗的恐惧仍未完全消除。

但我有时深切地感受到,在大自然的万事万物中,人都可以找到最甜蜜温柔、最纯洁动人的伴侣,就连那些最愤世嫉俗、意志消沉的人,也不会有例外。凡寄身于山林者,只要还没完全失去感觉,必不至于孤独。对于一个健康单纯的耳朵来说,暴风雨不过是风神伊奥勒斯的音乐,无论怎样,也不能使一个单纯勇敢的人生出阴郁的忧伤。在我享受着季节给我的友情时,没有什么能成为我生活的负担。今天一天都在下着细雨,使我无法出门,但我一点都不觉得郁闷,反倒觉得这是一件好事。雨水浇灌着大豆田,尽管使我无法锄地,但下雨比锄地更好。倘若雨下得太久,使地里的种子烂掉、低地的土豆淹死,但它仍有利于高地的草。既然它有利于草,也必然有利于我。有时候我跟别人比较,感到众神对我格外垂青,超过了我应得的奖赏,就好像我有张保单和担保书在他们手上,而别人却没有,我得到了特别的指引和保护。我这可不是在自我吹嘘,反倒像是他们

---

① 选自托马斯·格雷(Thomas Gray,1716~1771)的《墓畔哀歌》。

在吹捧我。我从没感到寂寞,一丝一毫的压抑也没有。只有一次,也就是我刚来森林的那几周里,我有过一个小时的怀疑,不知道一份宁静而健康的生活是否真的少不了邻居。孤独有时的确让人感到不愉快,那时我感到情绪有点不大对劲,但我似乎也预见到了我能从中恢复过来。在绵绵细雨中,这些占据了我的思想,突然间我感到了大自然的温馨和可亲,这雨声和所有那些无法名状的声音,还有周围的景致,环抱着我的房屋,正是这样一种友情成为了我生命的一部分,在支持着我,给我勇气,一下子那种有关"邻居"的疑惑顿然消失。那之后,我再也没想过这件事。每一根小小的松针都包含着同情与宽容,它们增长、壮大,成了我的朋友。我清晰地感到,即使是在通常被称之为野蛮、阴郁的地方,也存在着我的同类,而那跟我血缘最亲、最有人情味的不是一个人或一个村民,我想,再也没有什么地方能让我感到陌生——

哀悼过早地销蚀着悲伤;
在生者的土地上,时日已不长,
托斯卡的美丽女儿啊。①

我所度过的最美好的时光,是在春秋阴雨绵绵的季节,我一整天一整天地足不出户,那不停下着的雨时而淅淅沥沥、时而磅礴如注,都一样给了我亲切的抚慰。从清晨的微亮开始,我就融入了无尽的黄昏里。这期间,许多的思想有了扎根、生长的时间。那来自东北方向的倾盆大雨考验着村里的每一座房子,这时,姑娘们拿着拖把和桶,站在门前防止洪水入户。我的小屋到处都是雨水,而我坐在小屋门后,这是唯一的一道门,欣赏着它给我带来的保护。也是在一次猛烈的雷雨中,一道闪电击中了湖对岸的那棵高大的苍松,从上向下在苍松的树干上形成了一道螺旋形的凹槽,匀称、显眼,有一英寸多深、四五英寸宽,就像你在一根拐杖上刻了个凹槽。前几天,我经过那,又看到了那道标记,不禁肃然敬畏,那是八年前一道极其可怖的闪电自天而降留下的痕迹,现在这标记更明显了。人们常对我说:"本以为你在那会感到寂寞,尤其是在下雨下雪的那些日夜里,一

---

① 引自帕特里克.麦克雷戈所译的《莪相诗中留真迹》中的《克洛马》。

定更想离人近些。"我嗓子发痒,真想告诉他——我们居住的地球,只不过是空间中的一个小点。那边的那颗星星,我们的天文仪器还没法测出它的大小,你想想那上面两个相距遥远的居民之间的距离能有多远呢?我为什么要感到寂寞?地球不是在银河中吗?在我看来,你提出的这个问题并非是最重要的。是什么样的空间使人与人隔开,让他感到孤独寂寞?我发现,无论怎样用力,两腿都无法使两颗心靠得更近。我们最想靠近什么居住?当然不是人多的地方,什么火车站、邮局、酒吧、教堂、学校、食品店、烽火山、五点区①等等;这些地方人太多,而是接近大自然这生命不间断的源泉,从各种经验中我们发现,生命的活力全都源于此,就像柳树立在河边,树根也向河里延伸。性格不同,情况也会发生不同变化,但聪明的人要想挖掘地窖,这样的地方才是好地方……有天晚上,在瓦尔登湖边的路上,我赶上了一位同乡,他积聚了所谓的"一笔可观的财产"——尽管我对此从未公正地发表过看法——此刻他正赶着两头牛到市场去,他问我怎么会想起放弃舒适的生活。我回答说,我喜欢这种生活。对于这一点,我很确信,我并不是开玩笑。就这样,我回家上床,留下他在黑暗和泥泞中小心翼翼地向布莱顿——或者说光明城②——继续跋涉,也许到清晨某个时刻,他可以到达目的地。

对死人来说,无论任何觉醒或复活,都会使得时空变得无关紧要,发生在任何地方都一样。我们的感官都会为之感到欢欣,这种心情用言语是无法表达的。在大多数情况下,我们从事的只是转瞬即逝、无关宏旨的琐碎小事。实际上,它们是我们心神烦乱的原因。离万物最近的是创造一切的力量。其次离我们最近的宇宙法则则在不停地发生作用。接下来,靠近我们的是创造了我们的造物者,而并非我们雇的匠人,尽管我们也喜欢跟他们交谈。

鬼神之为德,其盛矣乎!
视之而弗见,听之而弗闻,体物而不可遗。
使天下之人,齐明盛服,以承祭祀。洋洋乎,如在其上,如在其左右。③

---

① 烽火山是波士顿高档住宅区,而五点区则是纽约贫民区。
② Bringhton 和 Bright-town,在拼写读音上都近似。
③ 引自《中庸》。

我们就是一个实验对象，我对此很感兴趣。在这种情况下，我们难道就不得不去理会这个充满是是非非的社会，就不能等思想来激励自己？孔子曾说："德不孤，必有邻。"

有了思想，就会有健全的理性，就会感到幸福。通过理性自觉的努力，我们就能超然于行动及其后果之外。万事万物，无论好坏，都会像急流一样，从我们身边奔流而过。我们并非全然纠缠于自然之中。我可能是一根随波逐流的浮木，也可能是从高空向下俯瞰的因陀罗①。一场戏剧表演有可能感动我，而一件与我紧密相关的真实事件却未必令我感动。我深知自己只是个客观存在着的人，是思想与感情的舞台。我感到自己的性格具有双重性，这样，我既能远离他人，也能在一定的距离外观察自己。无论体验多么强烈，我都能感到有一部分的我是不为所动的，正在客观地对自己做着批评，也就是说，我的一部分是一个旁观者，在观看着另一部分的我，而并不参与体验。它不是另外一个人，也不可能是我自己。当生命的戏剧——很可能是悲剧——结束后，观众也就散场了。对观众而言，这不过是虚构的，是一件想象的作品。有时候，这种双重性使我们很难与人为邻，也很难与人成为真正的朋友。

大部分的独处都让我觉得有益于身心。与人交往，哪怕是最好的朋友，也会使人厌倦，感觉到疲惫。我从未发现有比独处更好的伴侣。大体而言，身处异国他乡，在茫茫人海里感受到的孤独，要比独处家中时更加强烈。一个总是在独自思想或工作的人，无所谓身在何处。决定孤独与否的，不是人与人之间的距离。在剑桥学院里苦读的学生的孤独感，类似于沙漠里的苦修者。农夫成天独自在田里忙碌，或在森林中伐木，却并没有丝毫孤独感，因为他有活可干。可等他回到家里，却无法独自一人待在家中胡思乱想，他控制不住要到"人群"中去。照他的想法，这正是对一天孤独的补偿，因此，他很难理解学生怎么能一个人没日没夜地坐在屋子里，而不会因感到无聊而"沮丧"。然而他没意识到，尽管学生待在屋子里，可他也是一样在他的田里耕耘，在他的森林里砍伐。当然，学生也会去寻求消遣和社交，尽管形式可能更为浓缩。

社交往往过分廉价。在社交中人们相聚的时间太短，来不及从彼此那获取有

---

① 印度神话中的大地与风暴之神，立于山顶俯瞰大地。双峰之山为光明与黑暗。

价值的东西。而一日三餐人们总要碰面,彼此重新品尝一下那已发霉的旧乳酪,而这发霉的乳酪就是我们自己。我们形成了一套规矩,也就是所谓的礼仪和礼貌,这样,人与人彼此交往时就能相安无事。我们每天晚上聚会于邮局,开联谊会,要不就围在火炉前。我们居住得太过拥挤,相互妨碍,彼此成为羁绊,因此,我们失去了对彼此的敬意。当然,重要而热情的聚会还是少点为好。想想那些工厂里的女工,她们就是做梦也无法独处。但如果一平方英里之内只有一个居民,就像我住的这个地方,事情就好办多了。一个人的价值并不在于他身处何处,我们也不用前去靠拢。

我听说一个人在森林中迷了路,又饿又累,躺在一棵大树底下奄奄一息。由于身体过度虚弱,他产生了幻觉,周围好像全是奇怪的东西,他还以为是真的,于是孤独感也没了。因此,只要身心健康,我们就会从一个性质相同却更为正常、更加自然的社会中不断地得到安慰,进而不感到孤独。

我家中有很多伴侣,尤其是在无人拜访的早上。先让我作几个比较,也许其中一些可以很好地展现我的处境。我并不比湖中大声喧笑的潜鸟孤独,也不比瓦尔登湖本身孤独。我倒想知道这孤独的湖有谁做伴?但出现在那天空一般蔚蓝的碧波中的却并非蓝色妖魔,而是蓝色的天使。太阳也是孤独的,除非是阴霾天气,那时有可能出现两个太阳,但其中一个是假的。上帝是孤独的——但魔鬼不孤独,他有很多同伴儿,他需要拉帮结伙。跟草原上的一株毛蕊花或蒲公英相比,我不算孤独,我也不比一片土豆叶、一株酢浆草、一只马蝇或一只大黄蜂孤独,更不会比密尔溪或一只风向标,当然还有北极星、南风、4月的阵雨、1月的融雪,或新屋里的第一只蜘蛛孤独。

漫长的冬夜里大雪纷飞,森林中寒风呼啸,一位从前的拓荒者偶尔会来看看我。据说瓦尔登湖岸的路是他挖出来的,并铺上了石子,他还沿湖栽种了松树。他给我讲往昔和新发生的那些能永久流传的故事。我们就这样度过了一个欢乐的晚上,我们交换彼此对事物的看法,就算没有苹果酒也一样开心。他是个风趣幽默的人,非常聪明,我很喜欢他,他肚子里的秘密甚至比葛飞和惠利[①]还要多。后

[①] 威廉·葛飞(William Goffe, 1605~1679)和爱德华·惠利(Edward Whalley, 1607~1675.),英国圆颅党人,后者是前者的岳父。两人一起参与了光荣革命,后因故逃亡到当时的英属北美殖民地。

来,人们都认为他死了,但没有人知道他葬在哪里。我住的附近还有位老妇人,平时很少有人能见到她,有时我会去她那花香四溢的百草园里散步,采些草药,听她讲讲传说。她有非常丰富的想象力,她的记忆力也非常好,能一直追溯到所讲的传说前的时代。她能告诉我每个传说的来龙去脉和所根据的事实,因为这些故事发生时,她还年轻。这位老太太面色红润、精力充沛,无论什么季节和天气,她都喜欢,看来,她比自己的孩子寿命还要长。

太阳、风雨、夏日、冬日——大自然的纯洁与仁爱难以言表,它永远为我们带来健康与众多的欢快!它对人类是如此宽容与富有同情心,一旦有人悲伤了,只要有着正当的理由,大自然就会为之动容,太阳会为之暗淡,风会为之叹息,云朵会为之落泪,树木会在仲夏之际落叶。难道我不该这样与大地息息相通?我不一样也是来自滋养绿叶与植物的泥土吗?

难道是我们曾祖父传下来的某种药物给予了我们健康、安宁和幸福吗?当然不是,而是我们大自然的曾祖母为我们提供了滋养着我们的万能草药,她自己也是靠着这个万能草药获得青春常驻,她可是比麦斯·派尔[①]还活得长。也正是靠着这些生命死亡后衰败的脂肪,增添着她的健康跟活力。这可不是那种江湖术士们装载在长长的黑色大篷车上,用冥河水跟死海水混合而成的装在各种神秘的药瓶里的东西。这些东西才不是灵丹妙药,我们的灵丹妙药是清新纯净的空气,就是那黎明时分的!假如人们不愿意在一天之始畅饮这空气,唉,那我们只好把它装入瓶子,摆放在商店的货架上去出售,卖给世界上所有那些丢失了黎明订单的人。但不要忘了,就是在最冷的地窖里,它的清新也无法保存到中午,要不你就得早早打开瓶塞,顺着曙光女神奥罗拉的脚步西行。我并不是健康女神许革亚的崇拜者,她是老草药医神埃斯科拉庇乌斯的女儿。在纪念碑上,她左手握着一条蛇,右手拿着一个杯子,有时蛇会喝杯子里的水。我宁愿崇拜朱庇特的侍酒者赫柏,她是朱诺和野莴苣的女儿,能够使众神和人类返老还童。她很可能是这世上有史以来最健康活泼完美的少女,她到哪,哪就是春天。

---

① 传说中活了152岁的英国人。

6. 来访者

总之，所有正直的人，为了享受自由都跑到森林中来了。

我跟大多数人一样喜欢交往，而且我还会如同吸血鬼一样，但凡遇到那些血气方刚、活力十足的人，就会抓住不放。我从不认为自己是隐士，要是有事去酒吧，就算是那些最能泡在酒吧里的，也很少比我坐的时间长。

我的屋里一共有三把椅子，独处时我用一把，来客了用两把，聚会时用上全部的三把。要是一下子来了很多客人，那也只有这三把椅子，没有椅子的人就只好站着。最令我吃惊的是，这么小的一个屋子居然能容纳下那么多的男男女女。记得最多一次，在我的屋檐下，一共接待了25位还是30位客人——包括他们全部的灵魂与身子。每次分手时，我们都意识不到我们曾经是这样彼此靠近着。有很多的房屋，无论是公共的还是私人的，都会有难以数得清的房间，大厅也特别多，当然少不了储存美酒和以备不时之需的东西的地窖了。对于那些常年住在里面的人来说，这样的房屋显得有些过大了。房子太大、太华丽了，住在里面的人就会显得像寄生虫。有时我会很吃惊地看到，在托莱蒙、阿斯托尔或者米德尔塞克斯这样的大宅子门前，当那些侍者正在通报来客的名字时，总会有一只看上去很滑稽的耗子出来溜过长廊，消失在辅道上的某个小窟窿里。

有时我的小房间也让我感到不便，比如，当来访的客人们高谈阔论的时候，我就很难与他们保持距离。你总是会想要为自己的思想留出空间，以便于它能顺利起航，然后航行一到两个航段就靠岸。你思想的子弹必须要能克服跳动摇摆，才能准确无误地沿着正确的轨道直抵听着的耳朵，否则就会擦着他的脑袋瓜飞过。另外，我们的语言也需要有足够的空间来舒展自己。这就如同国与国、人与人之间需要适度的边界一样,边界之间往往还会需要有一定的中立地带。我很早就发现,跟对岸的人交流真的就是一种奢侈的享受。而在我的房间里,人与人相隔太近,我们会没法去倾听——为了能让对方听清,我们不能声音太小。如果是一味喋喋不休的高声笑谈,那我们可以靠得再近一点,直到能感受到对方的呼吸。但要是我们是在讨论一些含蓄、理性的话题,那么就该保持一定的距离,使得我们身体散发出的热量不受干扰地散发掉。要想感受相互间最亲密的交流——一种心灵的相通,是无法言传的——那我们不仅要保持沉默,还要保持一定的距离,以使我们不要听到彼此发出的声音。根据这个标准,大声说话只是为了方便那些听力有障碍的人,要知道太多的美妙事物,并非是可以靠大声喊叫表述出来的。当谈话越来越严肃高雅、越来越庄严时,我们就得把各自坐的椅子往后挪,直到彼此的椅子靠到对角的墙角,这时候即使是这样,有时还是会觉得空间不够大。

我"最好"的那个房间,是我屋后那片松林。那也是我的客厅,是我用来随时招待来客的地方,而且那里的"地毯"很少会被阳光照射到。每到夏天,只要有来客,我都会把他们带到那里。那里早已经被一位客人——清风,收拾得干干净净、整整洁洁。

要是只有一位客人,他很可能会与我共进一顿便餐,我们会一边聊天,一边煮着玉米粥,或者瞧着炉子里面包膨胀的情况,一般这不会影响到我们之间的谈话。可要是一次来了20个人,想要吃饭那只好免谈,尽管我所有的面包还足够两个人吃饱,可那时好像大家都戒掉了吃饭这个习惯。我们很自然地开始禁食,没有人会觉得这是一种怠慢,只会觉得这样很自然、合理,也很周到。一般来说,生命生理上的耗损与衰退需要及时得到修补,但在这样的情境下,这类耗损与衰退出人意料地被延误,但生命依然活力不减。这样看来,招待10000个人跟招待20个人一样,我也能办到。不过需要强调的是,如果有人到我这来做客,最后觉得没有受到很好的接待而饿着肚子离开,并对此表示失望的话,我想声明我可是诚心诚意地至少对他们的遭遇表示同情。当然,大多数担任管家职务的人会对我这种说法表示怀疑,但用新的更好的习俗来取代旧的陈腐的习俗,其实就这样简单。你的声望的提高并不需要依靠你请客。至于我,要想不让我经常去拜访一家人,你就是在家门口用地狱里三个头的恶犬把守着也无济于事。但要是人家用一道道盛宴来款待我，那一定会吓跑我。因为我就是觉得这是在对我发出一个委婉的信号，那就是希望我以后不要继续去打搅，而我也不会再去那个地方。曾经有位客人在一片当作名片用的黄色胡桃叶上写下了斯宾塞的几行诗，我很自豪地拿来做我的陋室铭了——

> 到了这里，人群挤满了小屋，
> 不寻求那些本来就不存在的欢娱；
> 休息本身就是盛宴，一切都顺其自然，
> 崇高的心灵知足常乐。①

温斯洛，就是那位后来做了普利茅斯殖民地总督的。有一次，他带着一个同伴前去拜访一位印第安酋长马萨索特。他们徒步穿越了森林，到达目的地后又饿又累。尽管他们受到了很高级别的礼遇，可那天他们一整天也没提吃饭的事。到了夜里，用他自己的话说就是："他将我们安置在他和夫人的床上，他们在一头，我们在另一头；所谓床只是一块木板，离地有一英尺，上面铺了一床席子。由于地方太小，他的两个手下挤在我们身边。我们旅途已经够累了，而这个房间让我们更累。"第二天下午一点，马萨索特"拿来了两条他捉的鱼"，那鱼一条足有三条鲤鱼那么大；"他们把鱼放在水里煮，鱼煮好后，至少有四十个人在等着分食，并且大部分人都分到了。而这是我们一天两夜吃到的唯一食物，要不是我们买到了一只鹌鹑，这次旅行简直就是禁食之旅。"那些原始部落的人睡前喜欢唱歌，粗放的歌声吵得他俩无法入睡。缺乏食物又缺少了睡眠，他们真害怕自己会晕头转向、体力不支，最后回不了家，于是赶忙告辞离开了。一定要说的话，在住宿上他们的确没有受到很好的款待，哪怕知道这在接待他们的印第安人看来是最高等级的礼遇。至于说到吃的问题，我可不认为有比那些印第安人做得更合适的了。那时候他们自己也没有什么吃的，他们深知没有什么道歉是可以代替食物的，因此他们自己也勒紧裤腰带，对此只字不提。当温斯洛再一次前去拜访时，那些印第安人已经渡过饥荒这一难关，有了丰裕的食物，也就没再发生第

---

① 引自英国诗人埃德蒙顿·斯宾塞（Edmund Spenser，1552~1599）的长篇史诗《仙后》。

一次遇到的情况。

　　说到人，任何地方都不会少。我在森林中那段时间接待的来访的客人，比我一生中任何时候接待的都要多，我的意思是我有过一些客人。在我的小木屋我接待过几个客人，我认为在那地方招待他们比其他地方更好。需要说明的是，很少有人会为了一些琐事来麻烦我。因为距离镇子比较远，这也为我过滤掉了不少客人。我退到边远孤寂的汪洋大海中，尽管还是会有很多世俗的河流流向我这里，但基本上根据我的需要，只有那些精华才沉积了下来。同时，也顺带带来一些迹象，告诉我在彼岸有着可以开垦的处女地。

　　今早来我的小木屋的，不正是一位真正荷马式或者帕菲拉哥尼亚式的人物吗——这个人有着一个极富诗意，也很适合他的名字，只可惜在这里我不能说出来——他是一个加拿大人、一个专门砍伐木头制作柱子的人，他每天要为50根木柱打孔，他告诉我自己上一顿吃的是他的猎犬抓到的一只土拨鼠。他也听说过荷马，他说："要不是有书，我还真不知道下雨的日子怎样打发。"哪怕好几个雨季过去了，他还没完整地读完过其中任何一本。在他家乡的教区，有一位精通希腊文的牧师，曾教过他诵读他抄写在《圣经》上的诗。他拿出那本书，翻到阿喀琉斯责备满面愁容的普特洛克勒斯——"普特洛克勒斯，你为何哭得像一个小女孩"——那段，现在我必须要充当一下翻译了——

　　你是否听到了来自帕提亚的消息？
　　他们说阿克脱的儿子麦诺提奥还活着，
　　伊库斯的儿子珀琉斯也还活在密尔弥冬人中，
　　两人无论谁死了，我们都会万分悲痛。

　　他说："这诗写得真好。"说这话时，他的腋下夹着一大捆白色的橡树皮，是他这个礼拜日早晨为一个病人拾来的。他又说："我想在今天做这件事不会有什么不妥吧。"在他看来，荷马是一位伟大的诗人，尽管他一点都不知道荷马写了什么。想要找到一个比他还淳朴的人很难。在他看来为这个世界蒙上阴郁色彩的罪恶与疾病并不存在。他大约有28岁，12年前他离开了家乡和父亲的家来到了美国，本打算攒些钱好去买一座农场，很可能是回家乡买。制造他的那个模具一定非常粗糙，他个子不高，敦实而行动迟缓，但一举一动都显得很文雅。他那粗壮的脖子上烙下了阳光的痕迹，浓密的黑发下一双看上去昏昏欲睡的蓝色眼睛，偶尔也会闪烁出表情丰富的神采。他戴着一顶扁平样式的灰色帽子，身上穿着邋遢的羊皮大衣，脚上是一双牛皮靴子。他说自己经常要带着午餐去几英里外的地方干活，需要经过我的门前———整个夏天他都在那一带砍伐木头——他很能吃肉，带的食物就有冷冻肉，那一般都是土拨鼠的肉，装着咖啡的石头瓶子用绳子吊在腰间晃来晃去的，有时他会请我喝上几口。每次他来得都很早，穿过我的豆田，但看上去他并不急于去干活，像一个北方佬那样悠闲。他说不想为了干活儿伤害自己，只要挣的钱能维持温饱也就无所谓了。他常会把饭菜放在灌木丛里，当他的狗途中逮了一只土拨鼠，他会走上一英里半的路，回去收拾好了放在地窖里。我想那之前他一定是先考虑了半个钟头，琢磨着是不是将它沉在湖底，等到天黑再取回——他总是这样磨蹭。清晨当他路过我这里时，他会一边走一边说："鸽子真多呀！要是不需要每天工作，我会去打鸽子、土拨鼠、野兔还有鹧鸪什么的，那能弄到不少肉！我想我用一天的时间就可以弄到一周的肉了。"

他是一个技术很不错的伐木工，成天都在想着怎样改进自己的这种手艺。他会把树贴着地面砍伐，说是这样以后新生的树苗会长得更好，并且雪橇也不会被树桩绊倒。他不用绳子拉倒砍伐的大树，而是把树砍到只剩一细条或者一薄片，最后用手推倒。

我对他很有兴趣，要知道他是那样安静而又快乐，满足的神情总是洋溢在他的双眼里。他的满足与快乐是单纯质朴的。每当我在林子里碰见他，他都会对我露出祥和的微笑，跟我打招呼，偶尔爆发出的笑声回荡在森林中。他的英语不是很流利，所以他喜欢用加拿大法语跟我交谈。每当我走近，他就会停下手中的活，躺在自己砍倒的一棵松树边，把内层的树皮剥下来卷成一个圆圈，一边笑着跟我说话，一边放进嘴里咀嚼。他是如此充满活力，有时说到有趣的事了，还有一些需要用脑子想想的事，他就会笑倒在地上，甚至打起滚来。看着四周的树木，他会大声喊叫着："真好呀！在这伐木真带劲。我才不要别的欢乐呢。"有时候当他闲下来，他会带着他那把小手枪在森林中到处转悠，边走边隔阵子为自己放枪致礼。冬天的时候他会生起火来，正午时分用壶煮好咖啡。他坐在圆木上吃东西，山雀有时会飞过来停在他的胳膊上，啄他手里的土豆，他说他喜欢"身边有这些小把戏"。

渐渐地他的精力越来越充沛。要是比力气跟满足,他完全可以跟那些松树还有岩石称兄道弟。有一次我问他一天工作下来,半夜会不会感到累。他一本正经地诚实地回答:"天晓得,我这辈子就没累过。"但他身上的智力和所谓的灵性还在酣睡,就像婴儿一样。他受过的教育只是天主教牧师教土著的那点东西,这样的教育天真无用,自然跟着学的学生也很难达到觉醒的程度,仅仅是信任与尊重,因此那些土著和他一样都还是没有长大的孩子。大自然造就了他,赋予他强壮的身体,使他乐天知命,并给予他尊重与信任,就这样,他可以像孩子一样活到70岁。一个如此天真单纯的人,我完全没必要以通常的方式来介绍他,就像你没必要对你的邻居介绍土拨鼠一样。人们对他的认识是自然发生的,因为他从不会掩饰自己、装扮自己。他干人们需要干的活,然后人们付给他报酬,由此他获得衣食住行的所需。他只是不跟他们交流,不跟他们说出自己的想法与观点。他天性单纯卑微——如果缺乏野心就是卑微的话——但这种卑微反映在他的身上并不显著,不仅他人,他自己也感受不到。对于他,那些精明的人简直就跟神一样。假如你跟他说有一个精明的人要来,他会觉得这与自己没有关系,所有一切都会自然而然由他人办好,最好是忘记了他的存在。他也从没有听到过别人对自己的赞扬。他特别敬重作家和牧师,在他眼里他们的劳动简直就是奇迹。当我告诉他我写了不少东西时,他一直以为我说的仅仅是写字,因为他也能写一手漂亮的好字。我有时看到他写在路边积雪上他家乡教区的名字,字非常漂亮,还明确地标上了正确的法文重音,让人知道他来过这儿。我问他有没有想过把自己想的写下来,他告诉我,他帮一些不识字的人写过信,还给他们读信,就是没想过需要记下自己想的那些事——不,他可干不了这样的事,他不知道首先该写什么,这会难为死他的,而且还要留意拼写!

我曾听到过一位很有名的哲人兼改革家问他是否愿意改变这个世界,他听了惊得笑了出来,操着一口加拿大腔说自己从没想过这种事。他说:"没必要啊,我很喜欢它现在的样子。"我想一个哲学家要是能与他交往,一定受益匪浅。在他人眼里,他也许是不懂人情世故,可我有时却能从他身上看到一个前所未见的人来,说不清他究竟是跟莎士比亚一样睿智,还是跟一个孩子一样天真幼稚。你很难确定他是富有诗意还是愚蠢。有次,一个村民说看到他戴着一顶很紧的帽子，吹着口哨悠闲地在村里散步。这简直让我联想到那种微服暗访的王子来了。

他仅有的几本书里有一本历书和一本算术书，他很精于算术。在他的眼里，一本历书就是一部百科全书，是人类全部思想精华的凝结，事实上的确如此。我喜欢跟他谈论当下的很多社会变革，而他说出的想法总是很中肯。这些事他之前从没听说过。我问他可不可以不要工厂，他回答说他穿的家里自制的佛蒙特灰布也很不错。我问他，可以不喝咖啡吗？他说自己曾经把铁杉叶子泡在水里，发现天热时喝起来比白开水好喝。我还问他，没有钱行吗？他就向我证明有了钱是多么方便，他的观点很有哲学的意味，出人意料地接近货币起源的历史以及拉丁文"pecunia"这个词的词源①。假设他拥有一头牛，现在他需要得到针线，那么每一次得到的东西就要抵押掉这头牛的一部分，这真的很不方便甚至很难行得通。他还为目前的很多社会制度辩护，表述得比任何哲学家都要好，因为他给出的理由都与自己的现实生活息息相关。他能指出一种制度产生的真正原因，而不是单凭想象和推测。一次当他听到柏拉图对人的定义——没有羽毛的两足动物——有人曾经用拔掉了毛的公鸡来形容柏拉图的意思，而他就说两者之间存在着明显的差异，那就是膝盖弯曲的方向不一样。他有时会嚷嚷："我很喜欢聊天！上帝做证，我可以聊上一整天！"我俩经常几个月见不到，见面了我就问他这个夏天有没有新的想法，他这样回答我："仁慈的主，像我这样得每天干活的人，要是能记得自己的想法，那简直太了不起了。要是跟你一起锄地的人想要跟你比比，哎呀，那你可得把心思全都放在上面，脑子里全都是地里那些草才行。"当然，通常他会先问我有什么进展。有个冬日，我问他是否总能感到满足，我这样问是想暗示他自身拥有的某些东西，来代替了外在的牧师之类的，从而获得更多的生活动力。他说："满足呀！不一样的人会有不一样的满足。要是一个人有了他想要的所有东西，那他就会背对着火，把肚子贴着桌子，绝对是这样的。"问题是，无论我怎样想，都没法让他完全从精神的层面去看待事物，对他来说，最高的原则就是方便，这跟自然中的动物一样，实际上绝大多数人都是这样的。当我建议他改变一下生活方式时，他会告诉我太晚了，并且没有任何遗憾。看来他是完全信任诚实和类似的品德。

---

① 在拉丁语中，"pecunia"这个词的词根是"pecus"，原意是"牛"。

在他身上存在着一种原始的创造力——无论多么微弱，很少能见到他陷入沉思或是想要阐述自己的观点。如果能见到他的这种样子，我宁愿走上10英里的路，这几乎就是一个研究人类社会制度起源的最佳机会。他的确有点犹豫，也许很难清楚地表述出自己的看法，但他的很多想法都非常不错。这些想法很质朴，就是跟他质朴的身体相辅相成着，这使得他的看法比那些单纯的学者更具有魅力，当然都还没成熟到能公开发表出去的地步。他曾对我说过，生活在底层的人中并非没有天才，尽管生活得很卑微，甚至完全不识字，却有着很不错的见解，至少不会不懂装懂，就跟瓦尔登湖一样深不可测，哪怕是黑暗与混沌的。

许多游客会特意绕道跑来看我和我屋内的那些摆设，他们还为此找个借口，说是讨杯水喝。我告诉他们我喝的是湖水，并指给他们湖的位置，借给他们长柄勺。虽然我离群索居，但我想每年的4月1日，总难免会有人来造访一下。据说那是踏青的日子，我因此也得到一些好处，即使来的这些人中有不少都很古怪。甚至救济院或别的地方的一些智障人士也会来我这，他们能对我坦诚相待，跟我畅谈一番。这种情形下，智慧几乎成为了我们的主题，我也因此受益匪浅。真的，我一直都认为，这些人很可能比那些贫民管理人还有市政管理人还聪明，我觉得最好把他们的位置互换一下。有关智慧，在我看来大智与大愚之间并不存在本质的区别。尤其是有一天，来了一位头脑简单却并不让人讨厌的乞丐，他对我表示想要跟我一样生活。之前我经常看到他跟别的人在一起，在田间或者坐在蒲团上看守牛羊，同时也可避免他自己走失。他那样对我说的时候显得直率而真诚，完全看不出任何的自卑，他说自己"智力不完善"，这是他的原话。上帝把他创造成他现在的样子，但他并不觉得有什么不好，也不觉得上帝给予自己的关爱比给予别人的少。他说："我从小就是这样的，我没有什么心眼，不像别的孩子，我脑子不太好使。我想，这是上帝的意思吧。"他就在那明确地证实着自己所说的话的确切性。对我来说，他就是一个形而上的谜。我很少能遇到这样达观的人——他所说的每一句话都是那样淳朴而真诚。他越是表现得谦卑，也就越显得高贵。我开始还不知道，这不过是一种明智的策略所能得到的效果。看来，恰恰是这样一个看上去弱智的人，才导致了真诚与坦率的存在，我们之间的谈话的深入程度，甚至要超过圣贤之间的交流。

还有一些来访的人，他们应该不能算是城镇贫民，但实际上他们是的，至少应该算是世界贫民。他们不要求你的款待，只要求你对他们有一个好的态度。他们很急切地想要从我这得到帮助，开口却说自己已经下定决心了，不需要帮助。我总是会要求来访的人最好不要饿着肚子来，尽管我想他们个个都有着很好的胃口，至于如何养成的无所谓。做慈善的对象可不能称之为客人。有些人在我都已经开始忙自己的事了，对他们的问话的回答也表现出了冷淡了，还是不知道该结束自己的访问。在候鸟迁徙的季节，几乎什么人都会来我这儿访问。有些人的智慧远超过了他们该运用的范围。那些逃亡中的奴隶就像寓言中的狐狸，总是在竖起耳朵探听，似乎能因此听到猎犬正循着他们的足迹跟上来，他们会恳求地看着我，仿佛在说：" 哦，基督教徒啊，你会把我送回去吗？"

其中有一个是真正在逃亡的奴隶，我指引他朝着北极星的方向逃去。有的人只有一个心眼，就像一只只有一只小鸡的母鸡，或只有一只小鸭的母鸭；有些人则千头万绪，忙乱不堪、凌乱不堪，像有100只小鸡需要自己照料的母鸡一样，全都去追逐一条虫子，结果是每天都会丢失20只小鸡在晨雾里——同时还把自己弄得羽毛凌乱，浑身污浊；还有人用智力而不是用双脚走路，简直就像一条有智慧的蜈蚣，让你浑身发抖。有人曾建议我准备一本笔记本，专门让那些来访的人签名留念，就像怀特山[①]那一样。唉，真是可惜，谁要我记忆力这么好，用不着这个。

我很难不留意到我的那些访客各种不同的特征。来到森林就欢喜异常的大多是那些男孩女孩和少妇，他们喜欢湖、喜欢花草。而那些感到无聊和急于离开的大多是商人，他们大概满心都是自己的生意，对于他们来说，我这地方太偏远，毫无商业价值，哪怕他们一再对你强调自己喜欢在森林中散步，也无法掩盖他们的兴趣索然。那些焦躁不安、责任缠身的人，一天到晚想的都是如何谋求生计或维持生活。牧师们开口闭口就是上帝，仿佛这是他们的专利，别的意见一概听不进；医生、律师以及心神不安的管家则趁我外出时，窥探我的碗橱和床，要不然某夫人怎么会知道我的床单没有她的干净？还有那些年轻人已不再年轻，他们得出的结论是最安全、最可靠的还是走别人走过的路——这类人都认为我这样的生

[①] 怀特山，属于美国阿巴拉契亚山脉，位于新罕布什尔州北部，其主要山峰就是著名的"总统山"。

活方式没多大益处。啊，问题就在这！那些年老体弱的、有病的、胆小的，不论年龄性别，想得最多的都是疾病、意外和死亡。在他们看来，生命是充满危险和不确定的——问题是无论你去不去想，它都是一样的——他们觉得，谨慎的人应该挑选最安全的地方居住，在那样的地方康科德的巴特利特医生会随叫随到。他们认为村子是一个com-munity①，就是一个共同防御的联盟。完全可以想象，他们就是去采越橘，都会带着药箱。这也就是说，一个活着的人随时都有死亡的可能，但正因为他活着和死了差不多，死亡的危险也就减少了很多。最后一种人是那些当自己是改革家的，这是所有访客中最令人讨厌的一种，他们来时，我一直在这样歌唱着——

这就是我造的房子，
是住在我造的房子里的人；

但是他们不知道接下来还有——

正是这些家伙，
在折磨着住在我造的房子里的人。

我不怕老鹰抓小鸡，因为我根本就不养鸡；但我怕捉人的秃鹫。

当然，除了最后这种人，我还有令人愉快的来客。那些跑来采浆果的孩子，穿着干净的衬衫在周末来散步的铁路工人，渔夫和猎人、诗人和哲学家，总之，所有正直的人，为了享受自由都跑到森林中来了。他们真的将村子抛到了身后，而我已准备好了欢迎语："欢迎你们，英国人！欢迎你们，英国人！"②因为我已与这一民族交往过。

---

① 在英语中，com-munity的意思是"村社""同一地区的全体居民"；而在拉丁语中，词根"com"的意思是"共同"，"munire"的意思是"防守"。
② 据说当年英国清教徒移民来到北美的普利茅斯时，那些印第安人就是这样欢迎他们的。

7. 豆 田

即使是我这样长久地去守望着，辽阔的原野也并不会因此就在意了我的耕种，我根本就不是它最主要的耕耘者。

我种的豆子一行行连起来，足足有七英里那么长。现在这些豆子急需锄草松土，还有一些没来得及播种，先播种的那些已经长得很高了，不能再耽搁下去了。我发现自己很像那位赫拉克勒斯①，如此卖力地干活，真不知道意义何在！但我的确爱上了这一行行的豆苗，它们是这样让我着迷，尽管我并不需要这么多的豆子。它们简直就把我拴在了土地上，让我像安泰一样从大地获得了力量。②可我为什么非得种豆呢？这大概只有上帝知道。整整一个夏天我都在忙着干这件奇怪的事——让这片从前只有洋莓、狗尾草、黑莓以及很好吃的其他野果子和漂亮的花儿的土地，长满豆子。从这些豆子中我学到的是什么？我又对它们有多少了解呢？我现在每天的工作就是为它们松土、锄草，从早到晚照看它们。它们的叶子看上去宽大且精致，是雨水还有露水帮着我滋润干燥的土地。这里的土壤基本是贫瘠的，本身并不含有多少养分。我的敌人是虫子、寒冷的气候，最让我头疼的是那些土拨鼠——土拨鼠吃光了我 1/4 英亩的豆苗。问题是，我不是一样拔掉了那些自古以来就生长在这里的狗尾草之类的植物吗？好在要不了多久，豆苗就能长得足够高大，能自己抵御一些新的敌人了。

我还清楚地记得，在我四岁时，家人带着我从波士顿迁移到这个镇上。那时

---

① 赫拉克勒斯，希腊神话中的英雄，因完成赫拉的十二项任务而永生。
② 安泰，古希腊神话中的巨人，只要不离开大地母亲，就能拥有巨大的力量，百战百胜。后被赫拉克勒斯举至空中杀死。

我们穿过了这片森林和田野，从湖边经过。这是我记住的最久远的情景。而今晚，在同一个地方，同一片水域上，属于我的笛声重新唤起了我对那时的记忆。那些古老的树木还是矗立在原来的位置，有些已经倾倒了或者被砍伐了，我就是用它们的枯枝败叶烧火做饭的，但新的生命又在周围继续成长，准备着新的风景。就在这片草原上，一些狗尾草几乎同时从同一棵老树根的边上冒出来，最后，我终于给儿时梦想中的神奇景象披上了盛装，这些豆叶和土豆藤就是我来此之后的结晶，反映了我幼时所受的影响。

我种了大约两英亩半的丘陵田地。这片地15年前才被开垦出来，我自己又挖出了两三"考得"的树根，因此我并没施肥。但是到了夏天，我在锄地时挖出了一些箭头，这些箭头表明，在白人开垦这片土地之前，就曾经有过一个很可能已经消失了的古老民族在此生活过，并种过玉米和大豆。因此，从某种程度上来说，他们已经耗尽了这片土地的肥力。

在土拨鼠还有松鼠们穿过公路之前，或者在太阳还没越过那边的橡树丛时，万物都还挂满晨露，我就开始清除地里那些蛮横的杂草，把它们拔起来盖上泥土——虽然那些农民警告过我不要这样干——我还是要建议你最好趁着露水还没干，尽快干完这些。一大早，我赤脚在地里忙活，像雕塑师一样整理着细碎的沙石，再晚点，等太阳升得足够高时，我的脚又会被晒出泡来。在阳光的照耀下，我锄着地，在多石的黄色高地上来来回回。那绿色豆苗每行足有15杆那么长，它们的一头是橡树林，另一头是长满黑莓的荒地，我甚至发现，每完成一次来回后，那些青涩的果子的颜色都会变得更深。我除掉杂草，在豆苗的根茎处培上翻出来的新土，这样豆苗才能更好地生长，好让整齐的豆苗和豆花来书写这片黄色高地的夏天，而不是用苦艾、芦管或者稷草——这就是我现在每天的工作。我没有牛或者马，也没有去雇佣工人或找几个男孩来帮助我，我甚至都没什么好的农具，因此我的进度很慢，这也使得我跟豆苗的关系更加紧密。这样完全用双手劳作，几乎跟苦役不相上下，我想这不算是最糟糕的休闲吧。这里面包含着一个永恒而不朽的真理，要是那些学者，又可以创作出经典意义来了。比起那群朝着西方穿越林肯山还有维兰德草原不知要去到哪的旅人，我当然是彻头彻尾的农夫。那群人坐在马车上，一个个把自己的手肘支在膝盖上，牲口的缰绳都松弛成了花圈，看上去十分清闲安逸。而我得在地里或者回到家中辛苦地劳作。我简直成了一个 agricola laboriosus①。然而他们的视线很快就离开了我的家园，投向了更远的地方。大路两旁只有我这唯一一片耕地，因此，它总是会引起经过的人们的注意。有时候，那些路过的人的议论，让正在地里干活的人听到了，其实他们就是想要你听到——"豆子种迟了，豌豆也迟了！"——因为别人已开始锄地，我却还在播种——可我这个半路出家的农民压根就没想到过这些。"这些谷物，我的孩子，只能喂牲口，这是牲口料。""他是住在这里的吗？"一个身穿灰衣、头戴圆帽的人问。于是那位容貌丑陋的农夫收缰勒住那匹听话的老马，用严厉的口吻问我在干些什么，看到犁沟里没有肥料，便建议我撒些碎烂泥，或废料，或灰烬，或灰泥。但这有两英亩半的犁沟，而我只有一把代替马的锄头，我用自己的双手来耕作——我不喜欢马车或马——可那些细碎的垃圾又离我很远。那些驾车的游客从这经过，他们大声议论，将这片地同他们一路见过的进行比较。这样一来，我就渐渐地知道了自己在农业世界中的地位。难怪这片田地没有被科尔曼先生②记录在案。顺便说一下，大自然在那些更加荒芜、还没被人类开垦的土地上生长的作物，其价值又有谁估量过呢？人们甚至细心地称量了英国的干草，草里的水分、硅酸盐和碳酸钾含量都被算出来了。但在所有山谷、湖畔、森林、牧场和沼泽地带，生长的各种丰富的作物，只是人类还没有去收割罢了。而我的农田仿佛成了连接荒原与开垦的纽带，就像有的国家是开化的，另一些国家半开化或者完全没开化。我想我的农田算得上半开化，这还不算很坏吧。我种的豆子开开心心回到了它们原生的状态，我的锄头则给他们吟唱着好听的牧歌。

附近一棵白桦树上有一只棕鸫——也有人喜欢叫它歌鸫或红画眉——它就那么站在树梢上，唱了整整一个上午，而我很高兴有它做伴。如果你的农田不在这儿，它们就会去找另一片农田。当你播种时，它就会这样叫："丢、丢掉——盖、盖上——拖起来、拖起来、拖起来。"但我不是播种玉米，跟它毫无关系。这真让人觉得奇怪，不知道这位业余的帕格尼尼用一根或者20根琴弦演奏这么一堆乱七八糟的乐曲为了什么，这跟我的播种有什么关系呢？不过比起那些灰烬、灰泥之类的，我觉得这才是一种既便宜又优质的肥料。

每当我锄地时，我的锄头在垄沟间翻起新土时，我都会认为那就是翻起了某

---

① 拉丁文，劳苦的农夫。
② 当时的马萨诸塞州农业专员。

个民族留下的灰烬。这个民族并没有被载入史册，但他们的确在遥远的过去在这片蓝天下的土地上生活过。他们曾在这一带渔猎、战斗，如今这里沐浴在当下的阳光里。在那些天然的石块中，能发现一些被印第安人烧过的痕迹，有些是被太阳晒出来的，还有一些陶片和玻璃片，而我想这些应该是不久前到来的拓荒者带来的。我的锄头敲打在石块上，发出叮叮当当的声音，像音乐一样在树林、天空间回响，而我的劳作这样一来马上有了收获。我在播种和耕耘的不再仅仅是豆子，而且种豆子的也不再是我。要是我能记得住，我会很遗憾却又很自豪地想，我的熟人都去城里的歌剧院了。而在这阳光明媚的下午，三只夜鹰在我头顶的天空中盘旋。它就好比那落进我眼里的沙子，要不就是落在天空眼里的沙子，时不时地发出啸声俯冲而下，把天空划破成两半，而事实上天空一直是完好的。这种生灵遍布苍穹，它们在荒漠或者峭壁上筑巢产卵，很少有人能找到它们的巢穴。它们是那样轻盈优雅，像是湖面泛起的涟漪，又像是风吹过的树叶，翱翔在蓝天上。而大自然中到处都是这样的和谐。鹰是波浪在天空中的兄弟，它在天空中盘旋着俯瞰大地，偶尔才扇动一下自己完美无缺的翅膀，回应着大海那没有羽翼的波浪所具有的另一样自然之力。有时候我能看到一对鹞鹰在高空盘旋，忽上忽下、忽远忽近地翻飞着，看上去真像是我思想的化身。要不我的注意力被一群野鸽子吸引了，看着它们从一片林子飞向另一片树林，发出微颤着的嗡嗡声，飞快地掠过我的头顶。我的锄头有时会惊出一条藏在腐烂的树根下的蝾螈。它依旧是一副不紧不慢、奇怪而丑陋的样子，还是在埃及和尼罗河的时代就被记载过，如今却跟我同处一个时代。我停下来，杵着锄头歇息时，这些声音和情景是我站在垄沟中任何位置都能听到看到的，这正是乡村生活永远也不会枯竭的馈赠。

　　节庆之日，城里燃起了烟花礼炮，听上去像儿童玩具气枪发出的声音传到了森林，偶尔也会传来军乐声。这时我是在城外离得很远的豆田里，那礼炮声就像马勃菌的爆裂声。如果有军队出动，而我又一无所知，那么这一整天里，我就会隐隐地感到地平线一直在我的脚下，大地也是在颤动着，很像孩子在出疹子或者是猩红热、口腔溃疡之类的，要一直等到一阵风吹过来，吹到魏德兰公路上，传来军事演习的消息为止。远远传来的嘈杂声真像是一群蜜蜂倾巢而出，而邻居们正按照维吉尔的指示，拿起家中能敲打出最响亮声音的器物，叮叮当当地像在驱赶蜜蜂回巢似的。然后嗡嗡声戛然而止，一下子恢复了宁静，只有最让人愉悦的微风在吹动着，好像是在讲述什么传说。那时候我知道，他们已经将最后一只雄蜂引回到了德赛科斯的蜂房里，而接下来他们的思绪会被溢满了蜂蜜的蜂房占据。

一旦听说马萨诸塞州还有我们这个州的自由得到了保证，我会感到无比自豪。于是我满心都是无缘无故的自信，同时充满了对未来的希冀，快乐地继续我的劳作。

要是有那么几个乐队同时演奏，整座村子就会成了一个大风箱，每一栋房屋都会在喧嚣里起起伏伏。不过有时传到森林这边来的音乐的确算是高雅并让人振奋的，当然包括赞颂荣耀的号角声，让我忍不住想要立马干掉一个墨西哥人——我干吗要一直忍受着这些琐碎的事物呢——于是我开始到处搜寻土拨鼠还有鼹鼠，想要发泄一下我做骑士的欲望。这些军乐真的就跟巴勒斯坦一样遥远，让人想起十字军东征来，很像是垂在村庄里榆树树梢上的轻轻摇曳颤抖的声音。尽管我从我所在的这片空地看，天空还是那个天空，一如既往没有尽头。但不得不承认，这的确是伟大的一天。

开始种豆以来，由于每日跟它们在一起，时间久了我自然就得到了不少经验——播种、锄地、收割、脱粒、清场、出售——还要加上一项，这也是最难的——吃。我吃了我种的豆子，知道了豆子的味道。我是下定了决心要把豆子弄明白。豆子生长时，我通常早上五点就开始锄地，一直锄到中午，余下的时间用来处理别的事务。想想，一个人居然跟各种杂草搭上了关系，而且还和它处得那么亲近——说起这些来怪烦人的，因为劳动时麻烦就够多了——先是无情地弄坏杂草的娇嫩组织，用锄头恶狠狠地将草与草分开，然后再捣毁其中一种，小心翼翼地去培养另一种。这是罗马苦艾——那是苋草——那是酢浆草——那是芦苇——揪住它，往上拔，然后将它们的根放到太阳底下，连一根纤维都不要留在阴凉处，要不然，过不了两天，它们又会像韭菜一样嫩绿。这是一场持久战，我作战的对象不是鹤，而是杂草，是那些有太阳和雨露相助的特洛伊人。豆子每天都看到我拿锄头来帮它们，消灭它们的敌人，使得沟里填满了草的尸体。许多彪悍强壮、自以为是、高出同伴一头的赫克托都败在我的武器下，沉入了泥土之中。

炎炎夏日，我的同代人中有的去了波士顿或罗马，献身于艺术，有的去了印度成日冥思苦想，还有的则到伦敦或纽约去经商，我则和其他新英格兰农夫一样，献身于耕作。这并非是因为我想吃豆子，单就吃不吃豆子而言，我这人天生就是个毕达哥拉斯① 门徒。至于大豆是用来吃，还是为了拉选票或者交换大米，都没有意义。不过我想我种豆子这事，很可能将来某些编寓言的人用得着，就像为了比喻和影射什么，总得有人在田里干活。尽管干得时间过长会有虚度光阴的嫌疑，但总体来说，这是一项很不错的娱乐活动。虽然我没施肥，也没有一次性把地都翻一遍，但我只要干，就会尽心尽力地干好，因此也得到了不错的回报。

"说实话，"伊福林说，"任何复合肥或粪肥都比不上持续不断地除草翻土。"在别的地方他进一步指出，"土壤，尤其是新鲜的土壤，千真万确具有一种磁性，吸引着盐、力量和美德（无论你怎么称呼），赋予土壤以生命，正因为如此，我们才孜孜不倦地劳作，靠耕耘养活自己。一切粪肥和其他的复合肥只不过是这一改良的替代品。"况且，"这是片贫瘠和被耗尽肥力的土地，正享受着它的安息日"，也许正如科内姆·迪克比爵士所想，它从空中吸收了"有生的力量"。最终，我收获了12蒲式耳的豆子。

科尔曼先生的农业报告所针对的主要是些乡绅的昂贵试验，对此很多人表示不满。为了更详细一点，我将我的开支列表如下——

一把锄头………………………………………	0.54 美元
耕、耙、犁…………………………………………	7.50 美元（太贵了）
大豆种子……………………………………………	3.125 美元
土豆种子……………………………………………	1.33 美元
豌豆种子……………………………………………	0.40 美元
萝卜种子……………………………………………	0.06 美元
篱笆白线……………………………………………	0.02 美元
耕马及3小时雇工…………………………………	1.00 美元
收获用马及车………………………………………	0.75 美元
合计…………………………………………………	14.725 美元

---

① 毕达哥拉斯（.公元前582~ 公元前507.)，古希腊哲学家，不吃豆子。

我的销售收入（patrem familias vendacem, non emacem esse oportet）[①]来自——

9 蒲式耳 12 夸脱的豆子 ·················· 16.94 美元
5 蒲式耳的大土豆 ······················· 2.50 美元
9 蒲式耳的小土豆 ······················· 2.25 美元
草 ····································· 1.00 美元
茎 ····································· 0.75 美元
合计 ··································· 23.44 美元

正如我在其他地方提到过的，我有 8.715 美元的盈余。

这就是我种豆的全部经验所得：大约在 6 月 1 日前后，播下小小的白色豆子，每行间隔距离是 3 英尺 18 英寸，注意要挑选那些新鲜、饱满的种子，去掉杂质。一开始就要注意防治虫害，把缺苗的地方补上。还要留心土拨鼠，不然它们会把刚刚长出来暴露在外的豆苗全都吃光。而且这些家伙还会专门盯着等豆苗长出娇嫩的须卷，然后像松鼠一样坐直身子把蓓蕾还有初生的豆荚啃掉。最要紧的是，要注意防霜冻，及时把收获的豆子卖掉，这样就得尽可能地抢在前面收割，避免那些不必要的损失。

我的经验还告诉我：在下一个夏天，我不需要再花那么大力气去种植豆子和玉米，而是要腾出更多时间来播种真诚、真理、纯朴、信仰和纯真之类的种子。如果这些种子还没有丧失，我要试试看，在这片土地上它们能否茁壮生长，甚至要试试不用花费太多的劳作和施肥，就能养活自己，毕竟这片土地的肥力还没被消耗殆尽。唉，我早就对自己说过这些话，但如今又一个夏天过去了，而且还是一个又一个的夏天在过去。读者们呀，要是我播下的的确是美德之类的种子，它们多半也已经被虫子吃光了，要不就是没能发出芽来。通常情况下，人们要不就勇敢，要不就怯弱，这和他们的先辈一样。我们这一代人所种下的玉米、大豆跟几个世纪前印第安人种的没有什么不同。正是印第安人教会了第一代殖民者种植

---

① 拉丁文，一家之主要善于销出，不能只顾买进。

这些，那似乎就是命定了的。前几天我看到一位老人正在挖洞，让我吃惊的是，他一个洞至少挖了有70次，可他又不是想要躺在里面！但我不理解，为什么新英格兰人不去试着干一些新的事业？他们为什么这样关注谷物、土豆、牧场还有果园，而不去尝试种植某种新的作物？我们为什么要这么看重豆的种子，而不去关心一代新人？我们都认为，我前面提到的那些美德的价值远高于其他作物，但它们已大多流失了。如果我们遇到一位这些品德在他身上已经生根发芽了的人，我们当然会觉得快乐与满足。有一类通常都是难以捉摸的品德，比如真理与公正，尽管数量有限，却正沿着大路朝我们奔来。我想我们的那些大使应该得到指令，把这类优良品种的种子寄回国，国会的工作就是把它们分配到全国各地。真诚不能只是我们的一种礼仪。假如我们拥有高贵和友谊，那就不应该采用无耻卑鄙的手段相互欺骗、羞辱和排斥。我们相见时也不该总是想着分开。我没见过很多人，因为他们也都忙着在种自己的豆子，看上去没有时间。我们也不应该跟乏味的人来往，他们在工作的间歇里就像是靠在手杖上一样倚在自己的锄头或铁锹上，不太像蘑菇，不过有一半是从土里冒出来的，经常还不是直立着的，很像那些落在地面走来走去的燕子——

> 他一边说话，一边舒展着翅膀，
> 像是要飞起来，却又收回了翅膀。①

那样子害得我们以为是在跟一位天使说话。面包并不是总能滋养我们，却总是能带给我们身体所需的，甚至当我们并不知道自己患了什么疾病时，帮助我们的关节消除僵直，使它重新变得柔软灵活，让我们在面对大自然和人类社会时能辨别仁爱，分享纯粹的快乐与崇高。

古代的诗歌和传说都曾提到过，农事是一门神圣的艺术。只是，我们每当开始耕耘了，就会显得急不可耐，变得鲁莽和冒失，完全没有一点敬意。我们的目的不是耕耘本身，而是企图获得更大的农场和更多的土地。我们没有节日、没有仪式、没有行列，连耕种大会和感恩节都没有。而农民们本来应该通过这类活

---

① 引自弗郎西斯.夸尔斯（Francis Quarles, 1592~1644）的《牧羊人的神示》

动来表达自己对农事的神圣的敬意,并且不忘记它神圣的源头。现如今能吸引住人们的是一顿大餐和报酬。人们早已不再把谷物献祭给谷物女神色列斯,也不献祭给主神朱庇特,他们把这些献给了普鲁托斯这样来自地狱的恶神。原因是我们无不都是贪婪、自私和卑贱的。将土地视作财产或获得财产的手段,因此,环境被破坏了,农事也跟我们一样变得堕落,农民们过着卑微的生活。他们眼里的自然跟那些强盗眼中的没有区别。加图曾说过,农事的利益是虔诚而正直的(maximeque pius quaestus),据瓦洛[①]说,在古罗马人眼中大地母亲和色列斯同名,他们认为人在大地上耕作是虔诚而有益的,而且只有他们才是农神萨图恩[②]的后裔。

我们常常忘了,照在耕地上的太阳,跟照在草原和森林上没有区别,而前者只是它每天所照的画卷上很小的一部分。在太阳看来,大地被人类耕耘得像一座巨大的花园。因此我们在接受它的光和热的同时,也在接受着它的信任与宽容。我在乎这些豆子,可就算到了秋天能有一个好的收成那又能怎样呢?即使是我这样长久地去守望着,辽阔的原野也并不会因此就在意了我的耕种,我根本就不是它最主要的耕耘者。它忽视着我的存在,而是去接近真正浇灌着它、使它披上生命的绿色的力量。我也并没有收获全部我播种下去的豆子,其中不是有一部分归了土拨鼠们吗?麦穗[③]就不应成为农夫的唯一希望,它的谷粒或果实(granum,源自gerendo,意为"结果"。)也不是它所结出的全部果实。那么,又怎么会歉收呢?但与此同时,我们难道不该为大地的丰收而欣慰吗?正是大地上繁茂的杂草,为飞禽走兽提供了丰盛的食物。至于那些耕种着的农夫,他们能否总是丰收满仓,相对而言并非特别重要。真正的农夫是不会为此而担忧的,就像松鼠不会担心今年的森林会不会长出更多的栗子。真正的农夫日复一日地耕作在田地里,他们根本不会操心究竟能收获多少的粮食。在他看来,他不但应该奉献出自己最初一次的果实,而且还要连最后一次的也献出。

---

① 瓦洛(公元前116年~公元前27年),古罗马学者和作家。
② 古罗马神话中天神与大地之神的儿子,是最理想的统治者。
③ 麦穗拉丁文是spica,古语是speca,词根是spe,意为"希望"。

8. 乡 村

当人们所需的只是一个山毛榉木碗时，就不会需要战争。

锄完地后，上午剩下的时间读读书、写写字，通常我还会去湖中洗个澡，游过一个小湾，清洗掉劳动积下的一身尘垢，或消除因阅读思考带来的皱纹；下午我则是自由的。每天或者隔一天，我就会散步到村里，听听那些永远也没有尽头的流言蜚语。这样的流言蜚语要么口口相传，要么就是被报刊互相转载。要是能少量地去接受这些，也不是完全没有趣味，这就像是森林中树叶的婆娑声和青蛙的鸣叫。当在其间散步时，我就很喜欢那些鸟雀跟忙碌的松鼠。我爱看那些男人跟孩子。在村里，我们听不到松涛声和风声，但能听到车马来去的辚辚声。从我的小木屋朝着那边望去，能看到河边草地上那个麝鼠的聚居地；而在另一边的地平线处，在那些榆树跟悬铃木下，有一个总是在忙碌的村庄，这村庄让我产生了好奇心。村庄看上去就像是草原犬鼠，不是蹲在自己的洞穴入口，就是跑到邻居那闲聊。我经常会去这座村子，观察那里的人们的生活习惯。在我眼里，一座村庄就是一个很大的新闻编辑部，为了维持着这个编辑部，一边要像政府大街上的雷丁这样的公司经营干果、葡萄干、盐、玉米粉或其他杂货，一边出售"新闻"这样的商品。有些人对"新闻"这种食物胃口极大，消化能力也极强，他们能成天坐在公共大街上，让新闻慢慢沸腾，像地中海季风一样飒飒吹过自己的身体，简直就像是吸入了乙醚，使人对痛苦感到麻木——要知道新闻常会使人痛苦不堪。每次当我散步经过那座村子，都能看到一排排坐在那的这样的活宝。他们有的坐在石阶上，往前倾着身子晒着太阳，两眼不时东张西望着，脸上带着淫邪的神情；有的则倚在一边的墙上，双手插在口袋里，好像支撑着谷仓的女神柱。他们一般都在户外，任何风吹草动都逃不过他们的耳朵。这是一种专门用来碾磨流言蜚语的磨坊,任何的流言蜚语都会首先经过这里的碾磨,然后进入到屋内,再接受最后一道精加工。

我观察到村里最富有生气的地方是食品杂货店和酒吧之类的地方,当然少不了银行和邮局。村庄里有一口大钟、一尊大炮和一辆旧火车,就像机器上不可缺少的零部件,都在该在的地方。为了最大化人类群体的特点,所有的房屋都面对面地排成行,形成街巷,任何到这里的旅行者都不得不接受夹道迎接,就像是要穿过被道路两边的人鞭打的巷子,每个到来的人都要经受鞭打。自然,那些处在巷子入口处的村民是最先被来人看到,也是最先看到来人的,因此也是最先动手鞭挞来者的,他们自然就需要付出最昂贵的房租。而那些散居在村子边缘地带的,你可以很容易就从他们的墙壁边走过,要不就抄小路溜掉,他们自然只需要付最少的地租或者窗户税。房屋上都悬挂着招牌,引诱着来往的客人,有些是靠抓住人的胃口,比如酒吧、食品店;有些是靠抓住人的爱好,比如那些干货店、珠宝店;还有些是靠抓住人的头发、脚和裙子等,这一类就是理发店、鞋店、裁缝店等。要说最可怕的还是被邀请去每一家拜访了,那时候你的身前身后总是有这样那样的人陪伴着。一般情况下,这类危险我都还能顺利躲过,我要么直接朝着我的目的地前进,我想那些受到夹道鞭打的人最好学学我;要么我就采取各种巧妙的法子逃避,比如一心一意地想着自己的事,越是崇高就越是有效果,就好像那俄狄浦斯——"弹着七弦琴,大声颂扬着诸神,盖过海妖的歌声,躲过了危险。"有时候,我一闪而过,没人注意到我的踪迹,因为我这个人不大注重礼节,从来也不会见到篱笆上有个缺口就对钻还是不钻犹豫不决。我甚至习惯闯一些人家里,他们给予我很不错的款待,在那里我探听到一些精选后的新闻,比如什么事件得到了平息,战争与和平的前景,这个世界究竟能否继续保持相安无事的合作等等,然后我就会从后面的小路溜走,重新逃回森林。

每当我由于在镇上待的时间过久,需要摸黑走夜路,那才是最让我感到愉快的。尤其是在风雨交加、伸手不见五指的夜晚,我有时肩上扛着一袋黑麦或者印第安玉米面,从灯火辉煌的客厅或者某间礼堂走出,走进森林中我温馨的港湾。我把外面的一切都安顿好了,带着自己快乐的思想退避到甲板下,只留着我外在的那部分掌舵,如果遇到航道平静,我会索性放弃船舵,任我的船自己前行。在航行中,我会烤着船舱里的炉火,因此得到太多让我欢欣的思想。我不会抱怨天气,也不会忧郁,更不会悲伤,尽管我遇到过几处险恶的场景。即使是在平常的时候，森林里也要比想象的还要黑暗。在那些最黑暗的夜晚，我只能靠着树叶漏下的几丝月光前行，边走边判断道路是否正确。很多时候我不得不依靠用手去摸一些熟悉的树来辨别方向，例如穿过几根松枝间的空隙，它们的距离大约是18英尺，并且是在森林中央，等等。很多时候，当我在漆黑的夜里回家，我用脚打探着脚下的路，但我的心思不知道跑哪去了，直到快撞上了我自己家的门，才突然清醒。我完全不知道自己是怎样走回家的，我想，我的身体在被灵魂暂时抛弃后，也还是能自己找到归途，就好像手总是能摸到嘴巴。有好几次，当有一位来访的客人待得太晚了，而这又恰好是一个非常黑暗的夜，我就不得不从屋后把他送到车道上，然后指给他要去的方向，那时候我会劝对方最好不要依靠自己的双眼，而是让自己的双腿双脚去探索道路前进。

  记得在一个非常黑的夜晚，我为两位来湖里钓鱼的年轻人指引过道路，他们住在离森林大约一英里外的地方，说起来他们还算是熟悉森林的人。过了一两天，其中一个年轻人告诉我，那天晚上他们在住的地方附近转圈子，转了大半夜，直到天亮才找到自己的家，中间还遇到了几场大雨，树叶全都被雨水淋湿，他们也被淋得浑身湿透了。我听说很多人即使是走在大街上，也会迷路，当然是在漆黑的夜里，就跟老话说的一样，黑得你可以用刀子一块块割下来。那些住在郊外的人，有时需要驾车去镇上办事，最终不得不留在镇上过夜；一些绅士淑女，出门后不到半英里就会开始用脚探路，完全不知道该在哪转弯。在森林里迷路，无论是在怎样的时候，都会是一次惊奇的体验，是一次很难忘怀的经历。白天也一样，白天要是遇上了风雪，就算是在平时经常走的路上，人们也时常会找不到路在哪。那条走过无数次的路，突然就不见了，好像一下子到了西伯利亚似的。要是这是在夜里，那就会更困难。我们在平时的散步中，总是不知不觉像是被领航人领着在朝前走，就像前途有一座座的灯塔和一个个航标，还有一些熟悉的地形地貌。如果当你并非走在你熟悉的路上，你的脑海里还是会不断出现那些熟悉的印象，除非完全迷路，或者是你不小心转了一次身。要知道在森林中，当你闭上眼转一次身后，你就会迷失方向——到了那时，我们才能领略到大自然的辽阔和神奇。无论是睡着了，还是清醒着，每个人都应该养成经常看罗盘的习惯。非要等到我们迷路了，或者说失去了我们熟悉的世界后，我们才会发现我们自己，才会看清所处的环境，并由此认识到我们与这个世界关联的局限性。

  有天下午，那是我在这里的第一个夏天即将结束的前后，我去村里找鞋匠拿我放在那修理的鞋子，我被捕了，我被关进监狱里，原因我在另一篇文章中说过①，是因为我没向这个国家纳税，也不承认他们的权力。就是这个国家，在自己议会的大门口买卖男人、女人和孩子，就像买卖牲口一样。我到森林去，本来是为了别的目的，但是无论一个人走到哪，那些肮脏的机构都会跟到哪，伸手抓住他，迫使他回到那令人绝望的共济会式的社会中。不错，我本可以更强烈地进行反抗，我想那多少会产生一些效果，但我宁可等着疯狂的社会来反对我，因为它才是那个绝望的一方。第二天我就被释放了，并且还拿到了我的鞋，在返回森林途中饱餐了一顿越橘。我可以确定地说，除了那些代表着这个国家权力的人物，我从没受到过任何人的骚扰。我的家除了放着我的稿件的抽屉外，任何地方都没有上过锁，甚至没有门闩，窗户上也没有插销，没有一颗钉子。我就是这样从不锁门，无论我要出门多久。就在接下来的那个秋天，我去了缅因的森林中住了半个月，我还是一样没锁门。然而，要知道我的房屋比那些四周住满了士兵的房屋还要受人尊重。那些累了的游客可以在我的火炉边休息，可以随意翻阅我桌上那几本书，有些好奇的人如果打开了我的橱柜，很可能会发现剩下的一些饭菜，由此可以知道我晚餐都吃些什么。尽管来的人什么阶层的都有，他们来到湖边，来到我这里，我却丝毫没感觉到不便，我也没丢失过什么，顶多是少了一本书，那是一卷《荷马史诗》，大概是因为封面上的镀金，应该是被兵营里的一个士兵拿去了。我对此坚信不疑，如果人们都能生活得跟我一样简单，那么偷窃和抢劫事件就不至于经常发生。之所以会发生这类案件，完全是社会上有人得到了太多，而另一些人得到的太少，蒲伯翻译过的《荷马史诗》，我觉得应该得到适度的传播——

Nec bella fuerunt,

Faginus astabat dum scyphus ante dapes.

当人们所需的只是一只山毛榉木碗时，就不会需要战争。

子为政，焉用杀？子欲善而民善矣。君子之德风，小人之德草。草上之风，必偃。②

---

① 这是梭罗一篇很著名的文章，标题叫《论公民的不服从》，曾产生过很大影响。
② 引自《论语·颜渊》。

9. 池 塘

山开始震动,大地开始下沉,最后只有一名女子逃脱了,这女子的名字就叫瓦尔登。

如果对人类社会和人们的闲扯及村中所有朋友都感到厌倦,我就会想离开我住的地方向西走更远,去到更人迹罕至的地方,去到"新的森林和新的牧场"。有时候我会趁着太阳下山,来到美港山以越橘和浆果当晚餐,并且还存下来一些,好多享用几天。这些果实不会把自己真正的风味和鲜美奉献给那些在市场上购买它们的人,也不会奉献给出卖它们的栽培者。要想知道它们真正的滋味,你就得去问那些牛仔或者鹧鸪,这是唯一的办法,但没几个人能做到。有些人从未采摘过它们,却自以为尝到了它真正的滋味,这是种很普遍的误解。黑莓从来也没到过波士顿,尽管它们就是在那里的三座大山中生长繁育,因为知道它们的人很少。当它们被装在车上运到市场上时,果实的芳香与精华早已消失殆尽,剩下来的仅仅是一种可以吃的食物。我想只要永恒的正义还在统治着宇宙,就不可能有一颗纯真的越橘被运到市场上。

锄完一天地,偶尔我会去看看一个不是很愿意说话的伙伴,一大早他就跑到湖边钓鱼,像只鸭子或一片漂浮的落叶一样默不作声。他就在那一动不动,思考着他的各种哲学问题,在我到来前,估计他就已经确定自己属于经院哲学里的一个古老流派了。还有一位老人,是一位很不错的渔夫,尤其擅长各种木工手艺,他很乐意把我的房子当作是渔民们的休息站,而当他坐在我家门口整理钓鱼用的线时,我同样觉得高兴。有时候我和他会一起划船到湖上去,我俩分别坐在船的两头。我们之间的话并不多,主要是他近些年耳朵越来越聋,有时候他会哼起一首圣歌。这情景与我想象的场景不谋而同。我们之间存在着很好的默契,现在回想起来,那种感觉实在是美妙。在我找不到人说话时,我就会用船桨敲击船舷,激起的回声在森林上空回荡,就像动物园的管理员刺激那些动物一样,直到每一处翠绿的森林和山谷都开始咆哮。

在温暖的傍晚时分,我经常会坐在船上吹长笛,看着鲈鱼在我的周围游来游去,仿佛是被我的笛声迷住了,那时月光会在层层叠叠起伏的湖底荡漾,那里散落着从森林掉落的各种残骸。还是在很久前,在那些漆黑的夏夜,我会跟一个伙伴一起来这里,在湖边燃起一堆篝火,篝火会吸引过来鱼群,然后我们就在钩上放了虫子做鱼饵,钓起一条条鳕鱼。就这样一直到深夜,我们才把还在燃烧的木柴朝着湖中扔过去,燃烧着的木柴在空中画出流星般的轨迹,然后坠落到湖水里,发出一阵阵咝咝声。那之后,世界又会沉入到深深的黑暗中。我们哼着小调,摸黑往回走,很快回到人类的世界。但现在,我已经在湖边安了家。

有时候,我会待在村中某个客厅里,直到那家人准备睡觉,我才离开回到森林。一部分原因是为了第二天的伙食。我会在月光下把小船划到湖中垂钓,一直到午夜过后。那时候夜枭还有狐狸会为我唱小夜曲,四周还会偶尔有不知名的小鸟的叫声。这是一种很值得回忆的难得的体验。我会在湖中抛锚——那地方会有40英尺深,离岸大约20到30杆距离,经常会有几千条鲈鱼还有银鱼围着我的小船,它们的尾巴在月光下的水面激起一个个小漩涡。我用一根细长的亚麻绳子,和那些藏在40英尺深的湖底的鱼交流,有时我会拖着长达60英尺的绳子在夜风轻抚的湖中漂荡,感受着手中绳子轻微的颤动,那是沉入深深湖底的绳子另一头的某个生命在颤动,它显得有些犹豫不决,因为一时无法判断那是什么。最后,当你交错着一段段把绳子拉出来,一条生龙活虎的鳕鱼就被钓到了。真是奇怪,在这特别黑暗的夜晚,当你的思绪在宇宙空间中飘荡时,你却还是能感受到这种轻轻的颤动,它打断你的思绪,又把你和大千世界联系到一起。我似乎接下来会不停地把钓鱼线甩向空中,就像我把它垂入与空气相比密度更小的水这种介质中。这样的结果就像我是用一枚鱼钩钓起了两条鱼。

瓦尔登的风景虽然很美,却是卑微的。它一点都不壮美,很少来此或不在湖边居住的人很难感受到它的魅力。然而湖的深度与湖的清澈非同凡响,值得大书特书一番。这是个清澈的绿湖,长半英里,周长一又四分之三英里,占地约61英亩半。湖被松树和橡树包围着,有一股涌泉,但除了降雨和蒸发,你看不出水的来龙去脉。一座座山峰从水中突然拔起,有40到80英尺高,但东南角的山峰有100英尺高,尤其是东边的山峰高达150英尺。这些山峰距离湖岸大约在四分之一和三分之一英里之间。山上森林茂密。康科德一带的水至少有两种颜色,一种是远看时呈现出来的颜色,一种是近看时呈现出来的颜色,近看时的颜色更加天然一些。而第一种颜色取决于光线以及天气的变化。夏天天气晴朗时,远看水会呈现出蔚蓝色,尤其是在水波荡漾的时候;如果再远一些看,就会是和天空一样的深蓝色。在风雨天,它有时会是岩石的青灰色。据说大海的颜色并不受环境的影响,有时蓝,有时又呈现出绿色。我曾在白雪皑皑的时候观察过河流,河水跟冰几乎都和青草一样翠绿。很多人认为蓝色"是纯净的水的颜色,无论是液态还是固态"。然而从船上向水下看,你会发现色彩是变幻着的。瓦尔登湖的水时蓝时绿,就是从同一个视角去看也是一样。在天地之间,湖水也吸收了天地的色彩。从山顶看湖水水天一色,但当你来到湖边,靠近沙滩的湖水先是有点泛黄,往后又有点发绿,渐渐地湖水的颜色加深,成了清一色的暗绿。有人认为这是葱翠的草木造成的结果,但在铁轨的沙丘一侧,在湖周围的树木还没变绿前,湖水同样也呈现为碧绿色,很可能是因为湖水的蓝与沙子的黄混合了,湖水才有了彩虹的颜色。当春天阳光明媚,大地开始回暖,太阳的热量从湖底传导到湖面,湖面的冰首先融化,形成一条环绕着湖岸狭窄的水道,而湖中依然冰冻着。像所有别的湖水一样,在天气晴朗时,湖面泛起阵阵涟漪,天空倒映在湖水中,让湖面融合进了更多变幻的光线,远远看去,比蓝天还要蓝。要是在这样的时候在湖中泛舟,四下环顾,水中倒影绰绰,我发现了一种难以形容的淡蓝,如同浸了水的丝绸或者是刀锋,比天空还要湛蓝。而在波光粼粼的另一侧却依然是本来的深蓝色,于是淡蓝和深蓝交相展现,深蓝就显得混浊起来。这是一种玻璃似的蓝绿色,跟我记忆里的一样,仿佛冬令时节,夕阳西下后,西边的云朵中所露出的片片蓝天。可要是你装满一杯玻璃水,举到空中看,就会发现它像是装满了一杯空气,什么颜色都没有了。一般人都知道,一块很大的玻璃会呈现出淡绿的颜色,据制造玻璃的人说,那是因为"体积"的关系,同样是玻璃,要是体量不够大,就会没有什么颜色。瓦尔登这座小湖需要多少的水才能泛出如此的绿,我从没量度过。对低头直接俯瞰湖水的人来说，我们的湖水是黑乎乎的，或者有些深棕色。在大多数湖泊里游泳的人，身体会染上一层浅黄色，但瓦尔登湖的水像水晶一样纯洁，使得人身上光洁雪白。更怪异的是，四肢在水中被放大、扭曲得十分夸张，很值得米开朗琪罗好好研究一番。

湖水清澈透明到就连25到30英尺深的湖底也能被清晰地看到。如果你赤脚进入水里，会看到水中很深的位置成群的鲈鱼跟银鱼，它们大约有一英寸那么长，甚至连鲈鱼身体上的花纹都清晰可辨，让你觉得这种鱼是因为不愿意沾惹上尘埃，才来到这片湖水里的。还是在好几年前的一个冬天，我为了钓梭鱼，在冰面上凿出了好几个洞。回到岸上前，我把斧子留在了冰面上，就像是有一个促狭鬼在跟我开玩笑，斧子竟然在冰面上滑行了有四五杆的距离，从其中一个冰洞掉了下去，沉到25英尺深的湖底。我很好奇地趴在冰面从那个洞往下看，我看到我的斧子的斧柄笔直朝上，斧身落在湖底，在水中轻轻摇晃。后来，我想办法把它吊了上来，不然我想它会就那样直立着站在水底，直到斧柄烂掉。我是用我带去的冰凿在紧挨着那个洞的地方，凿出了另外一个洞，然后用刀砍下附近能找到的最长的一根赤杨树的树枝，把绳子拴在树枝上，一头做了一个活套，然后小心翼翼地垂下去，套住竖立着的斧柄把斧子拉了上来。

整个湖岸上都是光滑白净的卵石，只有一两处露出沙子。湖岸非常陡峭，很多地方纵身往下跳，就能潜到一人多深的水里。那样深的地方，要不是湖水这样清澈，是不可能看清湖底的。很多人认为它根本就没有底。没有一丝混浊的湖水中，如果不注意观察，你会认为根本就没有一根水草，除了一片前不久刚被水淹没的地方，而那本来就不属于水中。在这湖中，你看不到任何菖蒲、灯芯草，还有白的、黄的睡莲。所能看到的仅仅是很少几片心形的小小叶片跟河蓼子，很可能还有一两片眼子菜，但在湖里游泳时，你是看不到这些植物的，因为这些植物简直就跟湖水一样清澈透明，完全融入到了水里。有几处的岩石伸到了水中约有一两杆深，湖底是洁白的沙子，能看到的最深的地方有些沉积物，很可能是在过去无数个秋天里，被风从远处吹来的树叶腐烂后的结果。另外还有一些闪着光的绿苔，即使是在最寒冷的季节里，当你拉起船锚时，锚绳上也会沾上它们。

从这里往西大约两英里半的地方，还有一座跟瓦尔登湖极为相似的被称作白湖的湖泊。那地方叫九母角。虽说方圆12英里之内，大多数湖我都熟悉，但我还没找到第三座相似的湖泊来。这两座湖泊的水清澈洁净得如同泉水。无数个世代以来，一个个民族曾饮用过这湖里的水，赞美过它，甚至测量过它，然后又都悄然而逝，只有湖水依旧清澈无比，从来也没干涸过！很可能在亚当和夏娃被逐出伊甸园的那个春天的早上，瓦尔登湖就已存在了。从那个时候开始，薄雾就夹着南风吹来阵阵柔和的春雨，打破湖面的宁静。湖里经常会有成群的野鸭和野鹅，它们对被逐出乐园的事一无所知，只是觉得有这样一个清澈无比的小湖就心满意足了。我甚至想，也是从那时起，湖水就拥有了涨落，拥有了这样的清澈并染就了如今的色彩，成为这举世无双的瓦尔登湖，成为天堂的甘露的蒸馏器。谁也无法知道，曾经有过多少无人记载的民族诗章，就是由此获得的灵感？也没有人能知道，这湖曾被誉为喀斯泰利亚之泉[①]。同样，没人知道有过多少个山林水泽的精灵于黄金时代居住在这。它就是康科德桂冠上的那粒水晶珠宝。

最先来到这座湖的人很可能留下了一些足迹。我曾惊奇地发现，湖边被砍伐了的森林那陡峭的山坡上有条狭长的小路，环绕着小湖一会儿上、一会儿下，一会儿近、一会儿远。也许它跟人类一样古老，最先是由土著猎户们一步步踩出来的，后来被那些在此世世代代居住的人走过。冬天，当刚下过一场不大的雪后，你要是站在湖心就会发觉，这条小道格外清晰，像一条白色的线一样环绕，那些杂草和枝叶根本掩盖不住。就算是在1/4英里外也一样历历在目。而到了夏天，即使是就站在跟前，你也很难发现它。雪用自己的洁白形成了一块素色的底，小道就是刻在上面的浮雕。但愿将来的某天，有人在这一带建造起了别墅后，它还能保留一点痕迹。

湖水会涨落，但很难找出规律来，如果真的存在规律，那么这规律又是怎样的，尽管很多人装作自己知道，实则没有谁真的知道。在冬季水位要高一些，到了夏季水位会落下去一些，问题是，水位的高低跟天气没有关系。我还记得水位何时落到比我住的地方低了几英尺，在什么时候又升高了至少五英尺。那地方有一片沙洲，一直延伸到湖中。沙洲的一边是深水区，离岸有六杆距离。大约是1824年，我记得自己在沙洲现在淹没在水中的部分上面煮过一锅杂烩，那之后连着有25年的时间，水都漫上了沙洲，我再也没能在上面煮过什么。当我告诉我那

[①] 古希腊神话传说中缪斯居住的帕那萨斯山中的泉水。

些朋友，那之后我曾经常划船去林中某个无人的小湾钓鱼时，他们都感到惊讶，不是很相信我说的，因为那很早就是一片草地，距离现在的湖岸也有十五杆远。这两年，湖水一直在上涨，现在是1852年的夏天，湖水水位要比我住的地方高出五英尺。也就是说湖水上涨了有七英尺，但看不到有更多的水从山上流下来，这也就是说水位的上涨一定是受到源头水量的影响的，因为在同一个夏天，水位又落下去了。这种让人惊讶的涨落无论是否存在着周期性，每一次都会经过好几年的时间才能完成。我观察过一次上涨，也观察到两次下落，我认为大约在12年至15年后，水位会再度退回到我以前去过的地方。偏东一英里的佛林特湖有看得见的泉水流入，并且也有流出的地方，基本上能找到一定规律，但瓦尔登湖还有那些在两者之间的湖沼却是一同涨落着的。最近一段时间那些小的湖沼也涨到了最高水位，前后与瓦尔登湖相一致。据我观察，白湖也是这样。

瓦尔登湖的涨落间隔时间长，在我想来至少有这样一个作用：当最高水位维持了一年左右时，沿着湖想要步行很困难，但从上一次涨水后，湖边的灌木还有松树、白桦、桤木、白杨等都被水冲刷得不见了，那样等水位退下去后，就会留下一片干净的湖岸。不像其他湖泊，瓦尔登湖不用成天涨涨落落，在水位低的时期，就会有一个干净的湖岸。就在我小木屋边上的湖岸，有一些高约15英尺的松树都给水冲刷掉了，看上去就像是被人用杠杆掀翻在地的，这样一来就阻止了它们的漫延，那些松树的年轮恰好能说明上次涨水后，到今天已经过去多少年。正是以这样的涨落方式，瓦尔登湖保持了对湖岸的拥有权。湖岸就像是被剃掉了胡子，树木没法随心所欲地占有湖岸。它们经受着湖水的舔舐，树木的"胡须"没法长出来。在湖水上涨到最高位时，桤木、柳树还有枫树都会被淹没，这些树会生长出离开地面大约三四英尺高的纤维质红色根须，有几英尺长，它们就是这样来保护自己的。我还发现，岸边上那些浆果基本不会结果，但在这种情形下，会结出丰硕的果实来。

至于湖岸为什么会被铺砌过了，这很让人难以理解，据镇上的人说，那些年纪最老的人在他们年轻时曾听说，相传还是在远古时代，一次印第安人在小山坡上举行庆典狂欢，那座小山包突然开始升高，一直升到了天上，就好像湖现在深陷在地下一样。原因据说是因为那些印第安人干了很多渎神的坏事，但我不相信他们干过什么坏事，也就是因为神认为他们干了坏事。山开始震动，大地开始下沉，最后只有一个女子逃脱了，这个女子的名字就叫瓦尔登。至于湖岸上铺砌的整齐的石块，据说是山震动时滚落下来的。不管怎样，这故事也就是说，过去这里没有湖，后来有了。这个印第安的传说跟我前面讲的那个古代居民的故事是不矛盾的，他清楚地记得自己过来时是带着一根魔杖的。当看到草原上升起淡淡的雾气，他就把手中的魔杖朝下面一指，后来他就决定在那地方挖一口井。至于湖岸上那些石头，一般人不相信是山上滚落下来的。在我看来，这里四周的山上有很多湖岸上那样的石头，为此，修铁路时人们不得不在穿过湖这段路的一边的山坡上砌上石墙；在湖岸最陡峭的位置，石头最多。对我来说，已经不再神秘了。我猜出来了铺砌湖岸的人。如果说这个湖的名字不是因某个英国地名而取的，比方说萨福隆·瓦尔登镇，那我们可以推测，它是由最初的"围得湖"（Walled-in Pond）转换而来的。

湖就是天然的井，为我而掘。湖水澄清，一年有四个月是冰凉的。我想它即使不是镇上最好的井，也不会比任何一口井逊色。当然，在冬季里，暴露着的湖水自然要比被大地裹起来的井水或泉水要寒冷。我从下午5点就坐在我的小屋里，一直坐到第二天中午（1846年3月2日），温度计显示的温度有时是65华氏度，有时是70华氏度，这很可能与太阳照射屋顶的部位有关。而我从湖里打来的水，放在屋内也只有42华氏度，比村里最冷的那口井里打出来的水还要低一华氏度。同一天沸泉的温度是45华氏度，是我测试过的水中最温暖的，但到了夏天，沸泉的水有时是最冷的，因为浅浅的水一点也不流动，无法进行热交换。而在夏天，大多数的湖都受到了阳光的照射，就会变得很温暖，只是瓦尔登湖太深，阳光没法透进去。天气炎热时，我常提一桶湖水放到地窖里，到了夜晚，地窖里就会凉飕飕的，一直维持到第二天。有时候我也到附近的泉里取水，放了一个星期还跟刚取出来的差不多，没有一点水泵抽出来的水的那股味道。谁要是想夏天在湖边露营，只要把一桶湖水埋在几英尺深的地下，就完全不需要冰块这种奢侈品了。

有人在瓦尔登湖里曾钓到过一条七磅重的梭鱼，不用说另一条了，它以飞快的速度拉断了钓鱼线，钓鱼的人认为这条有八磅重，但这是比较保守的说法，因为他没有看清这条鱼。从湖里钓上来的还有鲈鱼、鳕鱼，有的重两磅多，还有小银鱼、鳊鱼（拉丁学名是 Leuciscus pulchellus），少量的鲤鱼，两条鳗鱼，其中有一条重四磅——我写得这么详细，是因为鱼的身价通常是由其重量决定的，况且这两条鳗鱼也是我在此处仅见的两条鳗鱼——此外，我还隐约记得有一条小鱼，大约有五英寸长，两侧银灰色，背脊有绿色，外形有点像鲤鱼，我在这儿提起它，主要是想与寓言传说衔接起来。总之这湖里的鱼并不多。很少的一些却是值得夸耀的。有一次我趴在冰面上，至少看到三种不同品种的梭鱼：一种长而扁，青灰色，跟河里捉到的非常相似；一种金闪闪的，有点泛绿，生活在深水区，是湖里最常见的一种；还有一种金黄色，形状有点像前一种，但是两侧布满了暗棕色的小点或黑点，带一些淡的血红色，很像鳟鱼，它的学名 reticulatus（网状）不够贴切，guttatus 斑点倒是比较合适。这些鱼都很结实，比它们的外表看上去要重得多。生活在这个湖中的银鱼、鳕鱼、鲈鱼等等，比其他河海湖泊里的鱼要干净、漂亮，也结实，主要是因为湖水更加清澈，所以鱼儿也大不相同，也许鱼类学家可以用它来培养新的品种。湖里还有纯种的青蛙、乌龟和淡菜，麝鼠和水貂也在这里留下了痕迹，偶尔甲鱼也会光顾。有一回，我一大清早把船推入湖里，一只很大的甲鱼就躲在船底过夜，被我惊醒。春秋两季，很多天鹅和野鸭会来到这里，白肚皮的燕子（学名 Hirundo bicolor）掠过湖面，翠鸟从其隐身处嗖的一声飞走了，斑鹬（学名 Totanus macularius）整个夏天都在石头铺成的湖滨上晃来晃去。有时候，栖息在白松上的鱼鹰会被我惊跑。但我不知道海鸥是否会来光顾这里，就像光顾美港一样。潜鸟也每年都要来此光顾一趟。这些就是经常光顾此处的动物了。

在风平浪静的日子，坐在小船上，能看见靠近东岸的地方，在水深大约有八英尺要不就十英尺的湖底，其他位置也能看见，有一堆堆浑圆的东西，大概有一英尺高，直径约六英尺，那些都是一些比鸟蛋还小的石头堆积起来的，周围全都是沙子。一开始我怀疑这些是印第安人因为什么目的有意在冰上面堆起来的，这样等冰融化了，它就会沉入湖底。但那些石堆堆得过于有规则，而且有些看上去还很古老。它们很像河里的那种石堆，问题是这里并没有胭脂鱼跟八目鳗，我不知道这是什么鱼堆起来的，很可能是银鱼吧。这使得湖底有了一种神秘的氛围。

湖岸错落有致，看上去一点都不单调。我闭上眼睛也能清晰地看到西岸锯齿状的湖湾，北岸较为开阔，而最美的是像扇贝样的南岸。岬角一个接着一个，使人感到那边一定还有很多没有人涉足过的湖湾。湖四周都是一座座山峰，只有身处湖心才能感受到森林环抱下那种世外桃源般的宁静和湖水林木相映的美。弯弯的湖岸，形成了最悦目的视界线。这一切浑然天成，丝毫也没有人工雕琢的生硬与做作。这一片空地像是被人用斧子砍伐出来的，或者是湖边开垦出的田地。那些树木有着足够的余地在岸边展开，任何一棵都朝着湖的方向伸开有力的枝丫，这简直就是一块精美的织锦，是大自然鬼斧神工的杰作。沿着岸边最矮的树丛逐渐向上放眼望去，一直到目所能及的最高大的树的树梢，都看不到一丝人工留下的痕迹。湖水轻拍着湖岸，我想就跟千年前是一样的情景。

所有的风景中，湖泊是美的核心，就像人的眼睛。从一片湖泊能够看出那风景的天性，湖岸上生长的树木高矮错落，就像是人眼睛的睫毛，而环绕着的四周群山还有那些山崖峭壁，就是浓密的眉毛。

在九月的一个宁静的午后，站在湖东边平整的沙滩上看对岸，一层薄薄的雾使得那边看不真切，就是在那一刻，我理解了"镜子般的湖面"这句话的意思。回头看，湖就像是一条精致的薄纱飘在山谷上，远处的松林闪烁着，空气似乎是一层层交叠着，让你误以为自己能穿过湖和云层走到对面的山上，而且身子不会沾上水。那些在水面上飞掠而过的燕子，猛一看像是能在湖面上停住似的。有时它们轻盈地点击一下水面，仿佛是飞着飞着一个不小心要跌下，但马上又发现自己错了似的。朝西边看，当视线越过湖面到了对岸，这时你无法用手把空中和水中的阳光一起都遮挡住。如果你挑剔地去审视湖面，会发现它确实光滑如镜，这时，只有那些水黾彼此相隔有规则的距离在湖面滑行，一闪一闪搅动了阳光；或者还有一只野鸭正在湖心梳理着自己的羽毛，那些燕子掠过湖面时，轻盈地击水制造出细细的涟漪。这时，很可能在远处有一条鱼突然跃出水面，在空中画一道三四英尺的圆弧，再度入水时激起点点的闪烁，有时还能看到一个银色的完整圆弧，要不就是正好漂来一根蓟草，有鱼儿撞击它一下，制造出一阵小小的波澜，很像是熔化的玻璃，正在冷却，但还没完全凝结。就算其中有一些杂质，也一样是纯洁无瑕的。你经常能看到更平滑、更幽暗的水，像一道蜘蛛网割裂开水面，如同湖里的仙女歇息在那里。要是从山顶往下看，你会发现湖中几乎所有位置都有鱼儿在游动跃出。任何一条正在捕捉水面出现的蚊虫的梭鱼或者银鱼，都不可能不搅乱这样的平滑。真是神奇，如此单纯的事物，竟然能以这样的精美方式展现——让鱼类对其他生物的杀戮展现无遗——即使是离得很远的距离，也能看到水中逐渐扩散开去的漩涡，直径约有六杆。你甚至都能看清水蝎（Gyrinus）在平滑的湖面上不停地滑动，滑出四分之一英里那么远的距离。它们划破水面，划出两道分开的细细波纹的线，形成明显的航行轨迹。但水黾不会，水黾在水面划动完全不会制造出痕迹。在湖面有波浪时，你就看不到水黾，也看不到水蝎。只有在风平浪静的时候，它们才会离开自己的避风港出现在湖面，开始一次探险的远航，靠着一次次的冲刺，向对岸游去，直到游完全程。

在秋高气爽的日子，沐浴着暖融融的阳光，坐在高处的树桩上欣赏着湖的美景，简直太愉悦了！要不是湖面泛起的涟漪以及天光和林木的倒影，你很难发现湖面的存在。宽阔的湖面总是那样宁静，就算是有一些骚动也会迅速平静下来，就好像在湖边把一个瓶子沉入水中，水的宁静被打破，水波颤抖着荡漾到岸边，然后很快就恢复如初。所有的鱼跃虫跳，无不都是以涟漪这种优雅的形式展现在湖面上，如同泉水的汩汩涌出，也如生命起伏的呼吸。谁也无法断定，这律动是欢乐的颤动，还是痛苦的痉挛。作为自然现象，湖是和谐的！如同人类在春天里的劳作。是的，每片树叶、每根枝条、每块石头、每张蜘蛛网，一到下午3点前后，就会开始闪闪发光，就像春天的清晨阳光下无处不在的露珠。无论是怎样的举动，船桨或是昆虫的，都会碰击出一道光芒，而桨声是那样甜美啊！

9月、10月的瓦尔登湖就是森林的一面镜子，镶在石头的镜框里。这些石头在我眼里就像稀世珍宝一样珍贵。大地上再也没有比湖泊更美、更纯洁、更辽阔的事物了。它们拒绝任何的藩篱，接纳着来来去去的各种人类，却从不会受到玷污。这就是一面无法被击碎的镜子，也无法被磨损。大自然随时随地都在擦拭修补着它，没有任何东西能让它变得暗淡无光，暴风雨不行，尘埃也不行。而阳光就像一把羽毛掸子，使得气息都不会在这面镜子的镜面上留下痕迹，气息会被送上高高的天空，变成一朵朵云，映照在它们刚离开的镜子里。

空中的精灵也逃不过这片水域。湖水不停地从空中接受新的生命和行为。湖就是天地间的一根纽带。大地上的草木被风吹动着起伏摇曳起来，像只有水才会有的波浪。在道道波光中，我看到了微风朝着湖面吹动，这真是难以置信。或许有一天我也会这样仰视天空，看看是否会有比水还敏感的精灵存在。

到了10月下旬，开始降霜了，水黾和水蝎都不见了踪影；到了11月，通常不再会有什么来扰乱湖的平静。11月的一个下午，持续了几天的暴风雨终于停止了,不过天空仍然阴沉沉的,这时,湖面看不到一丝涟漪,简直就像并不存在似的。虽然没有了10月的艳丽,但它还是能映出附近的群山的晦暗。我尽量让自己的动作轻柔,可小船还是掀起了微波朝着四周荡漾,一直泛开到我目力所及之外,水中的倒影也变得弯弯曲曲的。然而,我看到远处微光点点,仿佛逃过霜冻的一些长足昆虫又汇聚于此,或许湖面太光滑,从湖底汩汩涌起的泉水就显露了出来。荡起双桨,轻轻地来到这些地方,我惊奇地发现周围汇聚着无数的小鲈鱼,大约有五英寸长,在绿水中泛出青铜色。它们在此嬉戏,不时浮到水面激起阵阵涟漪,有时吐出一串水泡。在这清澈透明、映着白云的湖水中,我像是乘着气球在空中飘浮,鲈鱼游来游去就像一群小鸟,在我下面或左或右地飞翔盘旋,它们的鳍犹如船帆撑起。这样聚集在一起的鱼群湖中有很多,很显然是想趁冬天的冰层阻隔住阳光前,好好利用一下这段短短的时光。有时它们会游向湖面,激起阵阵涟漪,仿佛微风吹拂,又如丝丝小雨滴落。当我漫不经心地靠近时,它们就会突然用尾巴搅动湖水,激起层层波浪,就像是有人用一根长长的树枝拍击水面,然后迅速地潜入水底。后来起风了,雾越来越浓,流动的水波中鲈鱼也开始跃出水面,无数个黑点出现在湖面上,那些鱼三英寸左右长的身子全都跃了出来。有一年到了12月5日,我都还看见湖面出现一些波纹,加上很浓的雾,起初以为是要下雨了,我赶忙加快划桨准备上岸。这时,湖面的波纹越来越多、越来越频繁,就在我认为雨下大了时,却发现脸上感觉不到一滴雨。也就是在一瞬间,这些波纹消失了,我这才明白,都是那些鲈鱼在闹腾!它们受到了我的桨的惊扰,现在潜入到了水底,消失得无影无踪。而天并没有下一滴雨。

  有一位经常来这里的老人告诉我,还是在60年前,那时候湖的周围森林密布,连阳光都很难透入。湖上生机勃勃,有很多的野鸭和别的水禽,空中有许多老鹰盘旋。他来这儿是为了钓鱼,用的是在岸边找到的一条古老的独木舟。这条独木舟是用两棵白松的树干拼接而成的,树干被从中间掏空后钉在一起,两头削得方方正正。小舟很笨重,但用了很多年才浸满了水,后来没准是沉到湖底去了。他不知道小舟的主人是谁,于是小舟便归属于了湖。他常常将山核桃树皮一片一片绑起来做成锚链。他说革命前在湖边住过一位老人,是一位制陶工人,有一次告诉他,湖底有一个铁箱子,他曾亲眼见过。有时候会浮到岸边,但等走近,箱子又会沉入湖底消失。听着独木舟的故事,我感到很高兴,这条古老的独木舟取代了那条印第安小舟，虽然它们所用的材料一样，但是这一条古老的独木舟的构造更为优雅，或许它一开始只是岸边的一棵树，然后落入水中，漂浮了二三十年，从而成为最适合在湖中漂游的小船。我记得第一次观看湖底时，看到湖底隐约躺着许多粗大的树干，它们或是被风刮倒的，或是被砍伐后留在冰面上，后来沉入湖底的。那个年代树木非常便宜，可是现在，这些树干都不见了。

在我第一次荡舟于瓦尔登湖上时，周围全是高大茂密的松树和橡树，在一些小湾里，葡萄藤爬过了水边的树，形成一个个凉亭，小船可以从下面通过。湖滨的群山很陡峭，山上的树木又高又大，你从西端望下来，湖就像一个圆形剧场，水中可以上演一出森林剧。比现在年轻点时，我就在这里消磨时光，让自己在湖面随风漂浮。有过一个夏日，我把小船划到湖心，然后仰面躺在座位上，半睡半醒，似梦非梦，直到小船撞到了沙滩才清醒过来。于是我从座位上爬起来，看看命运将我推到了怎样的一个彼岸。那些日子里，闲散是最迷人的产业，产量也最丰富。好多个清晨从我身边悄然滑过，而我宁愿将一天当中最宝贵的时光如此虚度。虽说我没钱，却有一大把被阳光充满的时光，我任意挥霍着。我没有将它们更多地消磨在工厂或教师的办公桌上，对此我并不后悔。但自从我离开湖后，伐木工人就把湖边那一带的树木全砍光了，那之后，人们再也无法在森林小径中漫步，无法透过树林欣赏美妙的湖光山色。如果我的缪斯就此沉默了，那也在情理之中。树木都被砍光了，你还怎么指望鸟儿去歌唱呢？

如今，湖底那些树干、还有那条古老的独木舟、四周的黑森林，全都不见了，而那些村民，原本连湖在哪儿都不知道。可现在他们用一根管子将湖水引到村里好让他们洗刷碗碟，根本没想过要去湖里游泳嬉戏。他们想的只是能转一下水龙头，或是拔掉塞子，就可以使用瓦尔登湖水了！那魔鬼一样的铁马，震耳欲聋的声音响彻全镇，它用自己肮脏的脚搅浑了沸泉，也正是它，吞噬掉了瓦尔登湖岸上的树木。这匹特洛伊木马肚里藏了一千个人，全都是唯利是图的希腊雇佣兵！而我们的勇士——摩尔厅的摩尔人①——又在哪？你为何不去"深壑"与这铁马鏖战，把你复仇的长矛刺进这目空一切狂妄的家伙的肋骨里？

但即使是这样，瓦尔登湖也是我所见过的保存得最好、最完整，还残存着一

---

① 英国民谣传说中杀死巨龙的英雄。

些纯真的自然风光。有过很多人被誉为瓦尔登湖,但真正无愧于这个名字的人少之又少。是的,那些伐木工砍伐了湖岸上的树木;那些爱尔兰人在湖边搭起了猪圈;铁路侵占了湖的领地;那些挖冰人也来湖里取冰。但瓦尔登湖依然没有改变,湖水仍然是我年轻时所见所饮的水,唯一被改变了的是我自己。涟漪消失后,它仍然不会留下一丝波纹。这湖永远是年轻的,我站在它身边,依旧能看到飞燕击水,从水面捉住一只蚊虫,和从前一模一样。而今晚,这样的情感猛然袭来,仿佛有25年的时间我不曾再见到它——啊,这就是瓦尔登湖,就是我很多年前发现的那个森林之湖吗?就在去年的冬天,湖岸不远处有一片森林被砍伐了,但另一片树林已经生长出来,一样喜悦的泉水,流向它自己,也流向它的创造者,也流进我的心里。这湖是大智大勇者的作品,不存在丝毫虚伪!是这大智大勇者用双手捧起了这片湖水,然后深化于自己的内心,让湖水得到了清澄,并留下遗嘱,要把这座湖传给康科德。当我从湖水中看到同样的倒影时,我几乎忍不住要问了,瓦尔登,是你吗?

装点一行诗的,
并非我的梦;
再也没有另外一个地方,
像瓦尔登湖这样靠近上帝与天堂。
我就是它岸边的卵石,
是它水面吹拂的微风。
我手心捧着的,
是它的水、它的沙。
而它的最深邃之处,
则高卧在我的心中。

急匆匆的火车从不会停下看看这湖光山色,可我想,火车司机、司炉工,还有那些手持月票经常路过它的人,才更适合欣赏这种美景。夜晚,司机并没忘了——或者说他的天性没忘——他在白天至少看过一眼这宁静而纯洁的景色。就算只看过一眼,也足以清洗掉政府大街和引擎上的油烟。有人提议将此湖称为

"神的一滴水"。

我曾说过,瓦尔登湖无法找到来龙去脉,可话又说回来,一方面,一连串的小湖从弗林特湖那流过来,将瓦尔登湖和弗林特湖连了起来,并且后者地势稍高;另一方面,一连串同样的小湖显然又将瓦尔登湖同康科德河连接起来了,而后者地势稍低,在某个地质年代,也许它曾泛滥过,只要稍稍挖掘一下,它又会流淌过来,可上帝不准。就这样,缄默、简朴的瓦尔登湖像森林中的隐士一样,生活了那么长时间,获得了神奇的纯洁,一旦相对不洁的弗林特湖水直接流淌过来,或者它自己流向大海,就会失去它的纯洁。那样的话,有谁不会为此感到痛惜呢?

弗林特湖也叫沙湖,坐落在瓦尔登湖以东一英里开外的林肯乡。弗林特湖大多了,据说占地达197英亩,是我们这儿最大的湖泊或者内陆海,鱼类资源更为丰富,只是湖水比较浅,水也不够清纯。散着步穿过森林光顾此湖,是我的一大乐趣。哪怕感受一下风吹拂在脸上,看看波浪的翻滚,缅怀一下水手的生活,也是值得的。秋天起风的时候,栗子落到了水中,冲到你脚前的岸边,我会弯腰趁机拾一些。有次我弯腰钻到莎草丛生的岸边,一阵清凉的浪花溅到了我的脸上,我看到了一条船的残骸,船舷没了,只留下一个平的船底在草丛中,但还是存在着清晰的船的轮廓,像一块很大的烂木板。它就像是海岸边一艘失事船只的残骸,带给人无限的遐想。而如今,它已完全腐烂成了岸边一堆腐殖质,上面长满了灯芯草和菖蒲。我常常能看到湖底沙滩上留下的波浪的痕迹,在水的压力下,湖底变得很坚实,赤脚踩在上面感觉非常明显。那些纵横交错的灯芯草则像阵阵波浪,对应着水底沙滩上波浪的痕迹,似乎它们就是被浪花养育着的。那一带还有很多球状植物,明显是一些细草与草本植物,估计其中也有谷精草。它们的直径有半英寸到四英寸,非常圆。沙滩上的浅水把这些球形植物冲来冲去,有时直接冲到了岸上。它们有些是很坚韧的草,有些中心包着沙子。一开始你可能会认为这些球状的草是被波浪冲击而成的,一个个圆滑得像是卵石。但即使是大小只有半英寸的那些圆球,看上去也跟那些很大的草球一样粗糙。它们都是每年只要一个季节就长成。我为此怀疑,这些波浪并非是在构建,反而是在对这些草球造成破坏。干燥后,这些球形植物的形状可以保持相当长一段时间。

弗林特湖！一个糟糕的名字。这个名字来自一个肮脏而愚蠢的农夫，他在这水里开辟田地，将湖糟蹋了，他有什么资格用自己的名字为这湖命名？我想他很有可能是一个吝啬到极致的家伙，只爱美金或亮闪闪分币的反光，从其中他可以看到自己厚颜无耻的脸。就是落户于湖上的野鸭，他也视作是入侵者。由于长期掠夺，他的手指变得像鹰爪一样尖锐弯曲。这不是我中意的湖名。我到那湖去过，既不是为了看他，也不是为了听人们议论他。他从未见过湖，从未在里面洗过澡，从未爱过它，从未保护过它，从未说过一句它的好话，也从未感谢赐予了此湖的上帝。因此，宁可用湖中嬉戏的鱼儿，用那些经常光顾此湖的飞禽走兽，那些湖岸边生长的野花野草，或某个生命线与湖泊相互交织在一起的野人或野孩子来命名，也要比用他的名字好。除了那些与他臭味相投的邻居或立法机关给他的一张契约外，他对此湖并无所有权，实际上，他想的只是此湖的金钱价值，他的出现就是整个湖岸的灾难。他耗尽了周围的土地，甚至不惜要把湖水抽干。他只可惜这里没有变成英国的草地或越橘牧场——的确，在他的眼里，此湖毫无价值——如果湖底的淤泥能卖钱，他一定会抽干湖水。湖水又转不动他的磨坊，而且他也并不觉得观赏湖水是一种殊荣。他的劳动我丝毫也不敬重，因为他的农场处处都被明码标价，要是有利可图，他会把风景甚至是上帝，都拿到市场上去出售。他到市场上去仅仅是为了他那个上帝。在他的农场里，没有一样东西是自由生长的，他的田地不产谷物，他牧场上的植物不开花，他的果树也不结果，它们只产美钞。他爱的并不是果实的美丽，在他的眼里，果实只有变成美钞才算是真的成熟。与其这样，那我宁愿享受那真正富有的贫困生活。一个农夫的贫困总是与他受到的关注与敬重成正比的。什么模范农场，那房屋简直就是粪土堆上长出来的真菌，还有那些大大小小的房间、马厩、牛栏、猪圈，无论干净还是肮脏都一样充满了臭味！人与牲畜一起混迹！那该是多大一个被粪便的熏臭还有乳酸的油腻味充斥了的地方！在高度发达的文明下，人的心灵与大脑居然成为了粪土，就像在教堂的墓地种土豆！而这就是所谓的模范农场。

不，不，如果最美的风景一定要用人名来命名，那也应该是选用那些高贵的人的名字。至少给我们这个湖取一个像样的名字才行，比如伊卡利亚海，并且在"海岸"仍然传诵着一个"印第安勇士的故事"。

从我这到弗林特湖，途中要经过一个不大的天鹅湖。从那里往西南一英里，就是美港，康科德河的河口，据说占地约70英亩；美港过去一英里半就是白湖，大约40英亩，这就是我的湖泊之乡了。再加上康科德河，是属于我的那片水域，日复一日，年复一年，就是这些湖泊河流在研磨着我的谷物。

自从伐木工和铁路，也包括我自己，玷污了瓦尔登湖后，所有湖泊中最有魅力的就是白湖。虽说它算不上很美，却是森林中最后一块瑰宝——白湖这名字很可能源于湖水的清纯，也可能是因为那里的沙石的颜色，很可能是名字太普通了，所有并不出名。然而，无论从哪方面来看，它跟瓦尔登湖都可谓孪生兄弟，仅仅略逊一筹。这两座湖实在太相像了，你甚至会以为它们是在水底连在一起的。一样铺满圆圆的卵石的湖岸，一样颜色的水。在夏天最热的那段时间里，能透过树林看到一些水很浅的湖湾，阳光从湖底的反射让湖水变成了蓝青和蓝绿两种颜色。很多年前，我曾用推车从湖边运送湖沙用来制作砂纸。之后我就经常会去那里。曾经有个经常去那座湖的人建议叫它绿湖。我想也可以叫作黄松湖，因为在15年前，有一棵北美油松淹没在湖水中，露出树梢在水面，离岸边有好几杆的距离，这种树不算特别突出，人们都将它称为黄松。甚至有人认为，湖泊是地面下沉形成的。这里原来生长着一片原始森林，这棵油松就是其中一棵。早在1792年，就有人提到过湖中的这棵松树。在马萨诸塞州历史协会的藏书中，有一本本地居民写的《康科德镇志》，作者谈到了瓦尔登湖和白湖，并说："水位很低时，在白湖的湖心可以看到一棵树，虽然树根在水底50英尺之处，但是它生长的地方仿佛就是它现在矗立的地方；树顶已被折断了，经测量，折断地方的直径为14英寸。"1849年春天，我跟一个住在萨德伯里离此湖很近的人聊天，他告诉我，10年或15年前，正是他拿走了这棵树。他还记得这棵树离岸约12到15杆，那儿的水深有30到40英尺。当时正值冬天，他上午去取冰，并决定下午找邻居帮忙，将这棵老黄松取出来。他在冰上凿出了一条通道，一直通到岸边，然后用牛来把树根拔出来并拖到冰面上，但不一会他就惊奇地发现，那棵树是倒栽在水里，树梢朝下钻进湖底的沙子里，大头直径约一英尺。他原以为能将其锯开得到一些木材，但发现树已经腐朽，只能当柴火烧。当时在他的棚屋里还有一些树根。他说树干上有斧子砍过的痕迹，还有被啄木鸟啄过的痕迹。因此他认为是风把这棵枯死了的树刮到湖里去的，树梢朝下倒栽在水里，而树干因为枯死了很久变得很干燥，所以浮起来冒出水面。他的父亲已经80岁了，也记不起这棵树是什么时候离开原地的。湖底还能看到几根粗大的树干，当水面波动时，看上去就像是巨大的蛇在水底游动。

这片水几乎没有受到船的污染，因为那里面没有渔夫们感兴趣的东西。湖水里也没有洁白的白百合，因为湖底没有淤泥，一般的菖蒲也没见过。清澈的湖水中只能看到少量的蓝菖蒲（Iris versicolor），它们从岸边水里的圆石地长出来，蜂鸟会在 6 月的时候前来拜访。蓝菖蒲蓝色的叶子、花朵跟蓝绿色的湖水十分协调，尤其是倒映在水中的影子。

白湖和瓦尔登湖是地球上的两颗巨大水晶，是明亮之湖。如果它们永远凝结，小得可以携带，那么奴隶们或许早就将它们带走，去装点帝王的王冠了。但这是液体，况且湖水充裕，可以永远惠泽我们及其子孙，于是我们对它们视而不见，却去追求什么科依诺尔钻石[①]。湖水太清纯了，清纯到没法给出市场价格，自然不会受到亵渎。跟我们的生命相比，湖水是美丽的！跟我们的性格相比，湖水是清澈的！我从没听说湖水有什么卑劣之处，跟农夫门前群鸭嬉戏的池塘比，湖水不知美丽多少倍！连那些野鸭子也是纯净的。人类中还没有谁能懂得这自然之美。鸟儿用自己的羽毛和歌声与鲜花相映生辉，但是那些少男少女，又有谁能跟大自然野性粗犷的浑然之美融合到一起呢？自然的丰饶是孤寂的，它在远离人们居住的城镇的地方。你连大地都侮辱，居然还敢议论天堂！

---

① 科依诺尔钻石产自印度戈尔康达，现在在英国伦敦塔。这是历史上最著名的一颗钻石。

10. 贝克农场

约翰·菲尔德啊,唉!既然你不能计算生活,那么就只好接受失败了。

有时我漫步到松林里,一棵棵高高的松树犹如座座庙宇,又似升起了帆的海上舰队。在风的吹拂下,松枝摇曳,松涛阵阵,宛若水面的波光粼粼,柔软、青翠、清凉,就算是德鲁伊特人①见了,也会放弃橡树转而到松林里来做他们的祭祀。有时候我会一直漫步到弗林特湖边的雪松林,那些高大的树上挂满了蓝色浆果,越长越高,即使是在瓦尔哈拉殿堂②前也毫不逊色。那里遍地杜松蔓生缠绕,果实累累。还有的时候,我会漫步到沼泽地带,看那些从云杉上如彩衣般悬垂的松萝、地衣。那里的林间空地上到处都是菌子,仿佛沼泽诸神的圆桌。而更美丽的真菌,像一只只蝴蝶或贝壳环绕在树根处。这里还生长着石竹和山茱萸,红红的桤果闪闪发亮,好似精灵的眼睛,蜡蜂沿着树干向上攀缘,那些最硬的树干也被它们刻出道道凹痕。野冬青的浆果最为靓丽,还有不少不知名的野生浆果,美不胜收,让人垂涎不已。它们太美了,不是凡人所能品味的。我一次次前去并非是为了拜访某位学者,而是那些难得一见的特殊树木。它们要么生长在某个牧场里,要么生长在森林或沼泽深处,要么耸立在高山之巅,比如一种黑桦树,直径就有两英尺;它的远亲黄桦披着宽大的金色长袍,跟黑桦一样散发出阵阵芳香;还有那些树干匀称的山毛榉,树身铺满美丽的地衣,看上去简直近乎完美,其他地方除了零散的几株,据我所知,只有这一带才有一个群落。它们的径围已经非常可观。据说它们之所以会在这一带出现,是鸽子带来了它们的果实。要是你砍开一截树木,会看到闪闪发亮的银色颗

---

① 古凯尔特人原始宗教的巫师。
② 北欧神话里奥丁神的神殿。

粒。此外还有椴树、鹅耳枥树，还有种学名叫 celtis occidentalis 的树，这种树只有一棵，不过还算长得好；还有一棵像桅杆一样高耸的松树，一棵可以做木瓦用的树；还有一棵非同寻常的铁杉，它就像一座宝塔，屹立在森林之中。我还能说出很多种树木的名字，冬夏两季这些就是我朝觐的神殿。

有一次，我碰巧站在一道彩虹的拱座上。这道彩虹贯穿大气底层，给四周的草叶染上了色彩，真像是五彩缤纷的水晶，看得我眼花缭乱。那一刻我成了一条畅游在彩虹的水中的海豚。如果彩虹持续的时间足够长，或许我的事业和生活也会染上彩虹的色彩。当我行走在铁路道基之上时，经常能看到自己的身影周围有一个光环，我以为自己已经是上帝的选民了。有过一位来访的人对我说过，他身边那些爱尔兰人的影子就没有这种光环，这种光环仅仅在本地人身上才会出现。班文纽特·切利尼①在他的回忆录里说，当他被囚禁在圣·安杰洛城堡中曾做过一个可怕的梦，或者说产生过一个可怕的幻觉，那之后，无论是清晨还是傍晚，无论是在意大利还是巴黎，他的头的影子上都会有一个光环，尤其是草上挂着露珠时最为明显。我想这跟我说的是同样的现象，它在清晨时最为明显，不过在别的时间，甚至是在月光下也能看见。尽管经常存在这样的现象，但以前都没被我注意到过，这在切利尼这样想象力丰富的人看来，很容易成为迷信的基础。他还说自己只愿意指给很少人看。但那些头顶光环的人，就一定更为卓越吗？

一天下午，我穿过森林，去美港钓鱼以弥补我蔬菜的不足。途中要经过一片跟贝克农场相连着的草地，这片草地被称作"快乐草地"，有过一位诗人曾这样描写这个僻静的地方——

入口是一片农田，

那里的果树布满了苔藓。

在一条流淌着红色水流的小溪旁，

麝鼠们欢快地滑翔，

还有那活泼敏捷的银色鳟鱼，

在水里游来游去。②

---

① 班文纽特.切利尼（Benvenuto Cellini, 1500~1571），意大利文艺复兴时期的雕塑家，作家。
② 引自美国诗人埃雷利·钱宁的诗歌《贝克农庄》。本章后面的引诗皆同此。

去瓦尔登湖之前,我曾想过来此居住。我去那"钓"过苹果,跃过小溪,吓得麝鼠和鳟鱼四处乱窜。下午总是显得漫长,可能发生的事也很多,有一次我正在思考怎样把大部分时间消磨在大自然中,就在我准备出发时,下午已经过去了一大半。我刚走到半路就下起了雨,我只好躲在一棵大树下,把手帕遮在头上。我在一棵松树下躲了大约半个小时,然后不想继续等下去了,就来到溪边站在齐腰深的水里,在梭鱼草上甩出钓线。突然间乌云密布,电闪雷鸣,我对此听之任之,完全不去管它。我认为诸神有点过分了,居然用这样的叉状闪电来对付我这样一个毫无抵抗能力的小小渔夫。但雷声越发厉害起来,我不得不跑到最近的一座小屋那躲避。这座小屋无论距离哪条路都有半英里远,但离小湖很近,并且已经长期无人居住了——

在生命最后那段时期,
诗人在此建造了这座小屋。
看看它简陋残破的样子,
随时都有坍塌的可能。

这是缪斯所讲的寓言。不过我发现屋里已经住着一位叫约翰·菲尔德的爱尔兰人和他的妻子跟几个孩子,他也是刚从沼泽地回来。他那有着宽大额头的孩子正在帮他干活,还有一个满脸都是皱纹的婴儿。他正坐在父亲的膝盖上,圆锥形的头颅像一个先知坐在王公贵族的宫殿上。在这个潮湿破烂的家中,他探出头来惊奇地打量我这个陌生人。这是婴儿的特权,他完全不知道自己是贵族世家最后一代人,是这个世界的希望,并且是所有目光的中心,而不是他父亲约翰·菲尔德这个又穷又饿的家伙。屋外,大雨滂沱,雷声隆隆,我们一起坐在漏雨最少的那处屋顶下。从前,我曾在这儿坐过很多次,那时,载着这一家人漂洋过海来到美国的船还没造好。约翰·菲尔德为人诚实,工作勤恳,但显然缺乏谋生的技能。他的妻子勇敢地承担起在高高的炉前做饭的任务,经年累月,她一张圆脸都油乎乎了,露着胸脯,对能过上好的日子还是充满信心。她的手中一直都拿着一个拖把,却看不出它能派上什么用场。小鸡们也跑进屋来躲雨,它们就像是这个家庭的一员,在屋内大摇大摆地走来走去。我想它们太像人了,就是烤出来,味道也好不到哪去。它们有时会站在那儿盯着我看,而且还故意啄我的鞋。而它们的主人正在向我讲述自己的经历：他如何给邻近的一位农夫在沼泽地里干活，用一把铲子或沼泽地里专用的锄头翻地，锄一英亩地的报酬为10美元，并可使用土地及肥料一年。他那个子矮小、宽脸的儿子欢天喜地的和他一起干，一点也不知道他父亲这笔交易是多么吃亏。我想用我的经验帮帮他，我跟他说，他是距离我最近的一个邻居，我看上去像个游手好闲的人，来这儿是为了钓鱼，跟他一样，我也是个自谋生计的人。我住在一个整洁、明亮的小屋里，小屋的造价只不过是他每年租用这座破屋的租金而已，如果愿意，一两个月内他也可以为自己建造一座跟我的一样的宫殿。我不喝茶、咖啡或牛奶，也很少吃黄油和鲜肉，所以在吃上花费很少，也就用不着为得到这些去辛勤工作。但我知道，如果你想要享用茶、咖啡、黄油、牛奶和牛肉，你就得辛勤地工作赚钱去买，而你要辛勤工作，就得多吃，以补充身体的消耗——所以说，享受也就是在消耗，实际上，消耗还大于享受。因为他对现状不满，从而将一生耗费在这笔交易之中。然而，他还是认为来美国是赚了，因为在这儿，他可以每天享用茶、咖啡和肉。

　　但真正的美国是这样一个国家，在这片国土上，你可以自由地追求一种生活方式，无所谓享受不享受；在这片国土上，政府并不强迫你去维持奴隶制、支持战争，以及承担直接或间接与此有关的额外支出。我跟他严肃地谈着话，仿佛他是个哲学家，或者说他想要成为一名哲学家。如果大地上的所有草地都保持着原始状态，如果这种状态是人类自我拯救的结果，我会十分高兴。一个人要想找出最为适合自己的文化，不一定需要去研究历史。但是，唉！一个拥有不低的文化的爱尔兰人，居然是老老实实地在沼泽地里用锄头去艰苦创业。我告诉他，既然他在沼泽地里工作，他就需要牢固的靴子和耐穿的衣服，而很快它们会弄脏、磨损，像我身上穿的轻便鞋和薄薄的衣服，费用还不到他的一半，也许他认为我穿得像个绅士（其实并非如此），但是如果我愿意，我可以在一两个小时内捉到够我享用两天的鱼，我也可以去赚取足够的钱养活自己一周时间。我这样做并没花多少力气，而只是一种消遣。如果他和家人愿意过简单的生活，他们全家可以在夏天去采摘越橘，并以此为乐。听了我这番话，约翰·菲尔德长叹一声，而他妻子则双手叉腰，两眼盯着我，他俩似乎是在想，他们是否有足够的钱开始这种生活，或者是否有足够的计算能力来计算出来。在他们眼里，这是种靠航位来推算的航程，他们根本就不知道如何才能抵达港口。因此，我想他们还是按他们的方式生活，勇敢面对现实好了。但无论怎样，他们即使是竭尽全力用最犀利的楔子，也没法劈开生活这块厚厚的木头，然后能仔细打磨——他们虽然想坚强地应付自己的生活，像人们对付那些丛生的蓟草。可他们所处的环境过于恶劣了——约翰·菲尔德啊，唉！既然你不能计算生活，那么就只好接受失败了。

"你钓鱼吗？"我问。"是啊，我躺在湖边时总会钓一些鱼，我钓的鲈鱼挺不错的。""你用什么饵？""我先用鱼虫钓些银色小鱼，然后再用这些银色小鱼当诱饵钓鲈鱼。""你现在得走了，约翰。"他妻子容光焕发地说，但约翰没有回应。

雨已经停了，东边的树林上空出现一道彩虹，预示着他们将拥有一个美好的傍晚。于是我起身告辞，出门后，我又讨了一杯水，想看一看他们的那口井底有些什么，完成我对这一带的调查。但是，唉！所谓井只是一个浅滩，里面尽是流沙，井绳断了，水桶也坏得无法修补。正在这时，他们找了一个厨房用的杯子，舀上来的水似乎蒸馏过，经过磋商与再三拖延，水杯送到了口渴者的手中——水还没凉，也没澄清。然而我想，正是这种可怕的水养育了这儿的生命，于是闭上眼睛，巧妙地将尘埃摇到水底，然后为了主人的真诚将水一饮而尽。在这种场合，我不会计较风度问题。

我离开了爱尔兰人的家，又向湖边走去。我踏过积满水的草地、泥坑和沼泽，跋涉在荒凉而野蛮的原野上，我想快点钓一些狗鱼。对于我这个上过中学、大学的人来说，这也许有失身份。然而，我依然朝着红霞满天的西方跑去，从什么地方隐约传来了叮当声，穿透清洁的空气传到我的耳里，那似乎是我的保护神在说——钓鱼去吧，天天都要去，去得远远的，去到辽阔的天地里——越远越好——不要犹豫不决，就在这肆意流淌的大大小小的溪流边，还有无数的炉灶前放心大胆地休息好了。你应当趁着还算年轻，还有着创造的能力与欲望，在清晨就要动身，无拘无束地去冒险好了。然后四海为家，随遇而安，再也没有比这更辽阔的大地了，也找不到比这更有趣的游戏。你要依照你的天性自由自在地去生活，就像那些莎草和欧洲蕨，永远也不要让自己成为英国干草。任凭那雷声轰鸣，就算它能威胁到庄稼那又能怎样呢？一切都与你无关。

噢！贝克农庄！
你是那里最富丽的风光，
只需要那么一点点纯净的阳光。

没人会跑去狂欢，
在你牧场的栅栏里。
……
你不曾与人争辩，
也从没被自己的难题困住过，
你身着普通的褐色斜纹布衣裳，
仍像初见时一样驯良。
……
谁愿意爱那就来，
谁愿意恨也来。
圣鸽之子和那盖伊·福克斯[①]，
还有种种阴谋诡计，
都吊在牢牢的橡木上！

  只有到了夜晚，人们才温顺起来，从邻近的田野和街道上回到家里，各种熟悉的声音在家中飘荡。在一次次的呼吸间，人们的生命渐渐凋谢。他们的影子能比他们每天迈的脚步到达更远的地方。我们应该从远方，从各种奇迹和冒险中，从日常的种种发现中，带着新的经验和特征回家。

  我还没到达湖边，某种我不知道的冲动就已经让约翰·菲尔德改变了想法，决定不再在太阳落山前去做沼泽那边的工作。而是来到了湖边垂钓。可是这可怜的人，仅仅钓到了一两条鱼，而我钓到了一大串。于是他说，这就是命运。问题是，当我俩调换了在船上的位置后，我们的命运也并未因此转换了。可怜的约翰·菲尔德！我想他是读不懂这段话的，除非他能通过这件事醒悟——他想在这个充满野性的国度里，按古老而传统的乡村方式生活——用银色小鱼去钓鲈鱼。我承认，有时这的确是一种很不错的诱饵。他所能看到的地平线就是他的一切，这个人一生下来就继承了爱尔兰人的贫困，继承了他亚当祖母泥泞不堪的生活方式，因此，无论是他还是他的子孙，都不会在这个世界上出人头地，除非他们涉足沼泽的带蹼的双脚，穿上了一双有翼的鞋。

---

① 17世纪初曾企图炸毁英国国会大厦。

11. 最高法则

每个人都建造了一座庙宇，那就是自己的身体。

我拿着鱼竿，提着一串鱼穿过森林向家里走去。天色已晚，我看见一只土拨鼠小心翼翼地穿过我家门前的小路，内心顿时涌出一阵野性与狂喜，恨不得生吞活剥了它。这并不是因为我饿了，而是我对它——也就是土拨鼠代表的野性的渴望。我住在湖边那阵子，有一两次我发现自己不知不觉地在林中来回跑动，像只半饥半饱的猎狗，难以置信地在本能的促动下寻找着某种可以吞食的猎物。我不会觉得这种冲动是野蛮的，我也不会因为吃掉了任何野生动物感到不适。我发现并且还在不断发现，自己跟大多数人一样，是在追求一种更高层次或者说是精神层面的生活，也同时存在着最原始的欲望，对这二者我并不厚此薄彼。对野性的热爱，在我这里不会低于对真善的热爱。其中垂钓就是因为蕴含着野性的冒险与刺激，才这样吸引着我。有时我甚至希望自己跟动物一样生活。很可能是由于我很小就开始捕鱼打猎，因此才会对自然有这样强烈的亲近感。正是捕鱼和打猎，使得我能更早地接触到自然，并融入其中，否则，我不可能对自然有这样丰富的认识与理解。渔夫、猎人、伐木人，还有所有那些生活在森林里的人，都特别能感受到自己是自然的一部分。他们在劳作之余，比那些诗人和哲人更能和自然沟通，也更善于观察与认识自然，因为只有这类人是不带任何专属于人类的目的去面对自然的。大自然也从来不会在意把自己展示给这样的人。那些旅行者，在大草原中会自然地成为狩猎者，而到了圣玛利亚大瀑布那，也会理所当然地成为捕鱼人。不过旅行者所能得到的往往只是二手的资料，是不完备与不全面的。我们最感兴趣的是，科学的把人从实践中或依靠本能得到的发现公之于众，因为这才是真正的人性的经验。

有人说，在美国，北佬很少有像样的娱乐活动，因为他们的公共假日不多，大人和孩子玩的游戏也没英国多。如果这样认为，那就大错特错了。因为在这里，有很多的狩猎与捕鱼活动，有更多原始的环境，在这样的环境中开展的活动，绝不会比英国那些看似热闹的游戏差。在我这一代人中，几乎所有10到14岁的新英格兰男孩，都会使用猎枪，而这里也没有英国那么多的禁猎区和法律限制，我想他们的渔猎范围甚至要超过那些原始部落。因此，他们自然就很少出现在社交场合了。但如今情况也发生了改变，这种改变不是因为人性的增加，而是因为猎物变少了。也许除了动物协会，只有猎人才是动物最亲密的朋友。

何况我住在湖边，偶尔也会想起吃点鱼，调剂一下口味。实际上，我是因为需要才去钓鱼，就像人类历史上第一批钓鱼人一样。如果我以人性为借口反对钓鱼，那一定是虚伪的，是我的哲学思想在作祟，并非出自情感。现在我只谈论钓鱼，因为我对狩猎的看法早就发生了变化，并在去森林前把猎枪卖了。这倒并非是我比别人残忍，而是我丝毫也感觉不到自己有什么恻隐之心。我既不可怜鱼，也不可怜鱼饵，这是一个习惯的问题。说到狩猎，在我还没决定不再打猎前的最后几年，我借口研究鸟类也曾提着枪去森林里转悠，我追寻的只是那些新的或珍稀鸟类。但现在我也承认，想要研究鸟类，还有比这更好的办法。研究鸟类需要仔细耐心地观察它们的习性，仅凭这条理由，我就愿意放下猎枪。但如果以人道主义为由反对，那我就会说，除此之外，找不到别的更有价值的娱乐活动了。有些朋友问我，是否应该让孩子去打猎？对此我的回答是应该，因为我记得，那曾经是我接受的最好的教育之一——让他们成为猎手。一开始或许只是爱好，然后他们就有可能成为强壮的猎手。最后，他们会发现任何荒野中早已没有足够的猎物了。但他们会因此获得猎手的品质。至今我还是很赞同《乔叟诗集》中那个修女的说法，她说："还没听到老母鸡说过，猎人不是圣洁的人。"

在人类的历史中，个人或者民族都有过这样一个时期，在这个时期里，猎人们才是"最好的人"，这是印第安的阿尔纲吉族对自己的猎手们的赞誉。我对那些从未开过枪的孩子深表同情。他们是不幸的，他们所受的教育是存在很大缺憾的，而且还缺乏人情味。而对于那些总是迷恋打猎的人，我想说的是：随着年龄的增长，这样的人会逐渐改变自己的想法。没有哪个具有人性的人，在度过了懵懂无知的童年后，还会继续想着去滥杀动物。动物跟人一样拥有着生存的权利。

那些身处绝境的兔子，会跟孩子一样哭喊。所以，母亲们，我想提醒你们，我们的同情心并不能只针对人类。

年轻人接触森林最常见的途径，就是任由自己身体中原始的天性去引导。在森林中，他首先是做一名猎手和渔夫，最后，当他内心播种下了人性的种子，并开始生根发芽了，他会自己作出判断与选择，像所有诗人与生态主义者一样，放下枪或者鱼竿。在这一方面，人类中的大多数还是没能长大，我想很可能永远也长不大。据我所知，在一些国家里，即使是牧师也经常打猎。这样的牧师能成为很不错的牧羊犬，却成不了基督耶稣的好的牧人。我惊奇地发现，能使我的市民同胞，无论是大人还是孩子，在瓦尔登湖待上大半天的，只有钓鱼，这是唯一的一项事业，什么伐木、割冰等等，都被抛到了一边。通常，要是他们不能获得很多的收获，钓到很多鱼，就会认为自己运气很差，浪费了时间和精力，尽管他们原本有很好的机会好好地欣赏这里的湖光山色。我想他们可能还需要去一千次，才能不再是为了钓鱼而去。不过有一点是可以肯定的，这样的心灵净化其实一直都在进行。州长还有议员们，多少还是记得一点瓦尔登湖的，因为他们小时候也曾到这里来钓过鱼。如今他们都身居高位了，当然不会再来钓鱼，所以也就不再提到瓦尔登湖。但我想他们仍然还是想着能上天堂。如果他们能立法的话，也主要是管一管湖里最多能放下几枚鱼钩。他们不理解，在湖边垂钓，其实也是湖光山色的一部分，立法限制垂钓反而会成为诱饵。我想，即使是我们这样的文明社会里的文明人，也一样会跟蒙昧时代的人一样，经过狩猎的最初成长阶段。

最近几年我经过很多次实验发现，只要一钓鱼，我的自尊就会有所下降。我的钓技很不错，跟许多同伴一样，天生就会钓鱼，而且这种天性在我的身上不断复苏。可每次钓鱼后，我总会感觉要是不去钓鱼，反倒更好。我想我的看法没错，这是一个微弱的暗示，就像黎明时的曙光。毫无疑问，正是我身上的这种本能，使我成为天地万物中层次较低的一种。不过，随着时间的流逝，我钓鱼的次数越来越少，虽然人性或智慧并没有相应增加。但我知道，一旦住到了荒山野岭，我忍不住又会成为一名渔夫和猎手。此外，这类饮食和所有的肉类都不干净，我开始明白哪来的那么多家务活和为什么人要如此劳神：每天要注意穿戴仪表，要使你的家保持清洁温馨，不能凌乱，也不能有异味。我一直都是亲自动手屠宰、做菜、品尝、洗碗，很像一名绅士，所以，我说的都是经验之谈。我之所以反对荤食，主要原因是它不干净，另外，每次我捕鱼、收拾鱼、煮鱼、吃鱼，结果累了半天还是没能填饱肚子。这点鱼实在太少，根本不够，那么这样一来就很不划算了，还不如一块面包、几个土豆更简单，也更干净、饱肚子。和许多同龄人一样，我已经很多年很少吃肉了，也很少喝咖啡或者茶之类的饮料，这倒不是因为它们有什么副作用，而是因为不符合我的认知。我不喜欢吃荤，不是因为思想，而是出自本能。从任何方面看，卑微的生活、清淡的饮食都很不错。哪怕我并没有这样生活过，但我很愿意在想象中这样信马由缰，并且很是快乐。我相信无论什么人，只要有心过得高尚些，或者说更富有诗意并能保持自己感觉的敏锐，就最好不要吃荤，而且不要暴饮暴食。昆虫学家柯尔比和斯班塞①在他们的著作中说："通常处于最佳状态的某些昆虫，虽然拥有捕食的器官，却从不使用。"于是他们认为，"在一般情况下，几乎所有处于这种状态中的昆虫，吃得都要比幼虫时少。贪吃的毛毛虫变成了蝴蝶……贪婪的蛆变成了苍蝇。"这些昆虫会满足于一两滴蜂蜜或别的含糖分的液体。蝴蝶双翼下的腹部，至今仍保持着蛹的形状，这就是引诱它以虫为食的原因。贪吃的人永远处于幼虫状态。处于这种状态的还有整个国家，全体国民没有幻想、没有想象，唯一能体现他们的就是大腹便便。

  饮食既要简单清洁，又不能冒犯思想，这并不容易。但我想，身体固然需要营养，想象也同样需要营养，二者完全可以坐在同一张桌前。做到这点也不难。有节制地吃些水果并不会使我们为自己的胃口感到羞涩，也不会中断我们对永恒的追求。然而饮食中加多了作料反而有害。山珍海味并没有多大价值。如果你通常总是享用别人为你准备的大餐，突然有一天被人发现你自己在亲手制作，无论荤素都一样，大多数人都会为此感到丢脸。如果这种现象得不到改变，我们就不配称自己是文明的。而且绅士和淑女，也算不上真正的男人和女人。这一点至少表明，应该做些什么样的改变。追究肉类与脂肪为什么不能与人的思想保持和谐是没有意义的。对我来说，只要我知道它们无法和谐就行。把人称为肉食动物，这难道不是责难吗？的确，人具备捕猎能力，而且也曾经依靠捕猎为生。但这其实很悲剧——任何抓过兔子跟杀过羊羔的人都知道这点——要是有一个人教导自己的族人只吃健康有益的食物，那他就一定是这个民族的大恩人了。不管我实际

---

① 柯尔比（William Kirby, 1759~1850），斯班塞（William Spence, 1783~1860），两人都是英国昆虫学家，曾合著了一部《昆虫学概论》。

是怎么做的，我就是坚信：人类在逐渐进化后，一定会放弃肉食，跟野蛮人变成文明人后就不再相互杀戮了一样。

人的天性往往会给出各种正确的暗示，微弱却持久，人听从了这些建议，无论最初会被引领到哪，甚至有可能是偏激或疯狂，但当他变得坚毅并坚定自己的信仰后，就会发现这条路是对的。来自一个健康正常的人自我内心的声音，尽管微弱却足以战胜来自外部的各种声音。奇怪的是，人很少听从自己的天性，却在步入歧途后开始顺从于天性。虽然这样做的结果是软弱、是受制于自身肉体，但没人会因此而后悔，因为这样做符合更高的法则。如果你快乐地去迎接白天和黑夜，那么生活就会像鲜花和香草一样芳香四溢，就会更加富有活力，像繁星一样不朽——这就是你所得到的。大自然会为你庆贺，你也有理由为自己庆贺。往往你的获得越是有价值与伟大，就越难被认识并得到欣赏，也最容易被忽视。它们是最高的现实。那些真正重大的事实从不会与人交流，它们的存在是在宏大层面上的。我想我们每天生活的所感所得，犹如晨曦和暮霭，总是模糊与不确定的，是一点点星尘、一小段彩虹。

我这人可不是完美主义者，如果一定要吃的话，一只油炸老鼠我也能津津有味地吃下去。我只喝清水有很长一段时间了，原因就如同我喜欢大自然的天空远胜于喜欢吸食鸦片时吐出的烟雾。我乐意始终保持清醒，因为陶醉的程度是没有限度的。我认为水是聪明人的唯一饮料；酒并不是一种高贵的液体。想想看，一杯热咖啡就毁了清晨的种种希望，而一壶茶也可以使晚上的美梦破灭！唉！我也曾经受这些诱惑，想想那时我是多么堕落！音乐也能使人陶醉。正是这些微不足道的小事毁掉了希腊和罗马，并会在将来毁掉英国和美国。在各种陶醉中，谁不愿意被呼吸到的新鲜空气陶醉呢？我之所以一本正经地反对拼命做苦工，是因为那样会使我不得不拼命地去吃喝。但说实话，近来我在这些方面已不太挑剔了。我很少将宗教仪式带到餐桌上，也不祈求祝福，这倒并非是因为我比以前聪明，而是随着时间的流逝，我已变得粗俗、冷漠。虽然这事令人遗憾，但我还是不得不承认这一点。或许，只有年轻的时候才会思考这些问题，就像大多数年轻人相信诗歌一样。我的实践经验哪也看不到，但我的认知已体现在此。我不是《吠陀经》上所说的少数特权人物，《吠陀经》说："凡笃信无所不在的天神者，皆可饮食一切生存之物。"也就是说，他不用去问吃的是什么，是谁为他准备的。即使是在这种情况下，有一点也不能不提，正如一位印度注释者所说，吠檀多将这一特权局限在"危难时刻"。

谁没有过吃得津津有味的时候，但那并不是因为填饱了我们的胃。这多亏了人们通常所说的味觉，让我能得到某种精神上的感受，正是因为味觉，我才能坐在小山坡上享用一些浆果，启发了我的天性。每当想到这些，我就会兴奋不已。曾子曰："心不在焉，视而不见，听而不闻，食而不知其味。"能真正品味到食物的美味的人，绝非饕餮之徒。一个清教徒吃起黑面包屑来也会津津有味，就像一个市议员吃甲鱼。使人受到污染的不是食物，而是不知节制的暴饮暴食，是过于贪图口腹之欲。因为这样的话，我们吃东西就不是为了给自己提供必需的营养和能量，更不是为了能给我们的精神生活以活力，而是为了喂养我们体内的寄生虫。要是一个猎手爱吃甲鱼、麝鼠和其他野味，那么漂亮的小姐也可以喜欢吃牛蹄冻或沙丁鱼，二者之间没有区别，不过一个是去他的磨坊水池，另一个则是开启她的罐头。令人惊讶的是他们，或者说你和我，怎么会过这种低级得如同禽兽般的生活，只知道吃喝呢？

我们的生活有一种惊人的精神性。善与恶一刻也没休战过。善是唯一没有风险的投资。竖琴美妙的旋律能让世界为之战栗，因为它那持之以恒的善的主题。竖琴成了环球保险公司的旅行推销商，而我们需要付出的不过是一点善行。虽然年轻人最终都会变得不再喜欢激动，但是宇宙法则的热情不会有丝毫削弱，它永远都跟敏感的人站在一起。听听风中的责备之音吧，责备总是会有的，如果连这一点都听不到，那才真是不幸。我们每拨弄一下弦，奏出一个音符，都会有迷人的魅惑感染我们的灵魂。那些令人难受的噪音，总是能传得很远，听上去却像音乐，这真是对我们卑微生活的一个绝妙的讽刺。

每个人的内心都潜伏着野性，只要崇高的天性酣睡了，这种野性就会苏醒。这种低俗的野性就像是我们身上的寄生虫，恐怕很难彻底地消除；即使我们身体强健，它们也还是会钻入我们体内。或许我们可以回避，但绝不会改变它的本性。我们的身体也许健康，但未必纯洁。前几天，我拾到一个猪下颌，那些牙还是白白净净的，这表明动物也有其非精神上的健康和活力。这种动物的强健靠的不是节制和纯洁，而是其他方式。孟子曰："人之所以异于禽兽者几希，庶民去之，君子存之。"如果我们达到了至纯的境界，谁知道那时的生活会是怎样的呢？如果我知道有智者能教我以纯洁之道，我会立刻去找他。按照《吠陀经》的说法："控制情欲,管好身体的外部器官,多行善事,此乃灵魂接近天神的必由之路。"精神是能在瞬息间控制住身体的,能把最低级的情欲本能转化为纯洁与虔诚的精神。当我们放纵时,生殖的本能就会使我们变得不洁;而当我们懂得克制了,同样是它,则会使我们精力充沛、快乐无比。纯洁是人类的花朵,所谓创造力、英雄主义、神圣等等,不过是它的果实。一旦纯洁的门洞开,人就会立刻奔向上帝。纯洁使我们精神振奋,而不洁则使我们神志萎靡。倘若身上的野性日趋消亡,人的神性就会日益增长,那么这人就是有福之人!也许人人都应感到羞愧,因为自己身上的兽性。我担心我们只是如同农牧之神和森林之神这类的半神半人,神性伴随着兽性,成天沉溺于酒色,这样生活的我们是耻辱的——

看这人是怎样的快乐,
他驱除了心中的莽林,
把那些兽类驱逐到了它们该去的地方。
……
那能役使马、羊、狼群者,
跟众多群兽不一样,他还不算蠢驴。
不然的话,人就不仅是放牧的猪倌,
同时也是一群妖魔鬼怪,
狂妄放肆,越来越邪恶。①

虽然形式多样,但所有的淫荡本质上都是一样的,纯洁也不例外。一个人无论是吃吃喝喝,还是男女同居,实际上并没什么区别,都是一种口味。我们只需要看一个人如何对待其中的一件事,就知道他有多好酒色。洁与不洁是不会共进退的。如果你想保持贞洁,你就得有所节制。何谓贞洁?一个人怎样才能知道自己是否贞洁?他是不会知道的。我们只是听说过有这样一种美德,但根本不知其为何物。于是人云亦云。智慧和纯洁来自身体力行;无知和淫荡源自懒惰。就学生而言,淫荡是一种懒散的习性。不洁之人通常也是一个懒惰之人,坐在炉边,享受阳光的照耀,还没疲劳,就已躺下休息。如果你想避免不洁和一切邪恶,那

---

① 引自英国诗人约翰·多恩的《致安·郝培特爵士》一诗。

你就得努力工作,就是打扫马厩也在所不惜。天性很难克制,但是应该得到克制。如果你不能比异教徒更纯洁、更能克制,也更虔诚,就算你是基督徒那又有何用呢?我听说许多被视作异教的宗教制度,它们的清规戒律让读者汗颜,能够对这些异教徒起到激励作用,尽管这样的激励仅仅是形式上的。

也许我不该说这些,但问题不在于这个话题——我不在乎我的用词多么淫秽——在于我一讲起它们,就必然会暴露出我的不洁。我们能够无所顾忌地谈论一种形式的淫欲,并不会为此感到羞耻,但当谈到另外一种时,我们还没开口就会欲言又止。我们已经堕落到这样的程度了,再也没法以单纯的态度去看待人的身体机能。早些年,在一些国度,人们提到任何的身体机能,都会带着严肃客观的态度,也没有被法律加以禁止。在印度,对于那些立法者来说,没有什么是不值一提的小事,尽管我们很多人对此会不认可。他们会对衣食住行、同居甚至如何排泄都作出回应,把那些原本是琐碎卑微的事,提高到了与别的社会现象同等的地位,而不是虚伪地回避,以事情太小为借口避而不谈。

每个人都建造了一座庙宇,那就是自己的身体。他有权运用自己的方式,去对这座庙宇里供奉的神灵进行膜拜。这是即便重新雕刻一座大理石的雕像也无法替代的。我们用自己的血肉和骨骼做材料,成为雕塑家与画家。高尚能使人变得高贵,低贱与放荡使人变成禽兽。

9月的一个傍晚,约翰·法莫坐在自家门口。在一天的辛劳后,他或多或少还在想着自己的工作。洗完澡,他再度坐下来梳理自己的思路。那个夜晚非常寒冷,很多人以为会降霜了。在他还没完全理顺自己的思路时,就听到一阵悦耳的笛声传来,正好呼应了他当时的心情。可他还是没法放下自己的工作,总是惦记着;他内心依然有很大压力,脑子也没法停下来,他在不停地算计着。问题是这些都已毫无意义,就像是皮肤上产生的碎屑,随时随地都在掉落。而那飘来的笛声,却是来自另一个领域,是笛声悦耳的旋律唤醒了他沉睡着的本能。笛声让他渐渐忘了他居住的街道、村庄和国度。"前途有一种辉煌的生活在等着你,你为何还要留在此地,过这种卑微低贱的生活?星星不只是照耀这片土地,也同样照耀着别处的田野。"一个声音这样对他说着。可我们究竟怎样做才能摆脱当下的处境,迁移到别处去呢?我能想到的唯一办法就是开始过一种新的、有节制的生活,让自己的心灵来拯救自己的肉体,并用日益增多的敬意对待自己。

12. 与动物为邻

我也目睹过不和谐的冲突。有一天,我去我堆放那些树根的地方,看到两种蚂蚁正在进行生死搏斗,一种是红色的,一种是黑色的。

有时候,我的一个同伴①会陪我一起去钓鱼,此人住在城的另一头,他会穿过村子来到我的小木屋。我俩去钓鱼,就跟共进午餐一样,我想这也应该算是一种社交活动吧。

隐士:"我不是很清楚这个世界现在在做些什么。三个小时了,我都没听到香蕨上蚱蜢的一声鸣叫。鸽子全都在鸽棚里安睡,连一点扑棱声都没有。刚刚传来的是农夫们午休的号角吗?我想那些雇工正在吃他们的煮熟了的腌牛肉吧,当然还有玉米面包和苹果酒。人为什么要给自己找不痛快?不大吃大喝就不用这样辛苦干活了,我认为他们知道自己想要什么。谁又愿意住在那种地方——狗都能叫得你不厌其烦?唉!还有干不完的家务活!这样一个晴朗的日子,还要擦亮那个见鬼的门把手、刷鱼缸,真不如不干这些家务活。要是住在树洞里,就不用清早去拜访什么、晚上还要去参加宴会之类的了!现在只能听见啄木鸟敲击树干的声音。啊!这样多的人来来往往,连阳光都让人觉得闷热。在我看来,人们从来就没有弄明白生活。而我喝小溪里的水,吃架子上的黑面包。听!我现在听到了树叶在沙沙作响。是一条饿慌了的狗在凭自己的本能追逐猎物呢,还是人们说过的那头在森林中迷了路的小猪在寻找出路?据说这头猪跑进了这片森林,下雨后,我还见过它的脚印。它奔跑得那样急促,连我的漆树和野蔷薇都颤动起

---

① 指诗人小钱宁。下面的对话中的诗人指小钱宁,隐士指作者自己。

来——喂，诗人先生，是你吗？你觉得今天这个世界怎么样？"

诗人："瞧这些云，它们在天空有多悠闲！这是我今天看到的最美好的事物。这些云在古画里见不着，就是在国外也看不到——除非到了西班牙海岸。这是真正地中海天空。我想，既然要活着，而我今天又没吃东西，那我还不如去钓鱼。这是诗人最好的工作，也是我学会的唯一的谋生手段。走吧，我们钓鱼去。"

隐士："遵命。我的黑面包也要吃完了。我很乐意现在就跟你去，但我有一个重要的沉思已近尾声，让我再单独待一会儿吧。不过，为了避免相互耽误，你最好先去挖些鱼饵。这一带的土地从没施过肥，因此很难挖到蚯蚓，这玩意几乎绝种了。可以说，挖鱼饵之乐，不亚于钓鱼之乐，尤其是胃口还不太好的时候。这些乐趣今天就归你一人享受吧。我劝你带上铲子，到那边的落花生地里挖挖看，在那你还能看到迎风摇曳的狗尾草。我想我能保证，如果你在草根处好好找一找，就像锄草一样，那么你每翻三块草皮，就一定会找到一条蚯蚓。如果你能走得更远一点，也未尝不是个好办法，因为我发现，好鱼饵的多寡，几乎跟距离的平方成正比。"

隐士独白："让我想想，我想到哪儿了？我想我的想法大致如此，世界的前景也就是这样了。我是应该先去天堂，还是应该先去钓鱼呢？假如我马上结束沉思，难道还有别的更好的机会吗？刚才，我差点把自己融入万物的本体，这种经历我一生中还没有过，恐怕我的思想再也不会回来了。如果吹笛子有用，我愿意吹笛子把它们召回来。每当思想向我们发出召唤时，我们却说，让我们想想，这样做明智吗？现在，我的思想消失了，再也找不到踪迹。我现在在想什么？今天一整天都雾蒙蒙的。看来，我还是试试孔夫子的三句话，或许能找回刚才的思路。我不知道，那是一堆垃圾，还是思想发芽时的狂喜。记住，机会只有一次。"

诗人："喂，隐士，是不是太快了？我已经找到了13条蚯蚓，另外还有些残缺不全或太小的，不过用它们钓小鱼也还凑合，可是它们都没法塞进鱼钩。村子里的那些蚯蚓太大了，一条银鱼饱餐一顿之后连鱼钩都碰不到。"

隐士："好吧，我们动身吧。去康科德怎么样？如果水位不高，那里倒是不错的地方。"

为什么构成这个世界的偏偏是我们看到的这些东西？为什么做人类邻居的，恰恰是这些动物？仿佛天地间的缝隙只有一只老鼠可以钻过。我想，专门出版寓言故事的皮尔贝公司之流，把动物描写得真不错，在他们的笔下，动物们竟然驮着全体人类的思想。

在我家出没的老鼠并不是普通的品种，我家这种老鼠是土生的野鼠，村里很难看到。我送了一只给一位著名的博物学家，他对此产生了浓厚的兴趣。我造房时，就有一只这种老鼠到我的屋下给自己筑巢。我的第二层楼板还没铺好，刨花还没扫掉，它就跑到我的脚下，把面包屑吃完。而且每到午饭时间，它就会出来。这只老鼠或许以前从未见过人，时间不长它就跟我熟悉起来，会跑到我的鞋上，蹿到我的衣服上。它可以轻而易举地在屋子外上下乱窜，像只小松鼠，就连动作也跟松鼠一模一样。有一天，我把胳膊肘撑在凳子上，它顺着我衣服爬上来，沿着我的袖子爬上了凳子，围着我包食物的那张纸打转。我就逗它玩，一会把纸拉过来，一会又朝它伸过去。最后，我用拇指和食指夹起一块奶酪，它就爬到我的手上，蹲在我的手心一口一口吃了起来。吃完之后，它像苍蝇那样擦擦脸，舔舔爪子，然后大摇大摆地离开。

不久后，就有一只东菲比霸鹟来到我屋里筑巢，一只知更鸟占据了屋子对面的一棵松树。到了6月，就连鹧鸪这种十分胆小害羞的鸟，也拖家带口的从我窗前飞过，落在屋门前，像老母鸡领着一群鸡崽咯咯地叫。只要你一走近，鹧鸪妈妈就会一声令下，所有的雏鸟便都飞快地跑开躲起来，简直快如闪电。有时候有些游客会不下心一脚踏进了雏鸟群，成鸟就会扑棱着飞走，发出很是凄婉的鸣叫，用力拍打着翅膀，想把游客的注意力吸引过去。它会在你面前翻跟头、转圈，看上去狼狈不堪，让你完全弄不清它是什么动物。那些雏鸟则会安静地贴在地上，把头埋进树叶草丛，注意力全在母亲那。这样的时候，即使是你走到它们跟前，它们也不会动一下，目的大概是为了隐藏起来。你甚至会踩到它们，眼睛还盯着看了一会儿，可就是没有发现踩的是什么。有一次我张开手掌，将它们放到手上，它们就那样静静地蹲坐在那，既不害怕也不颤抖，因为它们只听从自己母亲的命令和本能。这种本能真是太完美了，甚至有一次我把这些小鸟放到树叶上，其中有一只不小心歪倒了，过了十分钟时间，你会发现这只小鸟的姿势和别的小鸟的一模一样。它们不像别的小鸟那样羽翼未丰，而是发育完整，甚至比小鸡还要早熟。它们会睁着明亮的大眼睛，眼里透着成熟与天真，令人难忘。似乎在它们的眼里蕴含着全部的智慧。这样一双眼不可能是雏鸟才有的，而是跟它们所看到的天空一样久远。在森林中，还从没有过跟它们一样的眼，这样的一双眼是如此珍贵，那些旅行者根本没有机会经常看到这样的一双眼。那些无知而野蛮的猎手常常射杀它们的母亲，让这些无辜的幼雏成为别的飞禽走兽的盘中餐，要不就会和那些与自己看上去如此相似的枯枝败叶一起腐朽。据说，它们如果是由老母鸡孵出后，只要稍有惊动，就会四散奔逃，就此失踪，因为它们再也听不到母亲呼唤它们的声音。这些鸟儿就是我的母鸡和小鸡。

　　令人惊叹的是，许多动物隐居在森林之中，它们自由、奔放，甚至跑到小镇附近觅食，除了猎手，很少有人知道它们的踪迹。水獭是这一带生活得最宁静的了！它能长到四英尺高，像个小男孩那么大，我很怀疑有谁真的看见过它们。我在屋后的森林里见到过一群浣熊，即使现在，在夜里还能听到它们的号叫声。通常我忙完地里的活后，中午会在阴凉的地方休息一两个小时，吃完午饭，再到一处清泉旁读会书。这泉水来自附近的布里斯特山，离我的地有半英里距离，附近的一个沼泽和一条小溪都源于此泉。要想到达此泉，你得穿过一个山谷，山谷里长满了矮小的苍松，最后进入到沼泽边的白松林。其中有一棵枝叶茂盛的白松，树下有一片干净的空地。我在那里挖了一口井，井里的水很清澈，很难使它变混浊。盛夏时节湖水太热的时候，我会用这口井里的水。这里会有山鹬领着幼雏在泥土中翻寻蚯蚓，母鹬会沿着泉边在离幼雏一英尺高的上方飞翔，而幼雏则成群结队地在下面追随。有次母鹬发现了我，就离开幼雏绕着我盘旋，越飞越近，飞到距离我只有四五英尺时，它装成折断了翅膀和腿的样子，吸引我的注意力，好让她的孩子们逃生，而这些幼雏按照她的指令排成一列，叽叽喳喳地尖叫着穿过了沼泽。有时候，我还没见到鸟妈妈，雏鸟的叫声就已听到了。斑鸠也会来到泉边，或者在我头顶上柔和的松枝间跳来跳去。还有赤松鼠，它们会从附近粗大的树枝上蹿过来，对我很是亲切。只要你在林中某处迷人的地方坐一会，就会看到林中的各种"居民"前来展示自己。

　　我也目睹过不和谐的冲突。有一天，我去我堆放那些树根的地方，看到两种蚂蚁正在进行生死搏斗，一种是红色的，一种是黑色的。黑色的要大很多，几乎有半英寸长。它们一旦交上手就谁也不肯放松,挣扎着、角斗着,在木屑上不停地翻滚。再向远看,我惊奇地发现,木屑上布满了这种"斗士",这绝不是简单的决斗,而是一场战争,是两种蚁族之间的战争。红蚂蚁总是跟黑蚂蚁斗,而且常常是两只红蚂蚁斗一只黑蚂蚁。我堆放木头的地方到处都是垂死的它们或者是它们的尸体,有红的,也有黑的。这是我所见过的唯一一场战争。就在双方激战正酣的时候,我出现在了那个地方。这是一场残杀,红的一边是共和派,黑的一边是保皇派。这是一场生死搏斗,可我没听到任何声音,人类相互打斗时就没有这样的毅然决然。在阳光明媚的山谷,在木屑堆中,我看到一对"斗士"死死地缠抱在一起,那时正值中午,看样子它们准备一直战斗到太阳下山,或生命终结。红色的"斗士"身材虽然较小,却像个老虎钳,死死地咬住对方的脑门,被掀倒了还是紧紧地咬住对方的一根触须,而另一根已经被它咬断;而更强壮的黑蚁则咬住了对方,把对方不停地在地上摔打。等我移近看时,那只红蚁的好些部分都被啃掉了。它们之间的打斗比斗犬还激烈,谁也没有退让的意思。我想它们的口号一定是"不成功,则成仁"。这个时候在另一边,就在山坡稍高点的地方,下来一只孤独的红蚂蚁,情绪激动,要么它已经干掉了对方,要么它还没有参加战斗,但看样子更像是后者,因为它没有缺胳膊少腿。它的妈妈一定是这样吩咐过:要么扛着盾牌回来,要么被盾牌扛回来。要不他就是阿喀琉斯,独自发着怒气,现在跑来搭救他的好友普特洛克勒斯,要为好友复仇。它远远地看到了这场不公平的战争——因为黑蚁的个头几乎是红蚁的两倍——于是两三步跑到跟前,在离这帮"斗士"半英寸远的地方停了下来,做好准备。然后,它瞅准机会,扑向黑蚁,从对方右前腿的根部发起了攻击,完全不管自己哪个部位会受到敌人的反击。三只蚂蚁为了生命纠缠在一起,好像是新发明的一种黏合剂,使得铁锁和水泥相形见绌。此时此刻,如果我看到在高耸的木屑堆上,两种蚂蚁排列着各自的乐队,吹奏着各自的国歌,为落后者打气,给临死者以安慰,我也不会觉得奇怪。我自己也很激动,仿佛它们就是人类。你对此想得越多,就越觉得人和蚂蚁之间没什么区别。无论参战人数,还是就战场上所体现出来的爱国主义和英雄主义精神,都是美国历史上,至少是在康科德的历史记载中,所不曾有过的。论参战人数与伤亡情况,这俨然是一场奥斯特里茨之役或者德累斯顿之役①。

---

① 两场战争均为拿破仑与当时的反法联盟之间的战争,拿破仑率领的法军都取得了胜利。

比较起来，康科德之战①算什么！爱国者中两人捐躯，路德·勃朗夏尔受了伤。而为什么在这儿，每一只蚂蚁都是布特里克，高声呼唤着："开枪，为了上帝，开枪！"成千上万只蚂蚁像戴维斯与霍斯默一样，捐躯于战场，而且这里没有雇佣兵。我深信，它们是为了原则而战——就像我们的祖先——并非只是为了免去那三分钱的茶叶税。对于参战双方而言，这场战争的结果关系重大，令人难忘，就像我们的邦克山之战②一样。

我拾起那块木片——上面有我刚刚描述了它们之间战斗的三只蚂蚁——把它带回家。我把它们放到我窗台的玻璃杯下，想看看最终的结局如何。我手持放大镜，先看了看那只红蚂蚁，看到它虽然拼命奋斗，咬住对手的前腿，并且已经咬断了对方剩下的触须，但它自己的胸脯被完全撕碎了，内脏暴露在"黑武士"的威胁下，"黑武士"的胸甲对它而言太厚实了，无法穿透。这只受伤的蚂蚁深红色的眼珠发出凶光，这种凶光只有战争才能激起。它们在杯子下斗了半个多小时，等我再去看时，"黑武士"已经让两个对手身首异处，然而那两颗头颅仍然紧咬住它的两侧不放，就像马鞍两侧悬挂的战利品。"黑武士"已触须皆无，腿也只剩一点残余，我不知道还有其他什么伤痕，然而它仍进行着微弱的努力，想甩掉这两颗头颅，后来，又过了半个多小时，它终于成功了。我提起了杯子，于是它一瘸一拐地爬过窗台离开了。经过这场战斗，它最终能否活下来，在某个"荣誉军人院"中度过余生，我就不得而知了。但是我想从此以后，它再也成就不了什么大事。我一直不知道哪一方胜利了，也不知道这场战争的起因，但是看了那场尸横遍野的恶战后，我一整天都心神不宁，一会儿感到刺激，一会儿又感到痛苦，仿佛在我门口厮杀的是人类。

科尔比和斯宾塞告诉我们，蚂蚁之间的战争被人称颂已经很久，战争日记也有过记载。但他们同时还说，胡贝尔是唯一见证过蚂蚁之间的战争的现代作家。他们说："在一棵梨树的树枝上，大蚂蚁和小蚂蚁间发生了一场恶战，对于此战，埃涅阿斯·西尔维乌斯③曾进行了详细的描述，并在最后补充了一句说，该

---

① 1775年4月19日，约翰·布特里克少校率领500名民兵，在康科德桥上成功击败了英军正规军和雇佣军。这是美国独立战争打响的第一枪。
② 1775年6月17号，英军在波士顿附近的邦克山发起进攻。由农民、工人、渔民、白奴等组成的两万多殖民地志愿民兵，在自由之子社的带领下英勇抗击，一天之内击退英军三次。
③ 教皇庇护二世（Pope Pius II, 1405~1464）的笔名，诗人、历史学家。

场战斗发生在教皇尤金四世统治时期，观战人为著名的律师尼古拉·庇斯托利恩西斯，并对这场战争做了真实详细的记载。奥拉乌斯·玛格纳斯也曾记载过另一场类似的战争，在这场大战中，小蚂蚁胜利了，据说它们只掩埋了己方士兵的尸体，而弃大蚂蚁的尸体于不顾，听任鸟类啄食。此事发生在暴君克里斯蒂安二世被逐出瑞典前。"我所目睹的这场战事发生在波尔克总统①任期内，韦伯斯特的《奴隶逃亡法》通过的前五年。

村中有很多老牛，原本只配在地窖里追追乌龟，现在可好，其中一头背着主人跑到林中来溜达。它们一会儿嗅嗅旧的狐狸洞，一会儿又闻闻土拨鼠洞，但是它们拖着笨重的身躯，腿脚也不利索，自然发现不了什么。把它们领到林中来的，可能是些杂种狗，这种狗个头矮小，动作敏捷，在林中穿来穿去。它们来后，林中的动物自然会感到恐惧。此时老牛远远地落在了"向导"的后面，一只小松鼠看到了它，忙爬上树，观察起它来，而它像狗一样冲着小松鼠叫了起来，还迈开步子追赶。笨重的躯体将灌木全都压倒了，而它还以为是在追赶一只迷了路的跳鼠。有一次，我惊奇地看到一只猫漫步来到湖畔，因为它们难得离家这么远。看到我，猫吃了一惊。这只成天躺在地毯上的家猫，此刻却出现在林中，悠然自得。从它偷偷摸摸的狡猾的样子来看，她比林中的常住动物更适合这儿的环境。另一次我在林中采浆果，碰到一只猫，它带着一群小猫，野性十足，真是"有其母必有其子"。这些小猫一个个弓起背，恶狠狠地对着我乱叫。几年前，我还没有搬进林中时，在离湖最近的林肯乡有一个农庄，也就是吉列安·贝克先生的农场，有一只所谓的"长翅膀的猫"。1842年6月，我特意去拜访她（我不知道是雄的还是雌的，所以用了女性这一常见称谓），可她照例跑到林中猎食去了，但她的女主人告诉我，这只猫是一年多前的4月份来到这一带的，最后由他们收留。这只猫的色彩是暗暗的棕灰色，喉咙那儿有一块白点，脚上也有一块白点，尾巴毛茸茸的，像只狐狸。到了冬天，毛发越长越密，沿两侧垂下来，形成10到12英寸长、2.5英寸半宽的带子，下巴上长的长毛犹如一副防寒用的手套，上面比较松散，下面则错综缠结，犹如毛毡。到了春天，这些附属物就会脱落。他们给了我一对她的"翅膀"，这些我至今仍保存着。这对翅膀上没有薄膜。有

---

① 当时的美国总统。

些人认为这是一只鼯鼠，要不就是别的野生动物，这也不是没有可能，因为据博物学家说，貂与家猫交配，会生出变种。如果我养猫的话，这倒不失为一种好猫。既然诗人的马能够插翅飞，为什么诗人的猫就不能插翅飞呢？

到了秋天，潜水鸟（Colymbus glacialis）会跟每年一样迁徙来这里。它们在湖中换羽毛、洗澡，我还没起床就已听到了它发出的狂笑。一听说它要来，磨坊水池的猎手们个个严阵以待，提着猎枪，拎着子弹和小型望远镜，三三两两或乘马车或步行，像秋叶一样发出沙沙声穿过森林，至少有十个猎手准备对付一只潜水鸟。有的蹲守在湖的这边，有的蹲守在湖的那一边，因为这可怜的鸟儿不可能无所不在。如果它从这边潜入水中，就必然要在另一边钻出来。但当10月的秋风吹起，树叶沙沙，湖面水波荡漾时，就是你用望远镜去搜索水面，让枪声在林中回荡，也听不到潜水鸟的声音，看不到它的踪迹。波涛和浪花为各种水禽提供了天然的伪装，猎手们只好空手而返，回到镇上自己的店铺里，做各自没做完的事。但他们得手的机会还是不少的。一大清早我去提水，就会看到这只庄重严肃的鸟儿出现在我的小湾那儿，相距不过数杆。如果我划船去追，想要靠近看看，它就会一头扎到水里消失，有时它要到了下午才又出现。但在湖中，我还是有办法对付它的。它常常在一阵雨中离我而去。

10月的一个下午，风平浪静，我沿着湖的北岸划着船，经验告诉我，在这样的天气里，潜水鸟会出现在湖面，远远看上去就像是一团绒毛。我正在湖面上四处搜寻，猛然间一只潜水鸟出现在离岸不远的水面上，它正朝着湖心游去，离我大概几杆的距离。它开始狂笑不止。我赶忙加快速度朝它追赶，它瞬间潜入水中，等它再度钻出水面时，却离我更近了。也许是发现自己方向弄错了，它再次潜入水中，于是再冒出来时，离我已经有50杆远，这距离上的差异完全是我自己造成的。它继续狂笑着，笑声一阵跟着一阵，我想它的确有更应该笑的理由了。它的行动敏捷诡异，我根本没法靠近它到六杆以内的范围。

每当它钻出水面，就会前后左右转着它的头观察着四周，显得非常从容镇静。很明显，它是在对时空距离进行判断，我想它一定是不想再像第一次那样做出错误的判断，以便跟我之间有一个合适的距离。它作出决策的速度非常快，而且也非常坚定。我很快就被它吸引到了湖的中心，但它总是保持在一个最佳的位置，可以随时朝着任意的方向潜泳。我认为它还在那思考，我也在琢磨。这真是一个很有趣的游戏，一只鸟跟一个人在平静的湖面展开博弈。一方的棋子会突然消失在水下，难度在于你这一方必须把棋子落在最靠近对方棋子出现的位置。有时它会在我的对面突然冒出来，显然是从我船下穿过去的。它一口气可以憋很长，且不知疲倦，就是游得再远也不用歇息，能马上又钻入水中。在风平浪静的湖中，潜水鸟像条小鱼，无论你有多高的智慧，也很难判断出它究竟能潜多深，并且相对于你，它有更多时间和能力，去探测湖底最深不可测的地方。据说在纽约，在水深达 80 英尺的湖中，有人用来钓鳟鱼的钩子钩住过潜水鸟，可瓦尔登湖要深得多。这么一个不速之客，怪模怪样，像来自天外的，居然在水底游来游去，那些鱼群见了一定会惊诧不已！它的水性非常好，在水底能跟在水面上一样辨别方向线路，而且我认为它们在水下游的速度更快。我有过一两次看到它即将钻出水面激起的漩涡，但它只是把头探出来看看，立刻又潜下去。我的经验告诉我，与其判断它会在哪冒出来，还不如放下桨，坐在船上老老实实地等它自己出现。要知道当我紧盯着某个方向的水面时，它总是会出现在我身后，发出一阵阵怪笑。可我不明白，为什么它要这样钻出水面后大笑暴露自己的位置？它白色的胸脯还不够显眼吗？要不它就是只足够愚蠢的潜水鸟。它冒出水面的时候总会溅起水花并且发出声音，我当然能马上知道它的位置。

这样折腾了足足一个小时，但它看上去依然活力十足，潜入钻出，越发迅捷，而且潜泳的距离越来越大。它每次冒出来后，羽毛都是整整齐齐的，这让我非常吃惊。这难道是它在水下用自己的蹼整理了羽毛？它发出的这种类似魔鬼般的狂笑，就是它本来的叫声，有点像水鸟。不过很奇怪，每次当它避开了我，从远远的地方冒出水面时，就会发出一阵高声的怪叫，听上去不像是一只鸟在叫，而更像是狼嗥，就像是一头野兽把自己的嘴紧贴在地面发出的吼声。这潜水鸟的声音是这一带最为粗野的声音，整个森林都为之震动。我断定它这样发笑，都是因为对我的无能觉得可笑，而对自己的聪明感到自豪。这时候天色阴暗，湖面很平静，我听不到它的声音，但总能迅速发现它冒出来的位置。无论是洁白的胸部的羽毛，还是平静的湖水，对它都不利。最后一次，它在离我 50 杆远的地方发出一声长长的啸声，似乎是在召唤其他的同伴快点来救援。这时候，从东边吹来了一阵风，湖面顿时起了波浪，下起了蒙蒙细雨。我甚至感觉这是天空在回应这只潜水鸟，是它的守护神开始对我不耐烦了，于是我就任它在波涛开始变得汹涌的湖面消失。

到了秋天，我能一连几个钟头观看野鸭在湖面上轻快地游动。它们游来游去，始终远离湖岸、远离猎人。如果是在路易斯安那那里的湖泽，它们是不需要这样干的。每次它们需要起飞了，都会迅速上升到一个相当的高度，然后在空中绕着湖盘旋。那时候，它们就像空中出现的一些黑点，我想它们这样就能把河川湖泊看个清清楚楚。每当你以为它们就要飞走时，它们会突然斜斜地俯冲而下，落在大约 1/4 英里距离外一个更加安全僻静的地方。可我想知道，除了安全因素，还有别的什么原因使它们来到瓦尔登湖的中央呢？我无法知晓，也许它们跟我一样，深爱着这片湖水吧。

13. 室内取暖

村民们在地平线那边点燃自己的炉子时,我也点起了火,让我的烟囱冒出烟来,告诉瓦尔登山谷中的各种山野居民,我也是醒着的。

10月,我到河边的草地采摘葡萄。那些葡萄色泽鲜艳、芳香袭人,吃起来非常美味可口。那儿的越橘也令人喜爱,一颗颗像是蜡制的宝石,吊坠似的悬挂在草甸中,但我并没采摘它们。偏偏农夫用丑陋的草耙去采摘它们,弄得平整的草地一片狼藉。这些人简单粗暴地以蒲式耳还有金钱来看待它们,毫不在意地把它们卖到波士顿和纽约,制成果酱,满足波士顿和纽约那些爱好自然的人的口腹之欲。屠户们也毫不在意地从野牛的口中夺走了那些野草,至于植物是否被撕裂、枯萎则一概不问。伏牛花的果实也一样养眼,但我只是采摘了一些野苹果,拿回去煮着吃,而这些都被有钱人和旅行者们看不上眼。在栗子成熟后,我储存了半蒲式耳留着过冬。在这样的季节,身背一个布袋,拿着一根木棍,一边走一边敲打那些多刺的坚果——我总是没法等到霜降后——就这样在林肯乡一带无边无际的栗树林中漫步,真是一件令人愉快的事情。脚踩在林中满地的落叶上发出阵阵沙沙声,耳边有赤松鼠和樫鸟的吵闹声,我会偷吃它们吃了一半的果子,因为它们挑中的刺果总是最好的。有时我会爬上树去摇晃。我屋后也有栗子树,其中有一棵长得几乎覆盖住了我的房屋,开花时,这棵树就似一个繁华的花盖子,罩住我的房屋,满院馨香。可树上的果子大多进了松鼠和鸟的肚子。鸟一大早就会纷纷飞来,趁着栗子还没落地,就将其中的果实啄出来吃掉。我把我小木屋附近的栗子都留给了它们,自己跑到距离更远的地方采摘。那有片栗子树林,树上挂满了果实。栗子这类坚果完全可以代替面包。在森林里,我想一定还会有其他的替代品。

有一天，我挖蚯蚓鱼饵时，发现了一种野生的豆子（Apios tuberosa）。对土著居民来说，这是一种神奇的果实，我开始感到奇怪，不知小时候是否挖过、吃过，要是按照别人说的那样，小时候我挖过、吃过它，为什么我从没梦见过呢？我能经常看到它们蜷缩成一团皱巴巴的花朵，像红天鹅绒一般挂在别的植物的枝干上，很容易弄错。现在到处都被开垦了，它们也几乎灭绝。它的味道很甜，有点像霜冻过的土豆。我发现把它煮了更好吃。这块茎仿佛是大自然的一个苍白无力的承诺：也许在未来的某个时期，它会在此生养自己的孩子，简单朴实地繁衍下去。如今人们追求肥美的牛，还有滚滚的麦浪，在这样一个时代，这种曾经是印第安人当作图腾的卑微的植物，早就被人遗忘，至多还能认出它的花和藤蔓。但只要把这里交给大自然，那些来自英国较弱的植物就会被别的更狂野的植物取代。而且不需要人的帮助，乌鸦就会把最后一粒种子送到西南方印第安之神的玉米地里，据说这种植物最初就是来自那里。到那时，我想这种野生豆类多半会重新茂盛起来，它完全不怕风霜的严酷，以证明这片土地原本就是属于自己的，并且还要证明自己的价值与高贵——在远古时代，它一直是印第安人的主要食物之一。它必定是由印第安人的某位谷物女神或者智慧女神创造出来后馈赠给了人。我想当这里被诗歌统治后，人们就会在自己的艺术品中描绘它的叶和成串的坚果。

9月的第一天里，我看到小湖对岸一个岬角处，三棵岔开的大白杨树下有两三棵小枫树的叶子红了。啊！这样的色彩应该讲述过很多故事了！一周又一周，每棵树的性格都渐渐展露了出来，它们就那样对着湖面顾影自怜。每天早上，大自然就像这个画廊的经理，将旧画从墙上取下，换上新画，新画的色彩更加美轮美奂。

到了10月，数以千计的黄蜂就会光临我的木屋，仿佛来此过冬。它们有的栖息在屋内的窗上，有的栖息在头顶的墙上，有时候，吓得客人都不敢进门。每天早上，等到它们冻僵后我就扫一些出去，但是我不想自找麻烦地把它们彻底赶走，有它们光临寒舍避冬，难道我不应该感到荣幸吗？虽然和我同居一室，但它们从不伤我，后来，为了躲避严冬，它们渐渐消失了，我也不知道它们躲到什么缝隙里去了。

到了 11 月，我也需要像黄蜂一样躲避冬天的严寒，我会来到瓦尔登湖的东北角。在这儿，阳光从油松林和石岸上反射过来，形成一定的温差，到时候湖面会跟火炉似的。如果可能的话，用阳光取暖总是比用火炉取暖更有益于健康。夏天就像那些猎手一样离开了，但余温尚存。于是我就靠这点余热取暖。

　　我建造烟囱时，对泥瓦匠的活做过一番研究。我用的都是旧砖，需要用泥刀好好刮一刮，因此，我对砖头和泥刀的特性就不是一般的了解了。那些砖头上的灰浆有 50 多年历史，据说年代越久，附着力越强，但这都是在人云亦云。当然，随着年深日久，这些说法本身就变得坚硬了。你得不断用泥刀去刮，才能堵住这些自以为是的人的嘴。曾经的美索不达米亚的许多村舍，其实也是用上好的旧砖砌成的，这些旧砖来自巴比伦的废墟，砖上的泥灰因为漫长的岁月，或许还会越来越硬。无论如何，我会对泥刀的坚韧感到惊讶，经受了那么多砖瓦的撞击居然一点没残缺。我用的砖是以前一个旧烟囱上的，不过我并没在上面看到尼布甲尼撒①的名字，因此，我尽量多拣些壁炉砖，既省力又避免了浪费。我的壁炉外面用的是砖头，内衬用的是从湖岸搬来的石块，泥浆则是用湖里的白沙。在壁炉上我花费的时间最长，因为这是房屋最重要的一部分。说实话，我工作起来非常精细，虽然一大早就开始干，但直到天黑还是只砌了几英寸高，还好，夜里正好可以当枕头用。我记得我并没因此而出现落枕的毛病，以前倒有过这种情况。记得那次是为了招待一位诗人，他在我这住了半个月。他的到来使得我的房间显得狭小了。虽然我有两把刀，但他自己还是又带了把，我俩时常会把刀在泥土里磨亮。他还帮我做饭。看到房子方方正正、结结实实、一步一步地建起来，我非常高兴，心想，按照这种进度，房子的寿命一定很长。从某种程度上说，烟囱是一个独立的结构，矗立在地面上，穿过房屋后直插天空。就算房子被烧了，烟囱还是会竖在那儿，由此可见，它的独立性和重要性。那时刚好是夏末，而现在是 11 月。

　　开始刮起了北风，湖面结冰了，但还要刮好多天，湖水才会被完全冻住，因为瓦尔登湖的水太深了。我的房子还没涂抹好灰泥，晚上我第一次点着了炉子，

---

① 尼布甲尼撒(约公元前630~公元前562)，著名的巴比伦国王。在位时修建巴比伦城和空中花园。

烟囱的排烟效果很好，其实主要还是因为墙壁上有不少的缝隙。正是在这个四面透风、寒冷异常的屋子里，我度过了很多个愉快的夜晚。房子的四壁都是布满疤痕的棕色粗木板，屋梁上的椽子还带着树皮。当最终抹上了灰泥后，我承认它更加舒适了，但没有了之前的视觉快感。我想，难道人住的房子不该有高高的屋顶，带来模糊朦胧的感觉吗？如果那样的话，到了晚上，屋梁上就会有很多闪烁的影子在跳舞。与壁画和昂贵的家具比，这些形态更适合人的幻想和想象的需要。可以这样说，这是我第一次住在属于自己的房屋里，第一次在自己的房子里遮风避雨和取暖。我找来两根旧柴架空起炉膛内的柴火，当我看到煤烟开始在烟囱里聚集起来时，我的感觉好极了，拨弄起炉火来也比任何时候都惬意和满足。

我的木屋很小，几乎没法产生回音，但一个人住已经很宽敞了，而且远离了所有的邻居。在这样一间屋子里，有着所有家庭该有的东西。它既是厨房，也是卧室，还是客厅与储藏室。一所房子能给予人的一切，无论是满足一家人，还是满足主人特殊爱好的东西，一应俱全。卡图说过，一家之主（patrem familias）应该在他的乡间别墅里拥有一个储存油和酒的地窖，要多存一些，一旦碰到世事艰难，也就没有后顾之忧了。他可以从中得到好处，赢得美德和荣耀。我在地窖里储存了一小桶土豆，大约两夸脱长了象鼻虫的豌豆，架子上有一点大米、一罐糖浆，黑麦与玉米粉各一配克[①]。

有时我梦想有一座更大的房子，能住更多的人，用那些经久耐用的材料建成，不要任何华而不实的装饰，它矗立在神话中的黄金时代。但只有一个房间，一个巨大、简朴、坚固的客厅，没有天花板，也没有抹上灰泥，只有裸露着的梁木跟檩条支撑着一片屋顶的天空——但却完全能够抵挡风雪。当你跨过门槛走进来时，你首先会朝着一尊俯卧在石阶上的农神致礼，而那些粗大的柱子会站起来接受你的敬意。身处巨大洞穴般的房屋里，想要看清屋顶，你就得将火把用一根长杆举得高高的。你看见壁炉前睡着人，有人睡在窗户凹进去的地方；另外一些人睡在长凳上，或睡在大厅角落里；还有人更是跟蜘蛛一起睡在屋梁上——只要他们愿意就行。你打开大门就能走进这样一间房，不需要任何礼仪。疲惫了的旅行者也不需要继续远行，他们可以就在这间房子里洗澡、吃喝、聊天、休息。那

---

① 美国的一种计量单位，1配克=9.092升。

样一座房屋,应该是你在风雨飘摇的夜晚最喜欢抵达的地方。它拥有着一间房屋应该有的一切,却不受家务之累;所有的财产都一览无余,墙壁上的木钉挂着人类所需的各种物件;它既是厨房,又是餐厅,也是客厅和卧室、储藏室,甚至也是你的阁楼;那里有木桶、梯子之类的必需品,当然还有橱柜和碗盆等等;炉膛上的水壶里的水正在沸腾。你还应该向为你煮饭、烤面包的炉子致敬。除了这些必需的东西,屋内再也看不到其他东西,你甚至不需要把洗过的衣服等拿出去晾晒,那里的炉火永远都是燃着的。女主人也不会冲你唠叨,也许有时候你需要从地下室的门边挪动一下自己,好让厨子下去地窖拿出食物,最主要的是,你不需要跺跺脚,看看地基是否牢固。屋内犹如鸟巢般公开、坦诚,只要你从前门进后门出,就必然会看到里面的居民。在这里,要做一名客人,就要享受房屋的全部自由,而无须担心被排除在房屋之外,关在一个特制的小房间里,还说要让你舒适自在,实际上是将你幽禁。如今这个时代,做主人的不会让你去享受他的壁炉,而是在弄堂口给你另造一座,同你保持最大的距离,这就是热情款待的艺术。至于烧饭,其中的秘密自然也不少,就好像他要下毒药害你似的。我到过好多人家的门口,却都遭到了合法驱逐,为此,我不记得自己进过什么人的屋子。要是国王和王后住在像上面描述的那样的一座房子里,生活简朴,我倒不妨身着旧衣前去觐见,但一旦误入现代宫殿,我倒宁愿学会退出。

看来,我们的高雅语言已失去了它全部的活力,彻底堕落成了废话,我们的生活也远离了言语的象征意义。由于送菜升降机的运用,隐喻和转义已显得多余,换句话说,客厅已远离厨房和工厂。就是吃饭通常也只是与吃饭相关的语言。如今,似乎只有野人还是跟自然和真理毗邻而居,只有他们可以拥有比喻。而那些住在西北地区或马恩岛①上的学者,又怎能理解厨房里的言语呢?

但是,我的客人中只有一两个敢于留下,和我一起吃玉米糊;可一旦面临了危机,他们也就都落荒而逃了,仿佛危机能震塌整个房屋。然而这座房屋里熬好了这么多玉米糊,却屹立至今。

我一直等到天气变得异常寒冷了,才开始给墙壁涂上灰泥。我乘着小船去到小湖对岸,运来更多洁白的沙子。有了船这一交通工具,如果需要,就是走得再

---

① 爱尔兰的一座离岛,又称"人岛"。

远，我也愿意。我把房屋四周从上到下都钉上了木板。钉木板时，我很高兴，只要敲击一下，就可以将钉子敲进去，我雄心勃勃，想干净利落地将灰泥抹到墙板上。我记起了一个自负的家伙的故事——此君衣冠楚楚，常在村子里游荡，并指点那些干活的工人。有一天，他突然心血来潮，要用实践来代替空谈，于是卷起袖子，抓起泥水匠的一块木板，顺顺当当地抹上灰泥，然后得意扬扬地看着头顶上的板条，勇敢地将灰泥抹了上去。可惜这些灰泥全都掉了下来，落在他胸前皱巴巴的衣服上，使他产生了十二分的尴尬。抹灰泥经济、便利，这点我十分欣赏，它能有效挡住寒冷，而且光滑、漂亮。我当然知道泥水匠可能会遭遇到各种意外。我惊奇地看到，这些砖头是多么饥渴！我还没能抹平，砖头就已经吸干了灰泥中的水，因此，为建成一座新的壁炉，我需要提很多桶水。上一个冬天，我用我们河流里学名叫 Unio fluviatilis 的贝壳烧了一小堆石灰，准备实验用，这样一来，我也就知道我所用的材料来自何处。如果我愿意，我可以在一两英里内找到很好的石灰岩，自己动手烧制石灰。

与此同时，背阴那面湖水最浅的湖湾已经结了一层薄冰，比整个湖面结冰要早几天甚至几个星期。第一块冰特别有趣，也特别完美，由于它坚硬、黝黑、透明，所以，要想研究浅水处的湖底，这可是个绝好的机会。因为你可以伸直身子，躺在只有一英寸厚的冰上，就像在水面上滑行的水蝎子，从容不迫地研究离你只有两三英寸的湖底，就像隔着玻璃看画像，这时的水也十分平滑。一些动物在水里来回游动，在湖底的沙上留下了许多沟槽；水中那些残骸上面布满了白色石英细粒形成的石蚕壳。也许这些沟槽就是它们制造出来的，因为在沟槽中能看到一些石蚕壳。但这些沟槽又深又宽，石蚕壳看似很难制造出来。最令人感兴趣的还是冰本身，你得利用最早的机会研究它。在结冰后的那个早上就去观察，你就会发现一大堆气泡，看上去这些气泡似乎是在冰层中间，实际上是依附在冰层下面，而且，还有更多的气泡从水底泛起。这些气泡的直径大小不等，有的 1/80 英寸，有的 1/8 英寸，它们清晰、漂亮，透过冰层你可以看到自己的脸映在其中。每平方英寸的面积大约有 30 到 40 个气泡。还有一些长椭圆形的气泡，是在冰里，大约半英寸长，狭窄、垂直，还有一些呈圆锥形的气泡，锥尖朝上。如果是刚结的冰，里面常会有球形气泡，一个挨着一个，像一串珠子。但冰里面的气泡没有冰层下的多，也没有那么明显。有时候，我向冰上扔石头，想试一试冰的强度，那些穿冰而过的石头将空气也带了进去，在下面形成了巨大而又明显的白色气泡。有一天，我在过了48个小时后返回原处，发现那些大气泡依然完好无损，尽管那时冰层厚度已经有一英寸厚，这一点可以从冰的边上看得清清楚楚。但接下来的两天天气非常暖和，像个小阳春，于是冰不再透明，显现出湖水和湖底的暗绿色。这时的冰看上去灰白发暗，虽然冰层厚了一倍，却没有先前那样结实，因为温度过高，冰体发生了膨胀，变得松弛，那些气泡也变大，聚拢到一起，像从一个布袋里倒出来的银币，堆在一起，或者像是一些被挤压成的薄片，塞在裂缝里的。冰已经不复先前那样的美感，这时再去研究湖底已为时太晚。由于好奇，想了解一下在新冰中我那个大气泡占什么位置，于是我取出一块含中型气泡的冰来，破开了它，让它底朝上。新的冰在气泡周围和下面重新凝结起来，很快气泡就被夹在了两块新形成的冰之间；大部分附着在下面那一层，但又紧挨着上面一层。它看上去有点像一颗扁豆，边缘是圆形的，直径约有四英寸，厚度有1/4英寸。我惊奇地发现，紧挨着气泡的那些冰有规则地融化成了倒扣起来的茶托的样子，厚度不到1/8英寸。很多聚集在分界线附近的小气泡都开始向下炸开，在最大的那个气泡下面，大约直径一英寸大小的一块完全没有了冰。我由此推断，我第一次看到的那些冰层下面的小气泡，此刻已经凝结到了冰里面。这些小气泡就像很多面透镜，起到了聚集光的作用，从而使得冰融化。也正是这些微小的气泡使得冰块发出噼噼啪啪的炸裂声。

等到冬天完全来临时，我刚刷好墙，北风就开始围绕着房屋呼啸，仿佛此时它才获得咆哮的批准。一夜又一夜，野鹅群拍打着翅膀发出阵阵尖叫，从黑暗中快速地飞来，就是冰雪覆盖了大地也照飞不误。它们有的飞来瓦尔登湖，有的低飞过森林来到美港，准备去墨西哥越冬。有几次，我半夜回家时都听到了鹅群的脚步声，要不就是野鸭的脚步声。它们来到我屋后的湖边，踩在林中的枯叶上到处寻觅食物。它们快速离去的时候，你能隐隐地听到领队的嘎嘎呼叫。1845年，瓦尔登湖第一次全面冻结的时间是12月22日深夜，弗林特湖和其他一些浅湖河流则要早十几天；1846年是12月16日；1849年大约是12月31日；1850年大约是12月27日；1852年是1月5日；1853年是12月31日。1854年11月25日，大地完全被雪覆盖了，使我突然置身于辽阔无垠的雪原之中。我躲进自己的陋室，想在屋中和内心燃起一堆明亮的火。现在，我主要的户外工作就是到林中搜集枯枝，肩扛手抱地带回去当作柴薪。有时候，我找到了一根枯死的松树枝，就会把它费力地拖回家。我把一段有过辉煌岁月的旧木栅栏拖了回来，把它献祭给了火神伏尔甘，因为它已祭过土地神了。在晚饭前，一个人得到雪地打猎。不，你可以说是盗取燃料，用它来煮晚饭，这是件多么有趣的事啊！为此，我的面包和肉都喷香四溢起来。

如今，在我们大多数乡镇的森林里都有着大量的柴薪和废弃的木料，原本足以燃起很多堆的火堆，可现在有人无法获得温暖，甚至有些人认为这不利于新生林木的生长。夏天，我发现了一只油松做的木筏，树皮还在上面，这是爱尔兰人造铁路时留下的，我把木筏的一部分拖到湖岸上。经过两年的湖中浸泡，又在高地躺了六个月，虽然还是没法完全晒干，但这已经算是上等的木柴了。有一年冬天，我将这些木料拖过湖面，以此自娱，我拖了约半英里，一根木料有15英尺长，一头放在我的肩上，另一头放在冰上，像溜冰似的滑起来。要不我就用一根白桦树的枝条将几根木料捆起来，然后再用一根更长的末端安有钩子的白桦木或桤木，将它们拖过湖面。虽然浸了水像铅一样重，但是它们不仅耐烧，而且火还特别旺，不，我觉得被湖水浸泡后，这些木料更好烧，就像松脂在水里浸过后，放到灯里烧的时间更长。

英格兰作家、博物学家吉尔平在其有关英格兰森林居民的记述中写道："有些人非法侵占森林，并在林中造起了房子，筑起了栅栏……根据古老的森林法规，这是一种严重的损害行为，应当以侵占公共财产之名加以重罚，因为这种行为惊扰了动物，毁害了森林……"但我对森林和野生动物的关注要远超过猎户和樵夫的关注，我觉得自己就是森林和瓦尔登湖的主人。要是森林被烧毁，即使是我自己不小心造成的，我因此产生的悲伤要比森林的所有者还要深重与长久。我甚至会因为森林的所有者砍伐树木而难过。我希望每个农民在砍伐树木时，都要心存敬畏，要像古罗马人一样，就算是为了让阳光能照射进来而不得不砍伐，也会感到罪恶，因为他们认为任何一小片树林都是属于神灵的。罗马人会为此献祭给神灵，以对自己的行为表示赎罪，会祈求无论是男性的神灵还是女性的神灵说，任何一片森林都因你而神圣，请宽恕我，赐福于我和我的家人们……

即使是到了今天这样一个时代,在这样一片新大陆,森林的价值仍然是无法估量的。那是一种比黄金更恒久普世的价值。在人类拥有了如此多的发现与发明后,任何人在经过一堆被砍伐的木材时,都依然无法视而不见。森林对于我们,就像对我们的撒克逊和诺曼底先辈们一样珍贵。他们用林木制作弓箭,我们用林木制作枪托。30年前,密肖①曾说过:"在纽约和费城,被当作燃料用的木柴的价格几乎等同于巴黎最好的木料的价格,有时还要更高一些,而这座大都市每年需要30多万'考德'的木料,如今它的方圆300英里都是已开垦出来的耕地。"在我们这个小镇,木材的价格也是在节节攀升,唯一的区别在于,今年比去年又涨了多少。那些亲自跑到森林来的机械师和商人,他们不会因为别的,只会是为了参加木材拍卖。他们甚至愿意出高价取得在伐木工离开后,收集那些遗留下来的边角余料的权利。无数个世代里,人类总是到森林中寻找燃料和艺术材料。新英格兰人、新荷兰人、巴黎人、凯尔特人、农夫、罗宾汉、古蒂·布莱克和哈莱·吉尔②等世界各地的王子和农民、学者和野蛮人,都要到林中去取几根木头来烧火、做饭、取暖。我也一样。

每个人看着属于自己的那堆木柴,都会感到由衷的快乐。我喜欢把木材堆在窗下,散落的碎木片越多就越能让我记起劳作时的愉快。我有把不会有谁想要的旧斧子,在冬天的时候,我总是在朝阳的地方,用它劈开那些从土豆地里挖出来的树根。在我耕地时,那位租给我马的人对我说,这些树根能温暖我两次,一次是在我劈开它们时,另一次是在我燃烧它们时。如此一来,任何燃料都无法提供像它们这样多的热量。我那把斧子看上去过于陈旧了,很多人建议我拿去村里的铁匠那修整一下,但我还是自己来修整它,给它安装了一根新的斧柄,是用我在森林里找到的一根山核桃木做成的。这样我就能继续使用它,尽管它不是那么锋利。

几块多油脂的松木就是珍宝。想想大地深处不知藏了多少这类燃料,就会觉得神奇和有趣。前几年,我常常四处探察,这儿有过一片油松林,我在山坡上挖出了一些富含油脂的松树根。树根至少有三四十年了,虽然边材已经腐烂,但树

---

① 密肖(André Michaux, 1746~1802),法国植物学家。
② 古蒂·布莱克和哈莱·吉尔都是英国诗人华兹华斯(William Wordsworth, 1770~1850)的诗《古蒂·布莱克和哈莱·吉尔》中的人物。

心还很好，厚厚的树皮离树心有四五英寸远，形成一个环，与大地齐平。看来，这些树根是无法毁掉的。只要有斧头和铲子，你就可以探索这个矿藏，沿着黄如牛油、形如骨髓的燃料前行，或者像探到了金矿的矿脉一样，一直深入到地里。但通常我用干燥的林中枯叶引火，这些是我下雪前存在棚子里的。伐木人在林中宿营时，常常将绿色的山核桃劈成细细的木条，用来引火。我也会弄一些这种木材。村民们在地平线那边点燃自己的炉子时，我也点起了火，让我的烟囱冒出烟来，告诉瓦尔登山谷中的各种山野居民，我也是醒着的。

> 如羽翼般轻展的烟啊，是伊卡洛斯之鸟，
> 你振翅向上翱翔，却融化了羽毛。
> 无声无息的云雀，黎明的使者，
> 在村子上空盘旋，那里是你的家园。
> 要不你就是那逝去的梦，
> 精灵般午夜的幻觉，整理好你的衣裙；
> 在夜里，给星星披上薄纱，
> 到了白天，你使阳光变得朦胧。
> 去吧，我的熏香，从壁炉这袅袅升腾，
> 去请求诸神容忍着明亮的炉火。

跟其他木柴比，刚砍下的那些青翠、坚硬的木柴更适合我，不过我用得很少。冬日的下午，有时我会离开烧得正旺的炉火，出去散几个小时的步。等我回来，火势依然旺盛，看来房子里并没空着，仿佛我有一位愉快的女管家。是我跟火住在里面，平日里我这位管家都很忠实可靠。可有一天，我正在劈柴，忍不住去窗口看看，看屋内是否起火了，在我的记忆中，这是我唯一一次为这事担忧。我扒窗往屋里看，看到一串火星已经蹿到了床上，于是我赶紧跑进去扑灭，火已经烧掉了巴掌大的一块地方。不过我的房屋阳光充裕，避风挡雨，屋顶又低，因此到了冬天，无论哪天中午，我都把火扑灭。

鼹鼠跑到我的地窖里做窝，啃掉了我三分之一的土豆。它们甚至还用我刷墙时留下的一些毛和棕色包装纸，为自己做了张舒舒服服的小床。因为就算是最野

蛮的动物，也跟人类一样热爱安逸和温暖，它们之所以能够活过冬天，就是因为它们总是小心谨慎，懂得怎样获得温暖。听我一些朋友的口气，仿佛我到林中来是为了冷冻自己。动物只是在栖息的场所铺一张床，然后利用体温来保暖，人类却因为发现了火的用处，就把自己封闭在一间屋子里，让火来给空气加温然后取暖，而不是依靠自己的体温，还要为自己制作一张温暖的床，这样就可以在屋内走来走去，省得穿那些累赘的衣服。这样他们在冬天过着夏天的生活，而且通过窗户，他可以吸收阳光，借助于灯，他可以延长白昼。这样一来，他就超越了自己的本能，省下一些时间来从事艺术。尽管一旦长期暴露在狂风中，我的整个身体会开始麻木，但只要回到温暖舒适的屋内，我就能很快得到恢复，生命得以延续。就这点来说，就算住在最奢侈的房子里，也没什么好炫耀的。我们也不必自寻烦恼，去猜测人类最终如何毁灭之类的问题。只要北方刮来的风再强劲一些，任何时候都可以轻易地毁掉我们。我们常常以寒冷的星期五或大雪天这样的说法来计算日期，但只要星期五再冷点，雪再大点，人的生命在地球上的日子就会告一段落。

  第二年冬天，我为了省钱，用了一个小小的火炉，因为森林并不归我所有。但是小火炉的火没有壁炉的那么旺，不能产生更多、更充足的热量来。如此一来，做饭也不再具有诗意，成了一个单纯的化学反应过程。在普遍使用火炉的日子里，人们很快就会忘记，我们曾经跟印第安人一样在灰烬中烤土豆。火炉不仅占地方，还会弄得满屋烟味，而且还掩藏了火焰，使我感到失去了一位伙伴。要知道，你总是能在火中看到一张脸。晚上，歇息下来的劳动者两眼凝视着火苗，白天的种种胡思乱想就都会被火净化。但我再也无法坐在火前，再也无法用两眼凝视着火苗。有位诗人写了几句比较贴切的诗句，给了我新的启示——

  别呀，光明的火焰，
  请别从我这夺走你那可爱的生命之影、你那深切的同情。
  除了我的希望，还有什么能这样直冲云霄、光芒灿烂？
  除了我的命运，还有什么会如此消沉，坠入深深的黑暗？
  你备受人们的欢迎和爱戴，
  却为何被逐出厅堂和炉灶？

是因为你的存在过于耀眼，
众生无法接受你的点亮？
你的神秘光芒不是与我们的心灵亲切交谈？
难道一切秘不可宣？
是呀，我们安全而又强壮，
因为现在我们正依炉而坐，暗影退去，
在炉旁，没有喜怒哀乐，
只有温暖手脚的一团炉火。
有了它，围在炉边的人可以靠着安然睡去，
不必害怕那些只在黑暗里游荡的魔鬼，
因为古老的树木正用火光在和我们絮语。①

---

① 摘自爱伦·斯塔基·霍伯（Ellen Sturgis Hooper, 1812~1848）的诗《柴火》。

14. 早先的居民与冬天的访客

我恪尽职守地诚心等待着,但挤完一整群奶牛的时间过去,也没见到城里来一个人。

我经历了几场欢乐的大雪,并在炉边度过了一些温馨的冬夜。当风雪在屋外飘落时,枭鹰的叫声总是无法被掩盖。几个星期前有一次我去散步,除了那些来森林里伐木的人,他们用雪橇把砍伐的木材运回村里,森林中再也没有别的人了。在暴风雪中,我学会了如何在有着厚厚积雪的地方开辟道路。因为曾经有一次我想穿过林子,那时踩出的小道上飘落了不少橡树的树叶,它们吸收了阳光,融化了积雪;就这样,我不但能踩着干燥的树叶前行,而且那条"黑色的线"还能指引我在夜里如何回家。说到与人交往,我不禁想起从前的林中居民。我那一带的很多居民都还记得,我的木屋附近有过一条小路,那里曾经回荡着路人的闲聊与笑声。而四周森林的边缘地带,也有过一些小花园和住宅,那时候的森林比现在密多了。在我自己的记忆中,当时的道路两边的松树总是会擦碰到经过的马车。林肯镇上那些不得不单独出门的女人和孩子,都会感到害怕,因此一般都是跑着穿过森林的。那条路是一条通往邻村的便道,要不就是伐木人踏出来的,但它的幽深曲折,总是能给经过的人很多的乐趣,所以才会长久地留存在他们的记忆中。如今,一片开阔的原野从村子那一直延伸到森林中,过去这是一片枫林沼泽,地下掩埋了很多的原木,我想,直到今天,这些原木应该还在已经是尘土飞扬的公路的路基下。这条路从斯特拉顿的家,也就是今天的救济院一直通向布瑞斯特山那里。

我的豆田东侧,公路对面,曾经住着加图·英格拉汉姆。他是康科德的乡绅邓肯·英格拉汉姆老爷的奴隶,邓肯老爷给他造了一所房子,并允许他住在康科德森林——我说的这个加图不是尤迪卡的加图①,而是康科德的加图。有人说他是个几内亚黑人。据说他在胡桃林中有一小块地,他让这些胡桃一直生长,希望自己老了能有所用,但是最后,一个更为年轻的白人投机分子把它弄到了手。现在,这个人拥有的是一座狭小的房子。加图那个坍塌了的地窖的洞口还在,但边上有一排松树挡住了游人的视线,所以知道的人不多。现在这儿漆树(Rhus glabra)密布,最古老的物种之一黄花(Solidago stricta)也生长得非常好。

有位名叫齐尔法的黑人妇女,她的小屋就坐落在离我的豆田拐角不远处。这儿离镇较近,她在小屋里为乡亲们织麻布,她总是一边干活一边唱歌,她的嗓音高亢嘹亮,整座瓦尔登森林里都常常回响着她的歌声。在1812年的战争中,英国士兵,也就是那些被假释的俘虏,放火把她的房子烧了。当时她不在家,她的猫、狗和母鸡都被烧死了。她的生活很苦,几乎就不是人过的。过去有个人经常光顾这片森林,据他回忆,有天中午他经过她家门口,听到她对着已经烧开了的水壶喃喃自语:"你们全是骨头,全是骨头啊!"在那儿的橡树林中,我看到不少残存的砖头。

沿着公路走下去,靠右边,在布里斯特山上住着布里斯特·弗里曼,一位机灵的黑人。他曾是卡明斯老爷的奴隶。布里斯特栽培的苹果树至今仍生长在这儿,现在,这些果树已经长大,成为老树了,但在我尝来,这些果实依然不脱野性,有点野苹果的味儿。不久前,我在陈旧的林肯墓地看到了他的墓碑,上面的字有些歪斜——"西比尔·布里斯特"。他曾被称作"西比尔·阿非利加努斯"或"一个有色人种",但看来他如今已经褪色了。碑文强调了他去世的时间,这看上去是在间接强调他曾经活着。长眠在一起的还有他热情好客的妻子,她给人算命,受人喜欢——高大、肥胖而奇黑无比,在康科德一带,这样一个黑肉球可是空前绝后的!

继续往下走,在左边的森林古道上是斯特拉顿家的残垣断壁,他家的果园曾经遍布布里斯特山。如今那些果树早已被油松和茂密的矮树丛取而代之。

再继续往前,在马路对面、森林边上,就是布里德了。这地方因为一个妖怪变得非常有名气,目前这个妖怪还没有被收录进古代神话的目录。但在新英格兰一带人的生活里,这个妖怪扮演了很重要的角色。我认为总会有这么一天,这个妖怪会跟别的神话传说中的人物一样,拥有一部属于自己的传记。据说每次当他出现时,都是以一个朋友或者雇工的身份,他会杀掉他所去的那家的人,然后洗

---

① 即小加图,大加图的孙子,死于尤迪卡,是罗马哲学家。

劫一番——真是一个奇怪的家伙。但那些已经发生过的悲剧,历史还无法重述,于是人们就用时间来为他抹上点蔚蓝色,让它看上去温馨些。有这样一个似是而非的传说:这一带曾有过一家客栈,有一口专为旅行者提供清凉井水的井,这口井的水能让马恢复活力。大家在那里彼此交换所见所闻,然后各奔东西。

12年前,布里德的小屋还在那里,屋子大小跟我的木屋差不多。如果我没记错的话,总统大选之夜,一帮顽皮的孩子将它点着了。当时我住在村边,正读着威廉·戴夫南特的《龚迪伯特》,读得几乎入了迷。那年冬天,我只要开始做事就会犯困,我不知道这是不是家传。我有一个叔叔,连刮胡子都能睡着,于是一到星期天,他就不得不跑到地窖给土豆去芽,好让自己保持清醒地安守着安息日;要不就是因为我想通读查尔姆斯编的《英国诗集》,这本诗集算是彻底征服了我的神经。它让我发昏,我读着读着就开始打瞌睡,就在这时,火警就响了,我看到救火车在急速狂奔,跑在前面的是一帮大人和孩子,而我很快就已经跑在了最前面,因为我跃过了小溪。一开始大家都以为是森林南端着火了——我们这些人以前全都救过火——我们看到牲口棚、店铺、住所什么的全都烧起来了。"是贝克农庄的牲口棚。"有人叫道。"这是考得曼的地方。"另一个人断言。就在这时,一串串新的火苗蹿到了森林上空,仿佛屋顶已经坍塌,于是我们一齐叫了起来:"康科德人救火来了!"马车飞驰而过,车上挤满了人,其中没准还有保险公司的代理人,无论多远,他都得到达现场。然而,救火车的铃声渐渐落后,越来越慢,越来越稳,事后有人告诉我,那些跑在最后的,就是那些先放火后又报警的人。我们继续向前跑,像个真正的理想主义者,不相信自己的所见所闻,直到来到三岔路口,听到了爆裂声,并真正感受到墙那边的火的热量,才意识到,我们已经到了火场。离火越近,我们的热情反而越低了。一开始我们还想把一个池塘的水都浇上去,但最后还是决定让它烧下去,因为那时候它就已经快烧尽了,毫无抢救的必要。大家围着救火车站着,一个挨着一个,通过喇叭表达我们的心情,要不就在那低声讲述世上发生过的大火,包括巴斯科姆店铺的那场。但是私下里我们觉得,要是救火车能更快点赶到,加上一池塘的水,我们还是能将这可怕的大火控制住的。最后,我们一点好事没干,全撤退回去睡觉了。而我呢,则回家读我的《龚迪伯特》。说到《龚迪伯特》,序文中有这样一段话,说机智是心灵的火药,"而大多数人并不了解机智,就像印第安人并不了解火药一样"。对此,我可不敢苟同。

第二天夜晚,大约在同样的时间,我穿过田野经过那里,听到了一阵低低的呜咽。走近一看,发现这个人我认识,他是这家唯一的幸存者,继承了这个家庭的所有优点和缺点,只有他才关心这场火灾。黑暗中,他趴在地上,眼睛盯着地窖的墙,地窖里没来得及燃烧干净的灰烬还在继续燃烧,而他在喃喃自语。他在河边的草地上工作,只要有机会就会跑来看看他祖上的家,看看他儿时待过的地方。他从各个角度、各个方位,对地窖看了一遍又一遍;他总是趴在地窖上,好像石头缝里藏着财宝,而实际上什么都没有,只有一堆砖头和灰烬。房子已经荡然无存了,他只好看看废墟。看到我,他仿佛找到了获取同情的对象,夜色中他指着一口盖好了的井给我看。谢天谢地,这口井还没被烧掉,他在井边久久摸索,寻找他父亲制作架起的井水升降装置,摸了摸那曾经承载着重物的铁钩或铁环——能摸的也只有这个了——他想让我相信,这可不是一件平常的"装置"。我也摸了摸。后来我每天散步时还会去看看它,因为那上面悬着一个家族的历史。

同样是左侧,能看到井和墙边的丁香丛,但现在已经是一片开阔的空地。那里是纳丁和勒·格罗斯曾住过的地方,如今他们已经回林肯镇去了。

比这些地方更远的森林中,在与路和湖相距最近的地方,制陶工魏曼占有过一块土地,他在那为镇上的人制作陶器,还让其后代继承了他的事业。他们没有多少物质财富,有的只是勉强够糊口的一小块土地,镇里的治安官还常常来征税,但总是一无所获,为了填报表,也只好"扣押了一些不值钱的东西"。我看过他的账目,除此之外,他的确一无所有。仲夏的一天,我正在锄地,一个带了一大堆陶器去市场的人在我的田边停下马,向我打听小魏曼的情况。很久前,小魏曼曾从他手中买过一个陶轮,他想了解一下小魏曼现在的情况。我曾在《圣经》中读到过陶土和陶轮,但从未见到过。我们现在用的陶器并非完全都是从那个时代一成不变地传下来的,更不是长在树上像葫芦一样的。听说我附近有一位陶工,我感到很高兴。

在我之前,森林中最后一位居民是一位爱尔兰人休·夸尔(他的名字念起来要卷点舌)。他住的就是魏曼的房子,人们称呼他夸尔上校。据说,他曾参加过滑铁卢战役。如果他活着,我一定会让他将战事重新讲述一遍。他在这儿的工作是挖沟渠。拿破仑去了圣赫勒拿岛,夸尔则来到了瓦尔登森林。据我所知,他是个悲剧性人物。他风度翩翩,像见过世面的样子,他说起话来文雅到让你很难想象。夏天很热的时候,他依然穿着外套,因为他患有震颤性谵妄症,脸红得像胭脂。我来到森林后不久,他就死于布里斯特山脚下的路上,所以我无法把他称之为邻居。人们都认为他的房子是"不祥的城堡",个个避而远之。在那座房子被拆掉前,我去看了一下。竖起的木板床上挂着他穿破了的旧衣服,仿佛就是他本人。他的壁炉上放着一个破烟斗,而并非是在泉水边破裂的那个碗。说到泉水,这可不能视作他死亡的象征,因为他对我说过,虽然他曾听说过布里斯特泉水,但从来没有目睹过。地上到处都是脏兮兮的纸牌,什么方块、黑桃和红桃老K等等。还有一只黑鸡没被房产管理员捉去,这只黑鸡跟夜晚一般黑,一声不吭,仿佛是在等待列那狐,不过它把隔壁一间房当成了自己的房间。屋后过去有座花园,现在还能隐约看出来。这儿曾经种过东西,虽然现在已是收获的季节,但由于他时常发病浑身震颤,所以一次都没整理过。园子里长满了苦艾和鬼针草,穿过那地方,我衣服上沾满了它们的果子。屋后的墙上挂着一块土拨鼠的皮,这或许是他参加的最后一场战争的战利品,不过他再也用不着温暖的帽子或手套了。

现在只有地上的一个凹槽还能看出这里曾有过一所房屋,地窖的石头也被深埋地下,阳光明媚的草地上,生长着草莓、树莓、糙莓、榛树丛和漆树;油松或橡树占据了原先烟囱的位置,而门槛那长着一棵芬芳的黑桦。有时候,还能看到井的凹痕,那里曾泉水喷涌,现在却杂草丛生;想来是最后那个离开的人,从草地搬来一块扁平的石块盖住了井口,很可能要很多年后才会被发现。为什么要把井盖起来呢,这样做太让人感到悲哀了啊!想到此,我的泪水就要开始喷涌了。这些地窖的凹痕就像遭到遗弃的狐狸洞和别的陈旧的洞穴,是房屋唯一的遗迹,而从前,这里人来人往,生机勃勃,人们以不同方式、用不同的言语讨论"命运、自由、意志和绝对预知"。但据我所知,他们得出的结论无非是"加图和布里斯特拔过羊毛"。这跟那些著名的哲学流派一样,给人以深刻的启发。

门框、门楣和门槛已经消失二三十年,但丁香依然生机勃勃,每到春天,鲜花盛开,芳香四溢,吸引了城市里的游客前去采摘。这些丁香原本是一双孩子的手种下的,就种在房前的院子里;而现在这里已经是人迹罕至的牧场,并正在被新的森林占据——这些丁香花是这个曾在这里生活的家族唯一的幸存者。想当初,这些黑黝黝的孩子跑到房屋的阴凉处,将只有两个芽苞的嫩枝插到地里,每天浇水,没想到它们居然生了根,寿命超过了他们,甚至超过了给它们遮阴的房屋以及大人经营的花园和果园。他们长大去世后半个世纪,这些丁香还在给孤独的游客讲述他们的故事——这些丁香鲜艳芳香,仍跟当初那个春天一样。我深深地注视了一会这依然柔和、礼貌、欢快的丁香的色彩。

这样一个小小的村落,本可以发展出更多的东西,为什么康科德坚守住了阵地,而这个村子却败落了呢?难道是因为缺少环境的优势,比方说水?唉!瓦尔登湖有那样深的水,布里斯特泉水也清冽纯净,足够人们长期饮用了,而且还非常有益于健康,问题就在于这里的人们不知道善加利用,反倒是更多地用来添加在杯子里,看来这些人只是些口渴的家伙。我想不通为什么就不能编篮子,做马厩的扫帚,还可以编席子、烤玉米、织麻布、制陶器,使荒野像鲜花一样盛开,让无数的子孙继承先父的土地?贫瘠的土地本来很容易就可以防止退化,好让后人们继续在此耕耘的。仔细想想,这里的居民没有带给自然任何东西!那么,自然只能自己来试试了!那就让我来做第一个居民好了。而我去年春天造的房子,现在成了村中最古老的建筑。

我不知道在我占据的这块地方,以前是否有人盖过房子,可别让我把自己的房屋建造在古老城镇的遗址之上,那会是以废墟为地基,以墓地为花园的。在这一切成为事实之前,土地就已经荒芜并且遭到了诅咒。我陷入了沉思,回到森林里,然后沉沉睡去。

这个季节我的来客很少。积雪最深的时候,一个星期甚至半个月,都没人来看我一下,但是我照样过得舒舒服服,就像田鼠、耕牛和家禽,据说它们被长期埋在大雪里,就是没有食物也能活下来;要不就像本州萨顿镇的那家早期移民,1717年他不在家时,一场大雪将他的房子彻底掩埋,只有烟囱冒出的热气在积雪中化出一个洞,才被一名印第安人发现,解救了他们全家。但我没有友好的印第安人关心,其实也没这个必要,因为房屋的主人正好在家。好大的雪啊!听上去多开心!农夫们要是没法把牲口赶到森林和沼泽,他们就得砍掉屋前的绿荫树。积雪变硬的时候,他们得到沼泽地去砍树,等到来年的春天,他们会发现自己砍树的地方居然离地有十英尺高。

积雪最深的时候,从公路到我家有半英里距离,道路仿佛一条由很多个点构成的曲折的虚线,点与点之间是大片的空白。整整一个星期天气都很平和,我踏着自己的足迹，以大小一样的步伐走来走去，每走一步，都要仔细观察后才迈出脚步。冬天让我们变得按部就班，雪地上的足迹盛满天空的蓝色，但无论如何，都没法阻止我走出小木屋。我经常会踏着厚厚的积雪，一直走到八到十英里外的山毛榉、黄白桦或松树林中的老朋友家。冰雪盖满了松树，压弯了树梢，看上去像是雪松了。有时我会穿过足足两英尺深的积雪来到山顶，每走一步都会碰落树上的积雪，很多时候不得不手脚并用。那时，所有的猎人都已回家过冬去了。有天下午，我看见一棵白松上歇着一只猫头鹰，它就歇在树枝最下面的那层，再往下就是枯死的树枝。我饶有兴趣地观察着它，离它不到一杆远。它能听到我踩在雪地上发出的声音，却看不见我。当我脚下制造出的声音很大时，它就会转动头，脖子上的羽毛竖起来，眼睛瞪得很大。但一会儿它就会闭上眼，继续打着瞌睡。我足足观察了有半个小时，我也开始犯困。它半睁着眼像一只猫，准确地说是猫的带羽毛的兄弟。它的眼睛眯成一条细缝，靠着这道细缝它跟我之间形成一个空间的半岛。就这样，它的眼睛半睁半闭，从梦境中向外观看，极力想了解我这个模糊的物体，或者说挡住了它的视线的尘埃。最后，可能是我制造出的声音过大，也可能是我靠得太近，它开始显得不安，在树枝上很慢地转过身，看上去很不高兴被打搅了美梦。它振翅飞了起来，穿过松林，可我没听到一点声音。它的翅膀展开后显得很大很大。它就那样在松林间飞着，感觉是如此灵敏，很快就找到一根新的树枝，落在了上面，守候着新一天的黎明。

铁路堤道横贯草地，每当我打此经过，都会遇到阵阵凛冽的寒风，因为只有到了这里，寒风吹起来才无所顾忌。冰霜吹打在我的左脸上，尽管我是个异教徒，但还是把右脸也迎了上去。就是走布里斯特山的马车道情形也好不了多少，因为我像个要进城去的友好的印第安人。瓦尔登路的两边的那些石墙脚下堆满了皑皑白雪，用不了半个小时，行人的足迹就会被掩埋。等我回来时，新的积雪又堆起来了，于是我不得不在积雪中艰难地挣扎，忙碌的西北风不停地将粉末状的雪堆在路的拐角，别说兔子的足迹，就连田鼠的细小足迹也看不到。但就算是在最寒冷的时候，我也还是能看到一些温暖松软的沼泽。在那里草和臭菘仍在坚定地保持着自己的绿色，那些耐寒的鸟也会来此等待春天的到来。

有时候，尽管大雪纷飞，但是晚上散步回来时，我常常会看到一个个一直通到我家门口的深深的脚印，这是樵夫离开我家时留下的。我会在壁炉上发现被削下的一堆碎木片，屋里散发着烟味。或者说，如果我哪个星期天的下午碰巧在家，就会听到一位长脸农夫踏雪而来的声音，他从树林深处摸到我这儿，说是要跟我聊一聊。他是少数"务农人士"中的一位，他穿的是工作服，并随时准备引用一段教会和政府的道德言论，就像从牲口棚里拉一车肥料那样得心应手。我们谈了淳朴的原始时代，那时候，人们总是围坐在火堆旁，虽然天气寒冷，但令人振奋，每个人的头脑都是清醒的。如果没有别的可以随便吃吃的东西，大家就用自己的牙齿试一试聪明的松鼠之前丢下的那些坚果，而那些壳最厚的坚果，往往里面是空的。

积雪最深、暴风雪最猛烈的时候，一位诗人从大老远跑来看我。如果是一个农夫、猎手、士兵、记者，甚至一位哲学家，都有可能畏惧在这样的天气外出，但什么也吓不住一位诗人，因为他的动机是纯粹的爱。谁能想到他会去哪呢？他的天职决定了他这样随心所欲地来去。我们让小木屋洋溢起了欢声笑语，我们清醒深刻的谈话弥补了瓦尔登深谷长久以来的缄默。即使是百老汇也会显得沉寂。每隔一阵子，小木屋内都会爆发出大笑，很可能是谁说出了一句睿智有趣的话语。我们喝着稀粥，谈论着人类的哲理，我想，稀粥既可以用来招待饿了的客人，又可以让人头脑清醒，是进行哲学谈话的最好补充。

在湖边的最后一个冬天，还有一位备受欢迎的来客①，让我难以忘怀。有一次，他深夜里顶着风雪穿过村子前来，直到看到森林中我小木屋的灯光。我俩在一起度过了几个漫长的冬夜。他是最后一批哲学家中的一员——是康涅狄格州将他推向了世界——他先是推销这个州的产品，然后宣布推销自己的头脑。他一边宣扬上帝，一边贬黜人类，认为只有思想才能结出硕果，就像坚壳里面才有果肉一样。我想他是所有活着的人中信仰最坚定的。他的言语和态度表明，他对世界的了解要比人们所了解的多得多，只有他不会因为时代的变迁而感到失落。眼下他还没有什么明确的计划。尽管他目前受到了点冷落，但是随着属于他的时代的到来，大多数人意想不到的法规就会生效，每个家庭的主人还有国家的统治者就会向他征求意见。

无法清晰地看事物的人是多么盲目啊！②

---

① 来客：即超验主义哲学家、教育家阿尔科特（Amos Bronson Alcott, 1799~1888）。
② 引自托马斯.斯托勒（Thomas Storer）所写的《托马斯.华斯莱传》。

作为人类的忠实朋友，他可以说是人类进步的唯一朋友，说他是一位纯朴的凡人，还不如说他是一位最接近神的人。他持有的信念与恒久的耐心，澄清了附着在人身上的那个形象。而至今人类信仰过的神，无不是遭到扭曲的，那纪念神的碑文也是遭到了损毁的。他用自己的智慧孜孜不倦地跟孩子、老人、乞丐、疯子还有学者们交流对话，兼容并蓄各种思想，用来充实自己，让自己变得博大精深。我认为他应该在世界之路上开一家旅店，在招牌上写上："接待人而非人的兽性。自由宽容且在寻求真正的真理的人请进。"他是我所认识的人中，最清醒、最纯洁的。在他那，无论是过去还是未来，都不会被改变。曾经，我们一起散步，抛却尘世于脑后，不受这世上任何制度的羁绊。他是生而自由的。不论身在何处，天地对他而言都是融为一体的，风景也因为他的存在而更加优美。对于一个穿着蓝色袍服的人，最适合他的屋顶就是天空，因为只有天空才能显现出他的纯净。我感觉这是一位不会死亡的人，因为大自然不会接受他的离去。

我们交流了思想，像把木片拿出来晾干，我们一起坐下来削着木片，试试刀锋的锋利，同时欣赏着松木中淡黄色的纹理。我们满怀敬意地涉水而过，要不就平稳地携手并进，这样一来，思想之鱼就不会吓得逃离小溪，也不会害怕岸边垂钓之人，而是畅游得自在庄重，如同那天空里的云朵，聚散有时。我们一起工作，一起构建着神话与寓言的阁楼，这阁楼一定是在空中的，因为大地无法承载它的分量，无法提供足够坚实的基础。伟大的观察者！伟大的预言家！和他交谈是这新英格兰之夜最好的享受。作为隐者与智者，我俩之间还有那位老移民——我们三个——交谈得让我的小木屋都被震撼了。我没法算出，在大气压上，每一英寸圆弧承受了多少磅的重量，但它已经出现了裂缝，必须给它添加进去废话才能不让它出现泄漏，还好，我有着充足的废话储备。

另一个人①也跟我一起度过了一些令人久久难忘的美好时光。这个人住在村中自己的家里，但不时地会跑来看我，除此之外，我在那儿再也没有别的朋友。

跟在别处一样，有时候我也期待着一些从不会来访的客人。《毗瑟拿·往世书》说："黄昏时分，一家之主应该站在院子里，花上挤一头奶牛的工夫，等等看会不会有客人到来。如果愿意，他也可以多等一会。"我恪尽职守地诚心等待着，但挤完一整群奶牛的时间过去，也没见到城里来一个人。

---

① 指爱默生，梭罗的邻居、朋友和导师。

结束语

他说:"告诉裁缝们,缝第一针前,不要忘了给线打个结。"

如果有人生病,医生会明智地建议一个生病的人换个地方,呼吸一下新的空气。感谢上帝,这里并非整个世界。在新英格兰是没有七叶树的,这里也很少能听到嘲鸫那悦耳的歌声。与我们相比,大雁更有资格称自己是世界公民。它刚在加拿大吃了早餐,午餐就在俄亥俄享用了,晚上就在南方的某个河湾上梳理羽毛,准备过夜了。那些野牛本质上也是随季节迁徙的,它们在科罗拉多州的牧场上吃最初的嫩草,等到黄石公园里的嫩草更甜、更多汁时,就转悠到了那里。只是我们认为,要是拆掉了栅栏和篱笆,把我们的田园用石墙围起来了,那我们就有了一个固定的生活范围,于是我们的命运也会因此得到保障。说真的,要是你被选为镇议员的话,你今年夏天就不可能去火地岛了,但你仍然可以去地狱之火里。宇宙要远大于我们目力所及。

但我们还是应该像好奇的游客,多朝船尾外看看,而不是跟那些愚蠢的水手一样,只顾低头收拾麻绳。地球的另一头也不过是我们的另一个家园。我们的航行只不过是绕了一个大圈子,医生开的药方也只能治治皮肤病。有人急匆匆地跑到了南部非洲,只为了追逐长颈鹿,但这不可能是他要追逐的猎物。试问一个人能花多少时间去追捕长颈鹿呢?捕山鹬其实也很不错。但我想,最高贵的游戏还是朝自己开枪射击——

看看你自己的内心吧,你会发现
你的心中有多达一千个区域,

还没被你发现。

周游这些区域，

你就会成为家庭与宇宙的专家。①

非洲代表什么？西方呢？在我们内心的地图上，我们的灵魂难道不是一片空白？就算有东西，它也很可能只是些黑点，像无法看见的海岸线。我们找到的是哪条河流的源头——尼罗河，还是尼日尔河的？或者密西西比河？或环绕大陆的西北走廊？难道这些问题真与人类息息相关吗？难道只有去北极探险的富兰克林一人走失了，他妻子才苦苦搜寻？难道格林奈尔先生不知道他自己在什么地方？你还是学一学门戈·派克②、刘易斯、克拉克③和弗罗比什④，去探寻一下自己的河流和海洋，自己的更高纬度好了。如果需要，那就在船上多装些肉罐头用来养活自己，然后把空罐头堆得像天一样高作标记。肉罐头的发明难道仅仅是为了保存肉？不，还是做一个像哥伦布那样的人，去发现你自己内心的新大陆和新世界，去开辟新航线吧，不是为了生意，而是为了思想交流。每个人都是自己王国的主人，相比之下，沙皇帝国只不过是个小国，是冰雪留下的一个冰丘。然而有的人也许爱国却缺乏自尊，为了少数人的得失，牺牲了大多数人。他们喜爱葬身的土壤，却感受不到让躯体充满活力的精神。爱国主义只不过是头脑中一时的幻想。南太平洋海岛探险远征有什么意思？招摇过市，浪费钱财，这不过是间接地承认这样一个事实：道德世界也有大陆和海洋，而每个人只是其中的一个地峡或一个湾，但他自己还没有去进行探明。不错，坐上政府的大船，有500名水手和仆人，驶上几千英里，历经严寒和风暴，穿越食人岛国，这比探索内心的海洋、独自到大西洋和太平洋探险容易多了。

Erret, et extremos alter scrutetur Iberos.

Plus habet hic vitae, plus habet ille viae.

---

① 引自威廉·哈宾顿（William Habbington, 1605~1664）的《致尊敬的奈特爵士》一诗。
② 门戈·派克（Mungo Park, 1771~1806.），苏格兰探险家。
③ 刘易斯（Meriwether Lewis, 1774~1809）和克拉克（William Clark, 1770~1838）同是美国18世纪探险家。
④ 弗罗比什（Sir Martin Frobisher, 1535~1594），英国航海家。

让他们去漫游，去探索遥远他乡的澳大利亚人。

我从上帝那得到的更多，而他们只熟悉更多的路。①

周游世界，仅仅是为了到桑给巴尔岛数一数老虎的数量，真是不值得。不过话说回来，要是实在没有更好的事干，那就去干干这种事好了，说不定还能发现一个"薛美斯之洞"②，从此进入内心世界。英国和法国，西班牙和葡萄牙，黄金海岸和奴隶海岸，所有这些都得面对这一内心海洋。虽然从哪都能到达印度，但没有一艘船敢驶离港口。但愿你学会各种语言，适应各国的风俗；但愿你走得比别的游客更远，更适应各地的环境，就连斯芬克斯也会被你气得一头撞死在石头上，你还是得听从古代哲人的话——"去你自己的内心探索"。这才是真正需要眼睛和脑子的。只有败将和逃兵才会走上战场，他们是想逃跑却又不得不应征的懦夫。现在就动身吧，向最遥远的西方挺进，不要在密西西比河或太平洋逗留，也不要驶向古老的中国和日本，而是一直向前，跟地球保持切线，无论春夏秋冬，无论白天黑夜，都不要停下，直到地球消失。

据说米拉波③尝试过拦路抢劫，只"为的是验证一下，如果人自我要想对抗最神圣的社会法则，到底需要多大的决心"。他声称："一个英勇作战的士兵，其勇气只有拦路强盗的一半……荣誉和宗教永远阻挡不了一个审慎而坚定的决心。"说起来，米拉波算是一个有勇气的人了，可这还真无聊。就算他不是无赖，一个稍微清醒点的人也会发现，自己跟所谓的"最神圣的社会法则"进行"正式的对抗"的次数真是太多了，因为他要听从更加神圣的法则，根本不用越出常规，就可证明自己的决心。一个人不应该对社会采取这样的态度，而应保持自己的态度，顺应生命法则，但这绝不是同正义的政府进行对抗，倘若他能碰到这样一个政府的话。

我离开森林，理由跟进入森林一样充分。在我看来，也许我还有几种生活要过，不应再在那儿耗费时间了。令人惊奇的是，我们这么容易、这么不知不觉就步入一条特别的线路，并踏出了一条途径。在那地方住了不到一个星期，我就

---

① 摘自4世纪拉丁诗人克劳迪恩的《维罗纳的老人》。
② 约翰·薛美斯，曾著书证明地球是空心的。
③ 米拉波（Counte de Mirabeau, 1749~1791），法国大革命时期的立宪派领袖。

在我的门前和湖之间踏出了一条小路,五六年过去了,小路依然清晰可见。说真的,我想别人也在重蹈覆辙,从而保持小路的通畅。大地的表面十分松软,人走过后自然会留下脚印,心灵的途径也是如此。世界的公路是多么破,多么脏啊!传统与顺从的车辙又是这样深!我不愿待在船舱里,宁愿来到世界的桅杆前和甲板上,因为站在那儿,我可以更好地看一看群山环抱的月色。我再也不想到船舱下面去了。

至少我从经验中学到:一个人按照梦中指引的方向勇往直前,过他想过的日子,那他就会获得平时意想不到的成功。他会将某些事情抛诸脑后,越过一条看不见的界线,在周围及内心建立起一些新的普遍、自由的法则,要不就扩充了旧的法则,然后根据自己的喜好,更加自由地加以阐释。而他完全可以按照更高的原则生活。他的生活越简单,宇宙法则就越简单,孤独不再成为孤独,贫困不再成为贫困,软弱也不再被视作软弱。如果你造了空中楼阁,你的劳动也不是白费,这样的楼阁本来就该建在空中。那么,我们现在就开始奠基好了。

英国和美国人提出荒谬的要求,要求你说话一定要让他们能听懂——无论是人类还是伞菌,其生长方式都非如此——仿佛这一点至关重要,没有它,别人就真的无法理解;仿佛自然只有一种理解的方式;仿佛大自然能养得起四足动物,却养不起鸟儿,养得起爬行动物,却养不起飞禽;仿佛耕牛听懂的嘘声才是最好的英语;仿佛只有愚蠢,才是万无一失。我主要担心的是我的表达不够过火,脱离不了日常生活的局限,因而无法恰如其分地表达我所深信的真理。过火!这取决于你如何衡量。四处迁徙的水牛来到另一个纬度,寻求新的牧场,它还不够过火,不像母牛,出奶时踢翻水桶,跃过牛栏,跑去追赶她的小牛。我想在某个不受限制的地方说话,就像一个人醒来之后,在跟别的睡醒的人说话,因为我深信,要想给真正的表达奠定基础,就应该更加过火。有谁听了一段音乐后就会担心以后永远不会说过火的话?为了未来和可能发生的事情,我们的生活应该松弛、随意些,我们的轮廓应该模糊不清,就像我们的影子,对着太阳也会不知不觉地流汗。我们的言语的真实会消失,让残留下来的语言变得晦涩难懂,要知道它们的真实性是随时都在变化着的,保留下来的仅仅是文字的形式。但要想表达我们内心的虔诚与信心,文字是远远不够确切的。它们只有对那些最卓越的人,才是如乳香一般意味深长的。

为什么我们总是把自己的智力降低到被人当成傻瓜的程度,而还要赞美那是常识?普通的常识就是睡着了的人的感觉,通过打鼾表达出来。很多时候,我们会把难得聪明一次的人跟愚蠢归为一类,因为我们只是看上了他们1/3的聪明。有人难得早起一次床,就开始对黎明的霞光指手画脚。我还听说"他们认为卡比尔的诗有四种不同的意义——幻觉、精神、智慧和吠陀经典的通俗教义"。①但我们这里要是有谁对一部作品做出了一种以上的解释,就会遭到人们非议。既然英国在努力防止土豆腐烂,为什么就不想想办法治疗一下人的脑子的腐烂呢?并且后者如此盛行,如此致命!

我并不认为我已变得晦涩难懂,但如果读者认为,本人此番描述和瓦尔登湖冰上的所见所闻一样,并没发现什么致命的错误,我将不胜荣幸。南方的客户不喜欢冰块的蓝色,好像那是烂泥似的,却不知那恰恰是纯洁的证据。他们反倒更喜欢剑桥白色的冰块,这种冰块有种水草味。人类所喜爱的纯洁,就像是雾霾,而不是蔚蓝色的天空。

有人在我们的耳边嘀咕,跟古人比起来,甚至跟伊丽莎白时代的人相比,我们美国人,或者说全体现代人不过是矮子。但说这话是什么意思?一条活着的狗总比一头死了的狮子强大。难道一个人是矮子就该吊死自己,而不是想办法在矮子中成为最高的人?每个人都应该管好自己的事情,努力尽好自己的责任。

我们为什么急于求成,去从事危险的事业?如果一个人跟不上自己的同伴,那是因为他听到了另外一个鼓点。让他跟着自己听到的节拍走好了,不管这种拍子如何、远近怎样。他是否应该像苹果树或橡树那样尽快成熟,这并不重要。难道要让他把春天变成夏天?如果条件还不成熟,那能够替换什么样的环境呢?我们不应该将自己的船撞到虚构的现实上。难道我们要辛辛苦苦地建立一个蓝色玻璃般的天空?而建成后我们又要凝视那更高、更真实的天空,就因为前者还不够真实?

科洛城有位天生追求完美的艺术家。有天他突然想要做根手杖。在他看来,一件作品之所以不够完美,主要原因是时间不够,要想完美,就该抛开时间。他对自己说,哪怕我这辈子什么也不做,也要让这根手杖十全十美。于是他来到

---

① 卡比尔(Kabir,1440~1518),印度诗人。

森林寻找木料，他拿定了主意，做手杖用的木料一定要合适。他到处寻找，但很长一段时间过去了，他一根也没挑中。慢慢地，他的朋友们一个个离开了他，因为他们都在工作中老去，最终死了，只有他不老。原因是他一直都专心致志，非常虔诚，所以才能永葆青春。由于他不做分毫让步，时间只好退让，拿他毫无办法。但在他还没找到合适的材料时，科洛城就已成了废墟，于是他坐在废墟上继续砍削木料。他还没有来得及给树枝砍削出合适的形态，坎达哈王朝就已完结。他用木棍尖尖的部分在沙子上写下了这个民族最后一个人的名字，然后重新开始工作。等到他将木棍削平、擦光，卡尔珀已不再是北极星了。他还没有来得及给手杖装上金箍、镶好宝石，梵天就已经睡醒了很多次。

可我为什么要提及这个故事呢？等艺术家完成了最后的点缀，眼前不禁为之一亮，突然间这根手杖已经变大，变成梵天无数创造物中最完美的一件作品。他在创造手杖的同时，创造了一个全新的制度，一个美丽宜人、和谐匀称的世界。虽然在这个世界里，古老的城市和王朝已经消逝，但出现了更美、更壮观的城市和王朝。此刻，他看着脚下一堆堆依然新鲜的碎屑，感到就他及他的工作而言，时间的流逝不过是幻觉，时间不过是梵天脑海里思想的闪烁，不过是点燃凡人脑子里那点燃料的过程。材料是纯洁的，他的艺术也是纯洁的，难道这一结果还不够神奇吗？

无论我们为事物的外表加以怎样的装饰，最终使我们受益的只有真理。我们大多情况下都无法找到真实的自己和自己在世界上的位置，而是处于虚幻里。我们天生缺少坚强的意志，于是常常做着自欺欺人的举动，而受到这两种处境的限制，难以脱身。如果我们能够做到清醒，我们就只会关注事实，说自己认为是必须要说的话语，而不是他人想要我们说的。所有的真理都比虚伪好。当补锅匠汤姆·海德站在绞刑架下时，有人问他有什么要说的，他说："告诉裁缝们，缝第一针前，不要忘了将线打个结。"而他同伴的祈祷则早被人忘了。

无论生活多么卑微，你都必须要勇敢地去面对、去接受；逃避是没用的，辱骂它也无济于事，它毕竟还没有你坏。最富的人往往也是最穷的人。喜欢挑剔的人就是到了天堂也还是会挑剔。热爱你的生活吧，尽管它很贫穷。就是在贫民区生活，你也有可能拥有快乐的时光。阳光照在了富人的宅邸上，同样也照耀在贫民窟的窗上，并且一样辉煌。所有人门外的积雪都会在春天来临时融化。我想，一个宁静淡泊的人，无论生活在贫民窟还是王宫里，都会一样心满意足、感觉愉快。在我看来，镇上穷人的生活才最为独立不羁，也许他们太伟大了，所以他们才会表现得受之无愧。大多数人认为自己不是在依靠城镇抚养，但实际情况是，他们往往在靠不正当的手段来养活自己，这更加不光彩。要像圣人一样去栽培贫困，就像栽培园中的芳草一样。不要自找麻烦，老是翻新花样，不管是衣服还是朋友。把旧了的翻出来，回到里面去；万事万物都不会变，变的是我们自己。你的衣服可以扔掉，但要保留你的思想。上帝也会看到你并不依赖这个社会。即使成天像一只蜘蛛一样待在阁楼一角，只要我还在思考，这世界也同样伟大。哲学家说："三军可夺帅也，匹夫不可夺志也。"不要急于求发展，也不要受外界影响的愚弄——那都是在浪费时间。卑微犹如黑暗，天国之光才得以照亮。贫困和卑微像影子一样围绕着我们。"可瞧呀，创造给了我们一个开阔的视野。"常有人提醒我们，即使拥有克洛索斯①的财富，我们的目标也不应改变，我们的行为也要一如既往地保持。即使受到贫困的限制，比方说，即使你买不起书和报纸，你也只是被限制在最有意义、最富有活力的经验之中。为此，你不得不跟含糖量最高的产品、最富含淀粉的材料打交道。在最接近骨头的位置，生命最为甜美。你不会去做那些无聊的小事。下层的人并不会因为对上层人的宽宏大量而有所损失。多余的财富只能购买多余的东西。灵魂所需的，金钱买不到。

有堵"铅墙"，里面灌注了一些制作钟用的铜合金，我就住在这墙的一角。中午休息时，就会有一种杂乱无章的叮当声传到我的耳朵——这是我的同时代人发出的噪声。邻居告诉我，他们经常邂逅那些名媛绅士，在餐桌上与那些名门贵族一起进餐。很不好意思，我对此毫无兴趣，就像我对《每日时报》的内容毫无兴趣一样。一般人谈论的兴趣和内容，都是有关服饰和礼仪的，但无论怎样穿着打扮，一只鹅毕竟还是一只鹅。人们也跟我谈论德克萨斯和加利福尼亚，要么就是英国或者印度、佐治亚州或者马萨诸塞州的某位大人物，可这全都是过眼云烟，很快就会消失，而我总是忍不住要从他们的庭院里逃掉，像马穆鲁克的省长那样。我习惯了一个人独来独往，讨厌浮夸跟炫耀，更不喜欢招摇，就算是有可能，那我也不会愿意跟这个世界的创造者同行——我不喜欢浮华、焦躁、紧张、

---

① 古代吕底亚的国王，以富有著称。

喧闹、无聊的19世纪，我宁可站着或者坐着思考，无意去管时间的流逝。

　　人们在庆祝什么？他们都参加了某个筹备委员会，随时做好准备聆听要人的演讲。上帝不过是这一天的主席，韦伯斯特才是他的演说家。越是强烈吸引我的东西，只要它公平正当，我就越爱掂量一下，靠它近一点——我这不是要抓住天平的秤杆减少重量——不要假设，而是要注重实际，要行走在唯一能走的路上。一旦踏上了这条路，什么力量也拦不住我。我才不会在没打牢基础前就建造拱门，不要玩这种没有基础的游戏。凡事都需要一个坚实的基础。有这样一个故事，说的是一位游客问一个小男孩，前面的沼泽是否有可以踏脚的地方，小男孩回答说有。但转眼间游客的马陷进去到了肚子那里，于是他对孩子说："我认为你说过，这个沼泽有个坚实的底。""是啊，"小男孩回答道，"可你还需要往下陷这么多。"社会的沼泽与流沙也是如此。但知道这事的人已是个大孩子了。只有在难得的场合，所想、所说和所做的事才是好的。我不会像傻子一样，把钉子钉到只有木板和灰泥的墙里，这会使我彻夜不眠。给我一把锤子，让我去寻找板条。不要信任墙上的灰泥。要把钉子敲到头，钉得牢一些，这样就算你半夜醒来，也会对你的工作感到满意——就是把缪斯叫来，你也不会难为情。这样上帝就会帮你，也只有这样，上帝才会帮助你。钉进去的每颗钉子都应该成为宇宙机器中的一枚铆钉。这样，你的工作才能持续。

　　不要给我爱，也不要给我钱，更不要给我声名，就给我真理好了。我坐在餐桌前，面对丰盛的菜肴、很多的美酒，享受着周到的服务，但就是看不到真理和真诚。这样，在我离开后我还是一样饥肠辘辘。这样的招待跟冰一样冷，我认为还不需要冰就足以冻起来了。他们告诉我酒的年份以及它的产地，可我想起的是更为古老、纯粹、著名的美酒，不过他们没有这种美酒，也买不到。所有这些所谓的风格、建筑、花园和"娱乐"，对我都毫无用处。当我前去拜访一位国王时，他却要我在大厅等，那似乎在说他不能接待客人了。我有一个邻居，就住在一棵空心树里，他就像是国王一样。我要是前去拜访，一切或许会好得多。

　　我们还要在门廊里待多久，去练习那些无聊陈腐的仪式，使一切工作变得荒唐可笑？好像一个人每天一大早起来就要开始苦修，还要雇一个人为他的豆田锄草；然后一到下午，他就带着预先想好了的善心，出去实施基督教的温柔和爱！

想一想中国人的自负与人类停滞不前的自满。这一代人正躺在安乐椅上，庆贺自己成为了名门望族的最后一代。在波士顿、伦敦、巴黎和罗马，想一想它们的悠久历史，每当他们讲起自己在文学、艺术和科学方面的成就，他们就会沾沾自喜。到处都是哲学协会的记录和对伟人大加赞颂的文章！只有善良的亚当在思考自己的行为："是的，我们完成了了不起的事业，唱起了圣歌——我们将生生不息。"换句话说，只要我们不遗忘他们，他们仿佛是真的生生不息。古代亚述有不少学术团体和伟大的人物，但是他们都到哪儿去了呢？我们是多么年轻和幼稚的哲学家和实验家啊！我的读者当中，还没有一个人有过完整的一生。所有人不过都是处在生命的春天里！哪怕我们有过七年的疥疮，我们也还没在康科德见过十七年的蝉。我们所熟悉的只是我们赖以生存的地球上的一层薄膜。大多数人还没能深入到六英尺深的地方，也没有跃到六英尺高的地方，我们也不知自己身在何处。此外，我们几乎有一半的时间在酣睡。然而我们还自以为是，认为自己在地面上建立起了秩序。不错，我们是深刻的思想家，志向远大！我站在森林里，看到昆虫在松针中爬行，想避开我的视线，我不禁问自己，它为什么要这样谦逊，想要避开我，没准我还能帮帮它，传递一些愉快的信息给它们。这时我想起了更伟大的施主和智者，他们同样也在注视着我这条虫。

这个世上新事物层出不穷，可我们不得不忍受愚蠢。我只想指出，在一些最开明的国家，人们仍在听些无聊的说教。快乐呀，悲伤呀，这样一些字眼不过是鼻音哼出的赞美诗中的叠句，而我们信仰的只是些平凡简单的东西。我们以为只是换换衣服就行了。据说大英帝国很大，而且备受尊重，而美国则是一个一流的强国。我们不相信每个人的身后都有潮涨潮落，能让大英帝国像木片一样漂浮起来，如果他想要这样的话。谁知道下一次的17年蝉灾何时发生？我所生活的这个世界的政府不像英国，它不是在宴席过后喝喝酒、聊聊天就能建立起来的。

我们的生命就如同河中之水。今年它有可能涨到人类想不到的高度，淹没干涸的高地；今年也可能是多事之秋，所有的麝鼠都会被淹死。我们居住的地方未必都是干地。我看到遥远的内陆，有些河岸自古就遭到河流的冲刷，而科学还没有来得及记录下洪水的涨落。在新英格兰，有一个故事每个人都听说过。它说的是一条强壮而又美丽的虫子，从一张旧桌子的干燥活动面板上爬了出来，而这张用苹果树木做成的桌子已经有60多年了，一直放在一位农夫的厨房里，先是在康涅狄格，后又到了马萨诸塞。这虫子是从一个卵里孵化出来，而这个卵还是多年以前，当树木活着的时候寄居在树木里的——你只要数一数树木的年轮就知道了——一连几个星期，人们都能听到它在里面啃噬，也可能是水壶的热量促使它孵化的。听到这个故事，谁不会对复活和不朽更有信心呢？先是一颗虫卵寄生在苍翠鲜活的树的材质里，然后这棵树渐渐死去，开始了风化，成为了虫卵的坟墓。谁会想到深埋在年轮里的虫卵，能在一块枯槁了的木板里待如此漫长的岁月，然后还能孵化出一个美丽的、有着漂亮双翼的生命呢？也许它这样啃噬已经很多年了，一开始让那些围坐在桌前的一家人经常感到惊慌——却出人意料地，在世上最普通、由他人赠送的一个家具里，会诞生出这样一个美丽的生命，好让他们享受到美好的夏日！

我可不认为约翰或乔纳森这样一些普通人能意识到这些。但时光无论怎样流逝，黎明却难以到来，这就是明天的特性与定义。让人目眩的光明，等于是黑暗。只有当我们真正觉醒了，天空才会破晓。破晓的不单单是黎明。而太阳，不过是一颗晨星。